Copyright© 2022 A. Z. Cordenonsi, Enéias Tavares, Nikelen Witter

Todos os direitos dessa edição reservados à editora AVEC.

Nenhuma parte desta publicação poderá ser reproduzida, seja por meios mecânicos, eletrônicos ou em cópia reprográfica, sem a autorização prévia da editora.

Editor: Artur Vecchi
Projeto Gráfico e Diagramação: Vitor Coelho
Ilustração de capa: Poliane Gicele
Design de Capa: Vitor Coelho
Fotografias: Ronald Mendes
Revisão: Gabriela Coiradas

1ª edição, 2022
Impresso no Brasil/ Printed in Brazil

Dados Internacionais de catalogação na Publicação (CIP)
(Câmara Brasileira do Livro, SP, Brasil)

C 794

Cordenonsi, A. Z.

Guanabara Real : o covil do demônio / A. Z. Cordenonsi, Enéias Tavares, Nikelen Witter. – Porto Alegre : Avec, 2022.

ISBN 978-85-5447-095-1

1. Ficção brasileira
I. Tavares, Enéias.   II. Witter, Nikelen.   III. Título

CDD 869.93

Índice para catálogo sistemático: 1.Ficção : Literatura brasileira 869.93
Ficha catalográfica elaborada por Ana Lúcia Merege – 4667/CRB7

Caixa Postal 7501
CEP 90430-970 – Porto Alegre – RS
contato@aveceditora.com.br
www.aveceditora.com.br
@aveceditora

Um Caso da Agência de Detetives Guanabara Real

O Covil do Demônio

Enéias Tavares
Nikelen Witter
A. Z. Cordenonsi

EDITORA

21/07/1892

A REPÚBLICA

MORTE E DESTRUIÇÃO NO ENGENHO NOVO

A população do estado do Rio de Janeiro e, quiçá, todo o país, acordou sobressaltada com as terríveis notícias vindas do Engenho Novo. Um incêndio criminoso atingiu grandes proporções e vitimou os convidados de uma festa particular que ocorria lá. O local está em uma propriedade do Barão do Desterro, que alugou o espaço aos convivas. O Barão se mostrou condoído com o sinistro e está prestando toda a assistência possível às vítimas e seus familiares. Apesar de não ser o responsável, em uma altitude altruísta, o Barão prometeu auxiliar as autoridades na busca e prisão dos causadores de tal "ato atroz e terrorista. Uma vergonha para nossa nação". Em atitude cidadã, o Barão disse que usaria seus melhores meios para cobrar explicações do próprio presidente Campos Salles. A presidência da República ainda não se manifestou sobre o assunto.

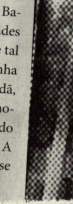

23/07/1892

A REPÚBLICA

POVO E BARÃO DO DESTERRO SUPERAM A SUBLEVAÇÃO

movimento subversivo declina a olhos vistos depois dos terríveis acontecimentos no Engenho Novo. Conforme foi noticiado nas últimas horas, a descoberta de que o ataque à festa na propriedade do Barão do Desterro foi organizado por líderes sufragistas e abolicionistas radicais impôs mais um duro golpe à nossa nação. Em uma ação rápida, soldados leais justiça e ao Barão invadiram parte dos morros da capital em busca de simpatizantes da causa facínora. A quadrilha que liderou as tenebrosas ações, como já informado, é capitaneada por Maria Tereza Floresta. Essa misteriosa figura é conhecida por atividades subversivas que há muito escandalizam a sociedade carioca. Seus asseclas mais próximos são o preto Firmino Boaventura e o prepostero indígena, conhecido como Remy Rudá.

Enquanto isso, a polícia do presidente parece baratinada e nossos deputados perdem tempo em discursos retóricos de pouca prática. Uma nota de repúdio aos atos investigativos e diretos do Barão foi escrita por sete deputados, mas sua moção foi negada pela assembleia. É forçoso lembrar aqui, em tempos idos, como as chamas da desordem eram controladas com apenas uma canetada. Em uma nação continental, a democracia representativa ainda carece de estofo para servir-nos como guia. Estaremos atentos aos próximos acontecimentos, e que Deus proteja o Barão e a sua família.

o, 17 de agosto de 1892

A TRIBUNA POPULAR

GOLPE

A nação democrática brasileira acaba de receber o seu mais duro golpe na madrugada de ontem. Um grupo de dezessete deputados manchou a história breve de nossa república ao destituir o presidente eleito Campos Salles. Na sequência, a assembleia nacional empossou o Barão do Desterro como Comandante em chefe da Nação. Ao usar de suas prerrogativas para, de forma indireta e sem consulta popular, mudar o comando do país na calada da noite, esses deputados (veja os nomes e partidos abaixo) abrem uma perigosa brecha em nosso modelo democrático. Um dano capaz de colocar em xeque até mesmo a possibilidade de realização de eleições presiden-

ciais. Além disso, a conduta do Barão com relação aos acontecimentos no Engenho Novo se mostrou nebulosa e a condenação *a priori* dos integrantes da agência de detetives Guanabara Real – Maria Tereza Floresta, Firmino Boaventura e Remy Rudá – parece uma manobra açodada de nossa justiça. De outra feita, a *Tribuna* questiona: por que muitos membros da Câmara dos Deputados não foram avisados da votação realizada durante a madrugada? Importante registrar que nossa reportagem tentou o contato dos ausentes à votação e dos onze deputados faltantes, seis não foram encontrados em suas casas e em nenhum outro de seus lugares de frequência habitual.

18/08/1892

A REPÚBLICA

BARÃO DO DESTERRO É O NOVO COMAN- DANTE EM CHEFE

Decidiu o Congresso nesta madrugada que o Barão do Desterro assumirá como novo Comandante em Chefe do Brasil após a deposição de Campos Salles. O ex-presidente foi afastado após o escândalo, relatado neste jornal, que envolvia a operação de aquisição de empréstimos a bancos privados sem o devido pagamento de juros. Uma nova eleição foi descartada de forma unânime, por conta da atual atmosfera do país. A comoção após o sinistro terrorista no Engenho Novo, a criminalidade crescente e a ameaça paraguaia precisam de um pulso forte e unifica-

do. Uma nova eleição apenas dividiria e polarizaria forças. "De agora em diante", afirmou o Barão em seu primeiro pronunciamento, "o Brasil caçará os agentes de Assunção e quaisquer outros hostis à família de bem brasileira". Melhorias no sistema de segurança pública serão anunciados nos próximos dias, garantiu o nosso Comandante em Chefe.

GUARNIÇÕES DO EXÉRCITO SUFOCAM REBELIÃO EM MINAS GERAIS

Uma pequena sublevação de tropas estacionadas no interior de Minas Gerais foi rapidamente eliminada após a pronta resposta do novo Ministro do Exército. Sete guarnições foram enviadas para a região a fim de o problema ser resolvido. Após o bombardeamento das casamatas dos rebeldes, os dois comandantes de tropa envolvidos no levante foram presos e aguardam jul-gamento militar no estado da Guanabara. Os motivos para a conduta amoral não foram divulgados. Especula-se que a tropa teria sido subornada pela ameaça paraguaia, trocando sua honra por extensas áreas de terras em solo estrangeiro. Espera-se maiores detalhes em coletiva que será marcada em hora oportuna.

A REPÚBLICA • 16/09/1

13/12/1892

A NOVA ORDEM

(Antigo A República)

AUTO EXTINÇÃO DA CÂMARA REESTABELECE PAZ CRISTÃ NO BRASIL

A população pediu e a Câmara dos Deputados, em um gesto abnegado, atendeu. Após a organização da Procissão pela Família, que atravessou o Centro Histórico do Rio de Janeiro, a Câmara dos Deputados Federais decidiu, com dezessete votos a favor, dois contrários e sete abstenções, auto extinguir-se. O Barão do Desterro foi nomeado comandante vitalício da nação, auxiliado por uma junta militar. Esta era a única forma de combater os inimigos internos e externos, avaliaram os deputados. Após sua última votação, os integrantes do congresso nacional se reuniram com o Barão do Desterro e seus oficiais para orar pelo nosso país.

12/01/1893

A NOVA ORDEM
(Antigo A República)

DELEGACIA DE ORDEM SOCIAL ASSUME AS INVESTIGAÇÕES

A nova Delegacia de Ordem Social, órgão criado pelo Governo Federal para atender a casos especiais que envolvem o terrorismo e outras ameaças à pátria e ao bem-estar da família brasileira, vai assumir o caso do Engenho Novo. A partir de agora haverá um prêmio pela captura dos três principais acusados da chacina: Remy Rudá, Firmino Boaventura e Maria Tereza Floresta. O órgão terá poderes especiais de polícia e justiça e atuará em todo o território nacional, podendo requisitar e utilizar as instalações e recursos humanos das polícias locais e do Exército. Para tal tarefa assaz importante foi designado o Sr. Sharif Fleury.

Rio, 13 de fevereiro de 1893

A TRIBUNA POPULAR

NOVO PROJETO ROBÓTICO GANHA APOIO MILITAR

O projeto de inteligência robótico de proteção e vigilância, do engenheiro José Emiliano Pontes, foi aprovado pelo Conselho Federal da República. Estudos preliminares, modelos de teste e o próprio laboratório do doutor – formado na Universidade de Genebra – foram transportados para o Complexo Militar Águia Sentinela, no alto do Pão de Açúcar. Segundo fontes não confirmadas, o Barão do Desterro teria grande interesse no projeto, sobretudo devido ao crescente aumento de atividades anárquicas e criminosas na capital. Segundo fontes do próprio governo, uma nova tecnologia de proteção e segurança será anunciada em breve. As famílias cristãs da metrópole carioca esperam com entusiasmo por esse anúncio.

CAPÍTULO 1

MARIA TEREZA

Rio de Janeiro, 10 de abril de 1893

Centro Histórico, 18 horas

U rina.

Torceu o nariz.

O fedor típico do centro do Rio de Janeiro já havia chegado até bairros chiques, como o Flamengo, e entrava pelas narinas queimando. Afastou-se do beco por onde se esgueirava. Felizmente, logo viria chuva e as ruas receberiam um bem-vindo banho. Estava perto da praia e os ventos da tempestade iminente sacudiam as amendoeiras, arrancando as folhas avermelhadas do outono e jogando-as sobre as areias, as pedras e os passantes.

O mar agitado, por sua vez, erguia-se como um gato se preparando para briga, um felino acuado, ferido e faminto.

A mulher observou os transeuntes. Os mais elegantes seguravam seus chapéus, bengalas e sombrinhas, apressando o passo empurrados pelo vento. As curtas passadas das senhoras, tolhidas pelos vestidos e anáguas opressores, faziam-nas serem puxadas por cavalheiros igualmente sem referências através do torvelinho – o que era quase uma metáfora dos tempos em que viviam. Os que guiavam, também não sabiam onde estavam e para onde iam.

Poderia rir, mas a atmosfera não ajudava. A tarde quente de maio e a chuvarada que se avizinhava pareciam dificultar a respiração. O calor deslizava como dedos pegajosos pelo pescoço, fazendo as roupas grudarem no corpo em rodas úmidas sob os braços e ao longo das costas. Poeira e areia voavam, grudando-se na pele úmida numa camada grosseira de desconforto.

Houve época em que isso não me incomodava, pensou Maria Tereza. Devo ter vivido confortável por tempo demais.

Ela ajustou o chapéu coco, preso ao cabelo grosso com um alfinete disfarçado, para que não voasse, e puxou a aba para que encobrisse um pouco mais o rosto. Em meio às obras empreendidas pelo novo presidente da República, era melhor estar mais perto do estilo dos operários que do da elite reduzida ou da classe média bestializada. Naquelas esferas, sempre alguém poderia reconhecê-la. Afinal, o novo presidente — aclamado como uma espécie de salvador da pátria pela elite aterrorizada após o terrível incidente do Engenho Novo e sustentado por uma igualmente apavorada junta militar — não era ninguém menos que o Barão do Desterro.

Um inimigo dessa envergadura exigia todo o cuidado possível.

As roupas e o andar eram projetados para que os abastados virassem o rosto ou até mudassem de calçada. Maria Tereza sabia interpretar bem o papel. Quem cruzasse com ela rapidamente acreditaria ver um homem. Isso lhe dava algumas vantagens e ela, como ninguém, sabia aproveitar tudo o que era possível de seu tipo e todos os preconceitos que vinham com ele. Sua cor dourada lhe permitia ser um quase branco em alguns grupos, um preto em outros. Seus traços femininos também tinham suas conveniências. Permitiam-lhe tanto passar por um adulto quanto por um rapazote. O jeito perigoso, porém, não era uma atuação.

A chuva finalmente começou em gotas grossas e violentas e Maria Tereza se abrigou sob a beira de uma casa fechada. Estava demorando a achar o bando, mas tinha certeza de que estavam por ali. O grupo de meninos e meninas que viviam na rua seguia a trilha das boas esmolas e dos pequenos roubos lucrativos. E, era certo que, por essa época, o centro já não rendia tão bem quanto os bairros novos, mais ao Sul, que iam além do novo Palácio do Governo, no Cattete. No entanto, essas regiões deixavam as crianças mais visíveis, menos próximas da sujeira das ruas, da pressa que formigava no centro. Por isso, elas se acotovelavam em frestas possíveis, só saindo quando nenhum pé-de-porco ou milico estava à vista. E se estivesse disposta a acreditar no que ouvia aqui e ali, havia algo a mais circulando pelos becos. O desaparecimento de opositores ao novo regime parecia suceder ao avistamento de estranhos *soldados que rangiam*.

Mesmo sob a marquise, Maria Tereza não demorou a ficar encharcada. Ainda assim, não pretendia desistir. Precisava de todas as informações possíveis sobre as movimentações em torno do palácio do governo e não pretendia se dar ao luxo de voltar sem nenhum avanço para casa. Resolveu atravessar as linhas do bonde para chegar a um pequeno beco que avistou do outro lado da rua. O vento ainda não diminuíra, fazendo a chuva açoitar seu rosto, quase tapando sua visão.

Maria Tereza ajustou o casaco longo que tinha como objetivo esconder as armas que carregava: a pistola em um coldre preso ao tronco ficava sob o braço esquerdo, uma adaga estava presa à perna direita, e uma faca de maior envergadura, a qual poderia ser sacada rapidamente do bolso interno às costas, dissimulado pelo colarinho alto da camisa. Havia também os punhais nas botas e, claro, o alfinete de aço que segurava seu chapéu.

O sino do bonde que passava naquele instante anunciou que havia ali uma parada para as pessoas descerem e subirem, mas Maria Tereza não prestou muita atenção ao movimento. Tinha esperança de que a gentileza lhe fosse devolvida, porém, uma sombra se colocou entre ela e a rua.

— Tudo bem? — perguntou um homem que segurava precariamente um guarda-chuva. — Precisa de ajuda?

O tom não era de solicitude. Muito pelo contrário.

Maria Tereza respondeu um "tudo bem" rápido e se virou para sair dali, mas o homem segurou-a pelo braço.

— Estava em frente à minha casa e saiu quando veio o bonde. Queria o quê?

— Só estava me abrigando da chuva, senhor.

— Sei — duvidou o homem com empáfia. — E está escondendo o rosto por quê?

— Entrou terra! — respondeu num tom agressivo enquanto puxava o braço, furiosa pelo estranho achar que tinha o direito de tocá-la. Dirigiu-se o mais rápido possível em direção ao próximo beco.

— Não quero mais te ver por aqui! — berrou o homem. — Se aparecer novamente perto da minha casa, vou te dar um tiro!

O sangue de Maria Tereza ferveu com a ameaça. Ela só havia se abrigado da chuva. Não tinha feito nada, a não ser ostentar sua cor de pele. Contudo, isso parecia ser o suficiente para qualquer um achar que tinha o direito de ameaçá-la ou mesmo matá-la. Aquele tipo de injustiça era como um verme a consumi-la por dentro. Em sua vida antiga, em suas roupas antigas, as pessoas tomavam-na por branca e ignoravam o que não queriam ver. Era cômodo, mesmo que Maria Tereza soubesse que voltaria a ser mestiça no instante em que cometesse qualquer deslize.

Agora, malvestida como um magro morador de algum dos cortiços que eram demolidos todos os dias na capital, sua pele morena saltava aos olhos de qualquer um. E na "nova ordem" do Barão, o tipo de gente que ela representava só era boa trabalhando até a morte, ou já debaixo da terra. Ela engoliu toda a raiva e humilhação e afastou-se do homem. Seu desejo real era o de voltar e quebrar a cara e as mãos do homem, para ver como ele conseguiria ameaçar alguém depois.

Contudo, não era o momento para isso. Não com seu rosto, o de Firmino Boaventura e o de Remy Rudá em cada poste com os dizeres PROCURADOS.

O Covil do Demônio

Maria Tereza parou ao se enfiar no beco. Escorou-se na parede, respirando com dificuldade e tentando soltar as mãos, tão fechadas em punhos que as unhas curtas chegaram a fazer marcas fundas na carne de suas palmas. O cheiro de ratos, urina e dejetos que ela preferia não imaginar a assaltaram novamente quando puxou o ar. Rosnou baixinho contra a voz de Remy, que lhe repetia que as pessoas agiam daquele jeito por medo. Quem o ouvisse falando aquilo acharia que ele foi criado entre nuvens de algodão. Que era um desses burgueses que viam sua bela época ameaçada e lamentavam um "aumento da violência", como se sua paz de confeitaria fosse a realidade inteira.

Um trovão alto sacudiu seus ossos e arrepiou os cabelos de sua nuca. Resolveu desistir de procurar seu povo da rua, como ela os chamava. Com o aguaceiro, as crianças deviam estar abrigadas em algum lugar seguro e de difícil acesso. Era isso o que Maria Tereza lhes havia ensinado antes de deixá-los por outra vida e, um por um, os líderes que a sucederam haviam passado aquelas regras adiante. Precisava saber o que acontecia nas cercanias do palácio do governo. Quem entrava, quem saía, quais eram os movimentos do Barão Presidente? A que horas ele podia ser visto pelas janelas? E, principalmente, quando é que ele não estava no lugar?

Maria Tereza duvidava que o Barão mantivesse algum registro do que fazia de escuso dentro do palácio do governo. No entanto, havia outras coisas que poderiam ser encontradas lá. Pistas importantes sobre quem era aquele homem desgraçado. Tinha certeza de que saber mais sobre ele era tão importante quanto descobrir seus planos e o que o levara a incriminar a Guanabara Real e declará-la como inimiga pública.

Correu para a rua onde o beco terminava e que era do lado oposto das linhas do bonde e do homem que a havia ameaçado. Tinha outra missão. A caminhada até o Cattete foi rápida. Maria Tereza repassava cada detalhe do que havia acontecido nos últimos meses. Os desdobramentos da investigação do estranho assassinato ocorrido numa alcova escondida no Corcovado, sob a imensa estátua do Barão do Desterro. Ela ergueu a cabeça enquanto caminhava, tentando enxergar o colosso. O Barão dera a si próprio como presente para a cidade. Um cavalo de Troia – ela tinha certeza e usaria até seu último fôlego para provar isso.

O corpo do infeliz trabalhador encontrado varado de setas venenosas no cubículo pintado com sangue fora só o início de uma trilha de cadáveres que não apenas apontava para o Barão, como sugeria que coisas muito piores poderiam estar sendo arquitetadas. O sumiço de populares que viviam nas ruas do Rio de Janeiro, as prostitutas feridas e marcadas, as partes de animais encontradas em matagais nas cercanias da capital.

Maria Tereza nunca achou que as mortes fossem uma finalidade. Não, eram um meio, um caminho para alguma coisa. Seus associados seguiram trilhas diferentes e, infelizmente, o fio de Ariadne desdobrava-se nas duas direções.

Remy ficara intrigado com o sangue na alcova, com os símbolos que a investigação tecnológica de Firmino revelara estarem escritos ali. O que ele encontrara levara à conclusão de que havia poderes arcanos e ancestrais agindo junto com o Barão. Não haviam conseguido descobrir quem movia quem, mas sabiam de certeza que entidades demoníacas, ou algo assim, estavam sendo alimentadas e atraídas por planos cuidadosamente traçados em direção à destruição de tudo o que a jovem nação em que viviam tinha conquistado. No decorrer de suas buscas, Remy acabou perdendo uma amiga preciosa e descobrindo pistas que levavam a um misterioso medalhão, cujo poder e intenções estavam imersos — até onde puderam descobrir — em escuridão e desgraças.

Firmino havia mergulhado no submundo dos ladrões e dos contrabandistas para elucidar o mecanismo letal instalado na porta da alcova da morte. Enfrentando ataques quase fatais e outros perigos, seu colega encontrou uma trilha de peças e maquinismos estranhos, os quais os levaram a uma espécie de fábrica, erguida em uma propriedade do Barão do Desterro.

Buscando juntar as peças desse enigma, Maria Tereza e seus associados invadiram o lugar, sem imaginar que estavam indo direto para uma armadilha. O local escondia um laboratório-fábrica dentro do qual os três depararam-se com um exército profano de monstruosidades. Criaturas montadas com partes humanas e animais, cuja força era ampliada por membros robóticos, estimulados com sabe Deus que tipo de engenho ou magia.

Quando Maria Tereza, Remy e Firmino acharam que teriam todas as provas em mãos para acabar com o conluio, demonstrando quem eram os financiadores das atrocidades, tudo veio abaixo. Um incêndio queimou as provas e uma parte significante da elite que investira naqueles horrores em nome do poder. Atordoados, e antes que pudessem dar conhecimento de sua investigação, os três detetives viram-se incriminados pelas mortes, num xeque-mate rápido e impiedoso. O Barão revelou-se, mas somente quando os jogou na clandestinidade, tornando-os fugitivos da lei, sem condições ou provas de sua inocência.

Tudo piorou em agosto, quando, com um golpe de estado, o exército e um grupo ascendente de empresários – que substituíam os que haviam sido assassinados no incêndio da fábrica – destituíram o presidente eleito e aclamaram o Barão do Desterro como o único capaz de reconduzir o país à segurança e prosperidade perdidas. O povo foi às ruas. Tristemente, uma parte significativa da população apoiou essa movimentação.

Maria Tereza se esgueirou atrás de um muro e subiu nele, deixando que os galhos da árvore em frente ocultassem sua figura e diminuíssem o impacto da chuva. Havia coisas que não podia exigir de seus amiguinhos das ruas. Por exemplo, que eles tivessem olhos para descobrir como ela poderia entrar no prédio mais bem guardado do país: o palácio do novo governo presidencial. Ela retirou do bolso interno do casaco um binóculo com melhorias feitas por Firmino e pôs-se a observar cada janela, porta ou fresta do casebre à sua frente.

Só se deu por satisfeita com a observação quando a noite caiu. Desceu do muro, a chuva reduzida a uma garoa, mas o vento já não soprava com violência e ela se permitiu abrir o casaco. Com passos tranquilos e estudados, Maria Tereza tomou a direção do esconderijo, desviando das vias mais frequentadas. No caminho, surrupiou dois exemplares de jornal que estavam em pilhas sob o toldo de uma fruteira. O casal proprietário não viu, ocupado que estava em recolher legumes e verduras. Também não deu falta das batatas, cenouras e do repolho, antes de voltarem a pesar as caixas no dia seguinte.

CAPÍTULO 2

FIRMINO

10 de abril de 1893

Villa Isabel, 21 horas

lgo cheirava mal.

O odor, repleto de significados, partia do matagal e embrenhava-se pela rua de terra batida. Permaneceria ali até que algum vizinho não aguentasse mais e chamasse as autoridades, uma ação carregada por um risco calculado. Não era desprezível a chance do bom samaritano ser chamado para depor. Sua vida, neste caso, estaria sujeita ao pêndulo moral do juiz.

— Não olhe — Firmino Boaventura sussurrou para a amiga quando ela torceu o nariz e girou o pescoço para encarar o terreno baldio.

— Tem algo podre ali — ela comentou, em voz baixa.

— Algo, não. Alguém.

Os dois continuaram subindo a ladeira em silêncio, mas Firmino percebeu que o passo de Joaquina falhou por um momento. A moça agarrou seu braço na altura do cotovelo e ele envolveu seus dedos e apertou levemente. Quando ela pareceu relaxar, Firmino permitiu-se um sorriso antes de repuxar o colarinho.

A mão mecânica de Firmino coçava e resfolegava. As roupas pinicavam sua pele, grossas e mal cortadas. Mas era preciso manter o disfarce. O engenheiro positivista, Dr. Firmino Boaventura, era procurado pela morte de dezenas de pessoas. Dezenas de pessoas *brancas*. Sua vida mal valeria cem réis, se fosse encontrado.

Joaquina estava ao seu lado. Ela se oferecera para acompanhá-lo e, apesar de todos os seus protestos, não arredara o pé. A lógica da viúva de Pedro Flores fazia sentido. Eles estavam procurando um doutor engenheiro. Um casal de trabalhadores talvez passasse despercebido. Roupas velhas. Ombros caídos. Olhar baixo. Submisso. Como era o esperado de alguém que morasse nas favelas da cidade. Um trabalhador urbano. Alguém que sabia o seu lugar.

Um homem comum.

Firmino tentara convencê-la do contrário. Não era uma boa ideia. Era perigoso. Joaquina apenas sorrira em resposta. Desde a luta no Engenho Novo com o monstro animalesco, sua mão mecânica comportava-se de maneira errática. Mal conseguia tomar um café sem derramar o líquido pela camisa. Vivera fugido até agora, na companhia de Maria Tereza e Remy, abandonando seu laboratório e suas artes mecânicas. E Joaquina sabia que Firmino só estava naquela situação porque investigara a morte de seu marido. Conseguira justiça para o assassinato de um homem bom e estava pagando por isso. O mínimo que poderia fazer, lhe disse ela, era retribuir o favor.

No final, ele acabou cedendo. Reconhecera em Joaquina uma amizade diferente da que nutria por Remy e Maria Tereza. Amava-os, com certeza, mas, por muito tempo, os três haviam vivido em uma bolha dentro da cruel e elitista sociedade carioca. Uma espécie de domo, de onde saíam e podiam retornar quando quisessem. Remy em seu palacete, entretido em prazeres diversos. Maria Tereza e sua Agência, tirando da luta contra os opressores a energia que a movia. E ele, Firmino, o engenheiro calculista, uma existência dedicada à beleza dos números e dos projetos. Três párias que haviam conquistado um lugar de respeito na capital do seu país. E agora haviam perdido tudo.

Joaquina, por sua vez, representava um lado da sua realidade do qual ele havia se desconectado, envolto em engrenagens e polias. Ela o lembrava da sua infância escravizada nas Minas Gerais. A amizade entre os dois fora construída pelas histórias tão diferentes e semelhantes entre si.

Naquele momento, pensamentos de Firmino foram despertos pelo tropel de botas descendo a rua. Uma patrulha de quatro homens em uniformes azul-escuro e verde-oliva. Na Villa Isabel, e em boa parte dos bairros afastados do Rio de Janeiro, soldados patrulhavam as ruas em grupos, as armas apontadas de forma ostensiva para a população. A mensagem era clara. Ali, *todos* eram o inimigo.

Subiram o resto da rua e alcançaram o centro de Villa Isabel, já cansados. Firmino não podia alugar um cabriolé, pois aquilo chamaria a atenção. Seu carro-caldeira – e a lembrança incomodou-o mais do que admitiria – fora apreendido pela polícia e deveria estar mofando em algum depósito úmido, infestado de ratos e outras pragas. Os habitantes da Villa Isabel precisavam economizar os poucos cobres que ganhavam limpando, arrumando ou trabalhando como mulas de carga nas docas da cidade. E, assim como eles, Firmino e Joaquina subiram o morro a pé.

No alto da Villa, não se dirigiram ao Bar do Português, na Praça do Mirante. O sujeito era seu amigo, mas o estabelecimento recebia escroques e patifes de todos os tipos. A recompensa pela sua cabeça alcançara a marca de vários contos de réis. Muitos não pensariam duas vezes antes de chamar uma patrulha e recolher o dinheiro.

— Vamos por ali — Firmino disse para Joaquina, apontando para uma ruela sórdida, onde o esgoto a céu aberto reclamava para si a atenção de todos os moradores.

Andaram por algumas quadras entre cães vadios e janelas fechadas. Quase não havia ninguém nas ruas. As pessoas estavam trancadas dentro de casa, espiando pelas frestas. O barulho mínimo partia das panelas e da fumaça que escapava pelas chaminés. Fora esses poucos pontos de referência, a sensação era a de que estavam atravessando uma cidade fantasma.

O caminho que Firmino escolhera fora preenchido por curvas e desvios. Achou melhor não seguir diretamente para o escritório do Velho. Não sabia se estava sendo seguido ou se o contrabandista, o mais notório da região, não estaria sendo vigiado pelas forças policiais. Contornando os limites da vila, passaram pelo Botequim Celeste, um pardieiro que servia como ponto de encontro para os jogadores de cartas.

Era um local onde todos roubavam mais ou menos de todo mundo e reclamavam menos os que tinham a pistola mais comprida ou a companhia mais desagradável. Ficara notória a partida entre Juca "Maledeto" e Carlos "Cospe-Bala" da Silveira. Os dois encontraram-se para uma partida de pôquer e, à medida que cartas sumiam ou reapareciam, mais capangas chegavam. No final, havia quase uma dúzia de pistoleiros de cada lado e os dois patifes acabaram terminando o jogo em um empate amistoso. O dono do estabelecimento recolheu o baralho e mantinha-o exposto no balcão. Segundo a lenda, na última rodada, o baralho possuía sete pares de ases, nove reis e quase uma dezena de valetes.

Abandonando o local, seguiram por mais duas ruas até alcançar o seu destino. Felizmente, seus temores eram infundados. Após atravessar um cortiço, Firmino liderou Joaquina até uma estreita abertura de madeira, sem letreiro ou campainha. Ele abriu a porta, fazendo reboar um sino lá dentro, e entrou.

O escritório do Velho permanecia igual ao que se lembrava. O cheiro do café, as paredes espartanas, a escrivaninha vazia e as cadeiras. Dos fundos, uma gravação um tanto aguda executava o trecho de um arranjo com um violoncelo. A música era carregada de força e, de alguma forma, brasilidade. Firmino não reconheceu o autor.

O Covil do Demônio

Pelo vão da porta, o Velho aproximou-se com seus *goggles* dourados e os gestos gentis. Ele cumprimentou Joaquina com uma mesura exagerada antes de virar-se para Firmino. Numa das mãos, trazia uma xícara de café. Com a outra, fez um gesto para os fundos.

— Gravei esta composição de um jovem que anda se apresentando em um teatro ao pé do morro — ele disse, em tom explicativo. — É um garoto apenas, mas já muito talentoso. Seu nome é Villa-Lobos. Ele teria feito uma bela dupla com o violeiro Jair.

— É linda — Joaquina murmurou, escutando a música.

O Velho sorriu para a jovem senhora, passando os olhos por suas feições firmes e delicadas, antes de fazer um sinal para que os dois sentassem e, após acomodado, retirou os *goggles* para limpá-los entre goles de café.

— Você tem coragem, filho — ele comentou um pouco depois, em tom de conversa.

— Não tinha a quem recorrer — admitiu Firmino. — Mas como me reconheceu?

O Velho abriu um sorriso cansado e piscou um olho maroto.

— Nunca esqueço um rosto. E roupas velhas e barba malfeita não escondem o brilho do olhar de um homem determinado.

Joaquina sorriu e Firmino apenas deu de ombros.

— Vou arranjar um par de óculos — ele disse.

— Faz bem — comentou o Velho, balançando a cabeça. — O que quer?

Firmino encarou o Velho e seu rosto repleto de linhas. Ele parecia nervoso, mas, até aí, todos pareciam nervosos nos últimos dias. As notícias dos jornais mal arranhavam a superfície da brutalidade policial que era distribuída em resmas pela periferia.

— Minha mão eletroestática — disse Firmino. — Preciso de peças de reposição. Tive alguns problemas nos últimos dias e precisei abandonar meu laboratório.

— Li algo nos jornais — o Velho disse, mas Firmino permaneceu em silêncio. Depois de um tempo, ele perguntou. — Do que precisa?

Com um gesto, Firmino puxou um pedaço de papel de dentro do bolso do paletó surrado. A mão mecânica se abriu espontaneamente e a nota quase caiu no chão. Irritado, ele entregou a lista ao Velho, que a examinou com cuidado.

— As engrenagens e as polias eu tenho em estoque — ele disse, tamborilando os dedos na mesa. — O difusor também. Mas o tensionador... Desculpe, filho, mas esse você não vai encontrar em lugar algum.

Firmino levantou um olho para o Velho.

— As peças estão mais difíceis de conseguir — ele respondeu à pergunta não formulada. — Toda a produção está sendo controlada e revendida para apenas um comprador. Não sei quem é, mas seja quem for, está montando uma grande operação.

Uma guerra, para ser mais exato, pensou Firmino, lembrando-se da carta que eles haviam recebido do Barão do Desterro. Uma guerra contra o Paraguai, um pretexto para movimentar as suas máquinas bélicas e manter o Barão, por muito tempo, no posto mais alto do Brasil. Um triste fim para a democracia republicana que, mal nascida, já se via sepultada pelos planos de um louco.

O Velho desapareceu no interior da casa por alguns momentos e retornou com uma sacola de papel, na qual tilintavam as peças de metal.

— Quanto lhe devo? — perguntou Firmino, pescando a carteira de dentro dos bolsos.

— É por conta da casa — respondeu o Velho, voltando a sentar-se. — Pelo que fez por Jair. Só me faça um favor.

— Pode dizer — disse Firmino, guardando a carteira.

— Não retorne aqui.

Firmino assentiu para o Velho. Ele era um homem honesto a seu modo. Quebrara o juramento de não interferir quando soubera da morte do violeiro Jair. Agora, lhe arranjara peças quando a maioria dos outros contrabandistas simplesmente o expulsaria aos gritos. Não poderia abusar da sua boa vontade.

Firmino e Joaquina agradeceram e deixaram o lugar.

Nas ruas, a tarde já findava, dando sinais de chuva para os lados da zona sul. Os poucos lampiões que iluminavam a Villa Isabel estavam sendo acesos vagarosamente. As pessoas andavam a passos apressados para suas residências, tentando chegar antes do aguaceiro. Joaquina e Firmino trocaram um olhar por um momento, a compreensão mútua passando entre eles. Não era apenas a chuva, a noite se aproximava também e, com ela, maltas de todos os tipos de bandidos circulavam por aquelas bandas.

Com os passos rápidos, Firmino e Joaquina desceram por uma ladeira íngreme até chegar à primeira esquina. Firmino segurou a mão da amiga e ambos pararam, protegidos atrás de um poste.

— O que foi? — perguntou a moça.

O Covil do Demônio

Firmino levou o dedo aos lábios e apontou discretamente para o fim da rua. No outro lado, em uma pequena praça de bancos quebrados e árvores ressequidas, um sujeito muito magro conversava com três soldados, apontando para a rua de onde eles estavam vindo. Não foi difícil reconhecer Palito, um dos contrabandistas que usavam Villa Isabel como base de operações. Firmino viu uma troca rápida de cumprimentos e o brilho de moedas, fruto da barganha. Palito o vira e o traíra.

Em outros tempos, ele poderia avisar Maria Tereza e Remy do que estava acontecendo. Mas Remy perdera o seu comunicador téslico na inglória luta do Engenho Novo e Maria Tereza precisara destruir o seu na cabeça de um soldado que tentara prendê-la alguns dias atrás. O seu último *teskie*, um dos seus maiores orgulhos como engenheiro, transformara-se em um exótico peso de papel.

— Vamos embora — Firmino disse, puxando Joaquina morro acima.

Um pouco depois, a marcha dos soldados em passos apressados invadiu a rua.

— Corra! — disse Firmino.

Joaquina virou para trás por um momento e se pôs a correr, com Firmino em seu encalço. A movimentação foi o suficiente para chamar a atenção dos soldados, que se puseram em perseguição.

As ruas escuras se transformam em um labirinto. As vielas se mesclavam umas às outras, sem direção. Firmino sabia que não adiantaria pedir ajuda. As pessoas estavam amedrontadas. Ajudar fugitivos significava uma sentença de morte. A única esperança era alcançar os limites da vila e se embrenhar na floresta.

Firmino subiu por uma viela e dobraram em um beco sem saída. Praguejando, voltou para a ruazinha puxando Joaquina pela mão e correu para o lado oposto, mas a perda de tempo foi fatal.

— Pare aí! — gritou alguém, barrando sua frente com a mão espalmada; com a mesma mão, um segundo depois, abriu o coldre e puxou uma pistola de três tiros.

Firmino deu um passo para trás, mas o soldado avançou, espetando a sua barriga com o cano da arma e rindo da cara de medo de Joaquina. Firmino apertou os dentes enquanto dois homens se aproximavam pelas suas costas. Pouco depois, os três soldados cercavam-nos. Dois deles carregando armas e o terceiro, um grande cassetete.

— Vocês estão presos — anunciou o primeiro soldado. Ele trazia a insígnia de aspirante nos ombros. Provavelmente, ganharia a patente de cabo ou mesmo sargento por aquela captura.

Algo que não estava nos planos imediatos de Firmino.

Discretamente, ele levantou os braços enquanto apertava um botão escondido na mão mecânica. A eletricidade estática do ar começou a se condensar e faíscas e fagulhas saltavam dentro da luva que encobria o metal. Firmino sentiu o braço formigar. As engrenagens não estavam funcionando como deveriam e os músculos tremiam ao tentar conter a energia.

— O que diabos...?

Mas o soldado não completou a frase. Rápido como um raio, Firmino cravou a mão eletroestática no braço do soldado.

Nada.

Um uivo seco escapou da luva e a mão pendeu do pulso, completamente derrotada.

O dispositivo falhara

O soldado encarou-o, sem entender o que acabara de acontecer, e Firmino sorriu. No outro segundo, acertou um soco no nariz do sujeito. Enquanto ele caía para trás, em uma cascata de sangue e cartilagens destruídas, o segundo soldado levantou a arma.

Firmino preparou o golpe, gingando sobre o pé. No meio do movimento, ele soube que não seria rápido o suficiente. Percebeu o dedo chegando no gatilho, o olhar assassino na expressão do soldado. O grito de Joaquina ecoou em seu ouvido um segundo antes do tiro.

Os músculos relaxaram por instinto, mas o movimento do coice continuou atingindo apenas o vazio. O soldado caiu para trás, com uma marca vermelha brotando em seu peito.

Quem? Como?

Levou um momento para xingar o próprio cérebro. Não era o momento para especulações. Piscando para recobrar os sentidos, partiu para cima do terceiro soldado. O homem também não havia compreendido o que ocorrera; mesmo assim, levantou o cassetete e avançou para o engenheiro. Firmino se lançou ao chão sobre os braços, girou o quadril no ar e o acerto com um coice no peito. O soldado caiu de cócoras no chão e recebeu um coice de Joaquina, a botina afundando em suas costelas.

Firmino se permitiu sorrir por um segundo antes de voltar-se para o

O Covil do Demônio

primeiro soldado. A arma havia quicado no chão duro quando seu nariz fora quebrado e, agora, ele tateava no chão, os olhos marejados pelas lágrimas e pelo sangue. No exato momento em que alcançou a pistola, Firmino pisou em seus dedos e o som de ossos quebrados soou agourento. O homem deu um berro de dor antes que a bota de Firmino arrebentasse sua têmpora, mandando o sujeito para o reino dos sonhos. Então, ele se voltou para o terceiro soldado, que lutava para respirar.

O sujeito levantou os braços, como se rendendo, mas Firmino não tinha tempo para fazer prisioneiros. Tempos desesperados exigiam medidas desesperadas. Dois socos e o sujeito caiu no chão, desacordado.

Neste momento, uma porta se abriu em um casebre próximo. Um sujeito de pele curtida e segurando um rifle de caça na mão se aproximou, apontando a arma para Firmino e espichando os olhos para os soldados caídos.

Era Corisco.

— Por que me ajudou? — perguntou Firmino, puxando o ar para dentro dos pulmões e recuperando a respiração.

Corisco coçou os cabelos.

— Eu li os papéis — ele respondeu, admitindo. — Tem muita gente sumindo, Firmino. Quem não tem trabalho fixo é levado para ser *averiguado*. Uns voltam, a maioria não.

Firmino acenou com a cabeça. Já ouvira falar disso. Neste momento, porém, sentia-se muito cansado para sentir raiva.

— E tem algo circulando por aí — disse Corisco.

Firmino ergueu uma sobrancelha.

— Não sei o que é. Ninguém sabe. Parecem aqueles monstros de ferro que falam e servem café. Mas maior. E mais sinistro.

Por um momento, Firmino se lembrou do gorila com próteses robóticas que enfrentara no Engenho Novo e sentiu uma pontada no estômago. O Barão teria coragem de liberar aquelas bestas entre a população?

— O Barão fala sobre segurança toda hora, mas está todo mundo com medo — continuou Corisco.

— Segurança é para branco e rico — disse Joaquina, com a voz firme. — Morte de preto ou pobre não sai no jornal.

Firmino sorriu por um segundo. Reconheceu na fala da Joaquina as palavras de Neli e seu jornal. Desde a fuga da Agência, a presença de Joaquina se tornara uma constante na vida dos três detetives e Maria Tereza apresentara a *Tribuna Popular* para a nova amiga.

Corisco balançou a cabeça.

— Isso é coisa de político — ele resmungou. — Não gosto disso.

— E você acha que eles vão falar por nós? — perguntou Joaquina. — Se nós mesmos não falarmos, ninguém vai falar.

Corisco encarou Joaquina por um momento, mas voltou a balançar a cabeça, antes de se virar para Firmino.

— Palito te entregou desta vez. Aquele bandidinho entregaria a mãe por trinta moedas. Mas está todo mundo com medo. Muitos têm filhos pra criar. Entre você e a família, eles não têm escolha, entende?

Firmino entendia.

— Não apareça mais aqui. Não vou conseguir salvar a sua pele de novo. E nem sei se quero.

Firmino assentiu, já estava conformado em ouvir comentários desse tipo na Villa Isabel.

— Foi-se o tempo em que poderíamos enfrentar juntos os perigos de uma refeição no Bar do Português — ele comentou, em tom de despedida.

— O tempo não volta para trás — resmungou Corisco, filosoficamente. — E as coisas vão piorar.

Firmino concordou com um aceno.

— Mantenha os papéis em segurança — ele ainda pediu.

Corisco resmungou alguma coisa e desapareceu noite afora, engolido pelas trevas cariocas, mal iluminadas pelos relâmpagos da chuva que chegava. Eram noites perigosas em tempos sombrios. Soldados ou cidadãos, bandidos ou inocentes, uma onda de maldade assolava o país e sua capital. Uma maldade que parecia cobrar em sangue a paga de cada dia em que se conseguisse sobreviver à raiva e ao medo sem fim.

O Covil do Demônio

CAPÍTULO 3

REMY

Rio de Janeiro, 10 de abril de 1893

Centro Histórico, 23 horas

O cheiro acre e ácido ardia nas narinas em meio à noite fria. Os passos de suas botas explodiam em poças de água, sangue e vômito.

Quem mesmo disse que a elegância era uma flor rara e exótica?

Naqueles dias, os brasileiros esmagavam suas pétalas e arruinavam quaisquer vestígios de perfume, pensou Remy Rudá, enquanto se esgueirava pelas ruelas encardidas do centro da capital federal.

Acima dele, o planaereo rugia e tremia casas e prédios, dando um ar de soturna modernidade a um todo que parecia esquecido por Deus, o diabo e pelos próprios humanos.

Há semanas que as roupas requintadas de Remy, costuradas sob medida para seu corpo esguio, deram lugar a um casaco longo, pesado e sombrio, seu uniforme naqueles dias de perigos e escapadas. O cabelo, que antes era cuidadosamente penteado e preso por uma fita lilás, não raro combinando com sua gravata, hoje era deixado solto, preso apenas por um chapéu de segunda que nada lembrava a indumentária do dândi que antes flanava pelas ruas do Rio de Janeiro.

Naquele país, naquele Novo Brasil do Barão do Desterro, Remy e seus amigos eram figuras marcadas e procuradas, com rostos anunciados em paredes e postes, com gordas recompensas prometidas a quaisquer pessoas que pudessem fornecer notícias ou informações sobre seus paradeiros. Os investigadores da Guanabara Real nunca foram populares, mas seus rostos — naquele momento exibidos em cada esquina — faziam com que até seus amigos evaporassem.

O trio se deu conta num átimo de que estava sozinho, errando naquela matemática de contatos e auxílios, uma vez que lealdade e risco eram um luxo que aqueles dias de fome, sede e tirania não poderiam comportar. Agora, suas próprias sombras eram inqueridas com frequência e sua lealdade interna parecia ser a única moeda em que podiam confiar.

Desde aquela garrafa de vinho comprada em comemoração ao que julgavam ser uma vitória contra os planos do Barão, tolice exposta e disposta na missiva incendiária daquele vilão, que a fidelidade e o amor que uniam aquela tríade de investigadores foram testados a duras penas.

Qual era o cheiro da lealdade?, questionou-se Remy, tentando relembrar seu olfato treinado através de raras essências e exóticos licores. Mas esses eram outros tempos. Agora, o que o trazia ao mundo real era o fedor de merda, suor e medo, a nova essência que definia as ruas do Rio de Janeiro. Não importavam mais essas tolas elucubrações sobre perfumes, versos e banquetes, respondeu a si mesmo, irritado com suas lembranças sinestésicas. Naquela cidade — e o mesmo valia para todo o país —, a elegância se tornara moribunda, não podendo conviver com o que Maria Tereza, Firmino e ele mesmo entendiam como a mais pútrida das tiranias.

Enquanto Remy caminhava pelas ruas do centro histórico, olhando para os lados sem deixar de atentar a quaisquer movimentos ou alteração no ar, pensava no que seu país e sua capital tinham se tornado desde que o Barão tomara o poder.

Uma das primeiras medidas do novo líder da nação tinha sido suspender os direitos individuais e sabotar instituições que via como inimigas ao seu novo Brasil. Agora, formas de pensar, escrever e atuar no mundo precisavam passar por agências de controle que decidiam o que era e o que não era permitido.

Quanto aos professores, historiadores e cientistas, profissões que nunca contaram com grande popularidade entre as classes dominantes, muitos foram presos e desapareceram, em especial aqueles que possuíam filiações obscuras e que se recusaram a utilizar a nova cartilha educacional produzida pelo governo. Uma série de livros pífios que pregavam moralidade tacanha, religiosidade vazia e civilidade política – obediência pura e cega –, tudo devidamente afinado com os interesses do Barão.

Os devaneios de Remy foram interrompidos por um canhão de luz que caiu do céu em direção aos seus passos.

Como um felino, ele saltou para o lado, escondendo-se numa entrada de porta enquanto o raio que despencava do céu passava a alguns centímetros do seu rosto. Remy olhou para cima e viu um zepelim militar que fazia a patrulha das ruas depois das nove horas da noite. Entre dois grandes refletores de zinco e eletricidade tesla, um dos últimos inventos a serem patenteados no Brasil ultra tecnológico e violento do Desterro, uma grande tela composta de vidro e projeção fotoativa, um cinematógrafo de ação repetitiva, anunciava aos passantes assustados: ESTAMOS AQUI PARA SUA SEGURANÇA.

Remy correu mais dois quarteirões até seu destino, a casa imobiliária que guardava chaves e documentos de muitas residências do centro, do Flamengo e da Praia Vermelha.

Não disposto a usar magia, Remy abriu a porta de trás do casarão com uma de suas ferramentas. Uma das principais razões da sua triste escolha de roupas eram os bolsos internos do sobretudo que permitiam a ele esconder utensílios proibidos naqueles dias, como três lâminas, duas cordas, uma zarabatana retrátil, uma pastilha de dardos soníferos, um par de chaves-mestras e algumas ervas que havia colhido no meio do caminho. Apesar da vida agreste que estava levando com seus amigos, alguns poucos prazeres — como a hortelã que adorava mascar para disfarçar os gostos de comida velha e água encardida — ele se recusava a abandonar.

Remy entrou no prédio e se encostou à porta que acabara de arrombar. Sem pensar duas vezes, retirou do casaco um *goggles* de visão noturna que rapidamente ajustou ao olho direito. Com a ajuda do dispositivo, passou reto por duas mesas de trabalho e se dirigiu ao arquivo geral, abrindo-o também de forma criminosa. Sua meta era encontrar a gaveta que informava sobre os imóveis da Praia Vermelha. Ao encontrar o arquivo de que precisava, retirou dele um molho de chaves, deixando um par de cópias falsas no lugar.

Antes disso, avaliou os papéis que informavam o destino futuro da residência que visitara muitas noites. A casa de Catarina Volkov seria leiloada na próxima semana. Os móveis seriam vendidos e os documentos pessoais entregues a uma familiar distante, sobre a qual Remy nunca ouvira falar. Mesmo assim, gravara em sua mente seu nome.

Uma adaga de dor cravou em seu coração ao lembrar a parceira, amiga e amante, a historiadora que perdeu sua vida tendo sua alma aprisionada por um demônio, justamente o demônio que agora tentava adentrar em seu mundo tendo por principal devoto o digníssimo líder da nação.

Fechou a gaveta, deu as costas ao *hall* cheio de móveis e utensílios escriturários e rapidamente saiu por onde entrara, tendo o cuidado de trancar a porta que havia forçado.

A primeira parte da missão estava concluída. Agora, seguia para a segunda.

Quando alcançou a rua, deu-se conta de que em sua mão estava preso entre os dedos magros e um tanto encardidos o falso medalhão com o qual o Barão havia enganado a ele e aos amigos. Naqueles dias, aquele objeto havia se transmutado em um amuleto espúrio, um núcleo de falso poder e energia que agora eram direcionados ao ódio.

Concentre-se, ordenou a si próprio, antes de repousar o objeto no bolso externo do casaco, ao lado das chaves roubadas.

— VOCÊ! ALTO LÁ!

Antes de se dar conta, Remy já estava correndo com os feixes de luz das lanternas policiais atrás de si. Em poucos segundos, o que era apenas um par se tornou dois e, em alguns instantes depois, três, sendo que este acabou por encurralá-lo no final da rua. Agora ele estava cercado por seis homens da milícia do governo, sendo que dois deles estavam armados com pistolas e os demais, com cassetetes.

Remy fechou os olhos por segundos, concentrando-se no que deveria fazer. Antes que sua mente pudesse decidir por uma estratégia, seu corpo agiu.

O homem pulou sobre um dos inimigos armados como uma fera faminta, fazendo o oponente disparar sua arma pela noite e acordar os cães. Remy pousou atrás dele, não sem antes sangrar seu coração com uma de suas facas e transmutar seu corpo num escudo humano. Ele avançou sobre o segundo homem armado, que começou a descarregar sua pistola no corpo do antigo companheiro. Quando Remy o alcançou, deu a ele o mesmo tratamento que dedicara ao primeiro.

Agora estava ali, com as facas em punho e dois inimigos aos seus pés, diante dos demais. Vociferando como uma besta acuada, Remy avançou, pois sabia que sua única vantagem seria a rapidez e a falta de qualquer compaixão. Ele abateu mais dois, antes de ver a dupla restante lhe dar as costas e fugir. Um deles, porém, sussurrou ao outro se aquele não era o foragido indígena que todos estavam à procura.

Remy soube então que não poderia deixá-los sobreviver. Retirou do casaco uma zarabatana e lançou contra eles os dois dardos envenenados que sempre levava consigo, para inimigos ou para si próprio, caso fosse capturado. Abateu um deles e tendo errado o segundo, nada podia fazer a não ser alcançá-lo, imobilizá-lo e depositar uma lâmina afiada em seu peito.

Na rua escura e encardida, enquanto tomava fôlego, Remy viu com o canto do olho o sangue dos homens correndo para o esgoto e logo se misturando à podridão daquela cidade esquecida por Deus, mas lembrada pelo

O Covil do Demônio

guardião supremo que a vigiava: a estátua do Barão que, de braços abertos, surgia onipresente acima de todos eles.

Remy, sentindo-se imundo pelo assassinato e ainda mais sujo por aquele país entregue às mãos de um homem que usava enferrujados ideais como escravocratas usam a Bíblia. Recuperou o ar, acalmou seu coração e deixou os homens para trás, não sem surrupiar três de suas identidades, caso ele e os amigos precisassem de disfarces futuros.

Ele cruzou três ruas laterais e lá encontrou seu meio de transporte, o cavalo que servia de fiel companheiro nessas noites tumultuadas.

— Estou aqui, meu velho — disse ele, afagando a cabeça do animal e somente agora se dando conta de que seus dedos estavam sujos de sangue.

Depois de limpar suas mãos numa poça de água, montou o cavalo e cavalgou pela noite abafada e seca, deixando atrás de si mais um pedaço de sua inocência. Dentro dele, um pedaço de seu espírito chorava, não pelos homens que havia chacinado, e sim por si próprio, que parecia a cada dia se transmutar no tipo odiento que um dia jurara enfrentar. O fato de estar indo em direção à casa da mulher que amara no passado e que agora jazia aprisionada num reino espectral de espíritos e demônios não aliviava a dor de seu coração. Pelo contrário.

Remy era considerado por Catarina um amigo íntimo, fazendo jus a todos os sentidos daquela palavra. Como tal, ela revelara a ele uma entrada secreta em seu jardim lateral, para que sua chegada em qualquer horário não acordasse ou alertasse seus empregados. Tamanha era a proximidade que dividiam que ela fizera mais, deixando uma cópia de suas chaves num dos vasos de flores na entrada de serviço.

"Quando vier me visitar, procure a chave entre as hortênsias."

Após sua morte, porém, todas as fechaduras foram trocadas, tornando aquele antigo agrado inútil, uma prova de que sua amante, de fato, não mais existia, ao menos não naquele plano físico. Na noite anterior, Remy não teve coragem de arrombar a casa de Catarina. Por isso a decisão, perigosa e um tanto contraproducente, de visitar o centro da cidade.

Mais uma vez, teve a prova do quanto sua identidade estava exposta e da determinação do Barão de vê-los mortos a qualquer custo. Remy pulou do cavalo, amarrando-o na árvore que escondia a fenda do muro coberto de heras.

— Volto em minutos, camarada — disse ele ao animal enquanto questionava a si próprio sobre os motivos que teria para visitar aquele lugar naquela hora da madrugada.

Seria mais uma extravagância que poderia custar sua vida? Ou então encontraria, entre os móveis empoeirados e os livros abandonados de Catarina, outra pista sobre o demônio que enfrentavam? Outra hipótese seria estar ali unicamente para sentir mais uma vez o cheiro dela, seu perfume de bosques selvagens não maculados por invasores humanos. Ou então para achar uma carta, um bilhete, uma nota de sua antiga amiga, um último lembrete da paixão e do carinho que dividiam?

Esses antagônicos desejos foram revirados quando abriu a porta principal da casa. Mesmo fechado, o sobrado ainda encerrava o perfume de sidra e orquídeas que Catarina tanto apreciava.

Abaixo de si, os passos fizeram ranger o tabuão encerado do casarão, maculando não apenas o silêncio, mas também algumas de suas lembranças. Teria ele se transmutado agora nos fantasmas que um dia investigara e perseguira?

Havia estado ali infinitas vezes, muitas delas para conversas noite adentro, outras para um simples cálice de vinho na companhia de Catarina, ainda outras para se perder nos braços dela. Para ele, ela era mais que uma amiga e uma amante, era uma irmã e interlocutora, uma integrante da irmandade literária e mística a que ele mesmo julgava pertencer.

Ao deixar o *hall* de entrada e o longo corredor, Remy esperava encontrar a amiga em seu costumeiro gabinete de trabalho, perdida entre velhas páginas de livros antiquados em que se depositavam segredos seculares e profanos. Para uma estudiosa das religiões e dos mitos espirituais do passado, era uma odiosa ironia que agora Catarina estivesse aprisionada entre forças demoníacas que faziam mais parte do mundo dele do que do dela.

Remy tocou com cuidado a maçaneta dourada, acionou o mecanismo e apreciou o rangido das dobradiças enferrujadas que enunciavam sua entrada.

Seu pequeno sorriso logo desapareceu.

Onde antes estavam os impérios de livros, manuscritos, cadernetas, penas e tintas que identificavam o trabalho árduo de Catarina como investigadora e escriba de um passado perdido, agora figurava — como caixões vazios — o mobiliário empoeirado. Tudo havia sido retirado: livros, estátuas, porta-retratos, incensários, pesos de papel e enfeites metálicos. Tudo tinha sido depositado em caixas de papelão e madeira, que agora tornavam o caminhar pela antiga biblioteca um exercício desafiador, especialmente pela pouca luz que entrava pela janela entreaberta.

Ao menos, os objetos haviam sido guardados com cuidado, pensava Remy. Mesmo assim, tinha sido um erro vir àquele lugar. Saudades não podem ser totalmente satisfeitas, uma vez que a vida muda tudo e a nostalgia configura um perigo, um amargo convite a perder-se na constatação de que o tempo não volta, nem as pessoas, nem os beijos perdidos em meio ao frio noturno.

.o consigo enquanto limpava os olhos. Foi nesse momento que ele sentiu a ponta da adaga perfurar seu casaco e atingir suas costas.

— Um passo em falso, patife, e eu juro que vou transpassá-lo como um bicho!

— Augusta Volkov, eu suponho — respondeu Remy, não cogitando se mover um centímetro sequer, afinal, sabia, pela pressão da estocada, que sua antagonista não estava brincando.

— Vire-se! — ordenou ela, enquanto girava o corpo do invasor com sua mão livre e posicionava a arma agora em seu pescoço. — Remy Rudá, *eu suponho*. Cogitei que a casa de minha tia seria um alvo fácil para ladrões, mas nem em meus sonhos mais torpes imaginaria que *você* teria a coragem de colocar os pés aqui!

Remy olhou para ela, tentando avaliar o peso de suas palavras e a natureza de sua oponente. A jovem de vinte e poucos anos tinha o tipo físico de Catarina, sendo encorpada e com braços e pernas fortes. Mas nela, os cabelos escuros de sua amiga davam lugar a um castanho mais claro e crespo. Tanto seus lábios quanto seu nariz eram um pouco grandes demais e, na companhia dos olhos escuros — glóbulos de ódio que também o avaliavam —, produziam um rosto tão bonito quanto o de estátuas romanas trágicas. Havia algo de marcial, masculino e ameaçador tanto no corpo quanto no rosto daquela mulher.

— Já você não me surpreende parecer um rapazola franzino e nada convincente, bem ao gosto da minha tia — disse Augusta, lendo nos olhos de Remy a avaliação que fizera dela.

— Se eu fosse você, guardaria um pouco mais suas apressadas conclusões, minha cara. Nem tudo o que parece é, nem tudo o que é parece assim sê-lo e o que ainda não é poderá vir a ser — disse ele, no seu melhor sorriso e voz, levando o indicador até a lâmina para tentar demover a mulher de seu objetivo.

Augusta forçou ainda mais a lâmina sobre sua pele, agora o fazendo sangrar.

— Eu ordenei que não se mexesse, patife! E não pense que tolas improvisações shakespearianas ou esse rosto de anjo inconsequente terão qualquer efeito sobre mim. Conheço sua laia!

Remy obedeceu sem pestanejar. Havia subestimado duplamente a mulher, tanto em sua capacidade física quanto em seus conhecimentos literários. Apesar da surpresa e do sangue que agora vertia quente sobre a lâmina fria, continuou sorrindo, afugentando de si a tristeza de instantes atrás.

— Tire esse sorriso dos lábios, filho da puta! – disse ela, pressionando ainda mais a lâmina abaixo de seu maxilar direito. Seu olhar colérico continuava colado no dele.

Remy, mesmo contrariado, obedeceu.

— Minha laia? O que quer dizer com isso?

— Minha tia está morta! Por sua causa! E agora você volta aqui para invadir sua casa? — A lâmina penetrou mais alguns milímetros, com Augusta firme em sua determinação. — O que mais você deseja? Roubar mais coisas de minha tia, além da sua vida?

— Eu sinto muito. Eu não vim aqui para roubar nada. Eu vim aqui para...

— Para o que, seu canalha?!

— Para matar a saudade que tinha dela, Augusta. Eu gostava muito de Catarina... ela era uma das minhas únicas amigas...

— Matar a saudade? Se esse é seu objetivo, vá então ao cemitério, pulha! — Agora, o ódio que queimava nos olhos de Augusta dava lugar a um princípio de lágrimas.

Remy aproveitou o momento de fragilidade de Augusta e golpeou o braço que o feria, lançando a lâmina para o canto da sala.

— Duas coisas a meu respeito — disse ele, enquanto fitava os olhos raivosos da mulher. — Não me tome pelo que não sou. Nem um patife, nem um tolo incapaz de me defender. Isso dito, pegue sua lâmina, se isso a deixar mais tranquila. Mas não volte a me ameaçar.

Ela se afastou de Remy, recolheu a adaga do chão e foi em direção à única janela que estava aberta, com uma sobriedade que surpreendeu o invasor.

Remy retirou do casaco um lenço sujo que trazia, em meio ao linho desgastado, suas iniciais e o colou ao ferimento do pescoço.

— Eu amava sua tia, Augusta. Ela foi uma das únicas pessoas que entenderam quem eu sou, e eu, suponho... talvez tenha sido um dos poucos a também fazer o mesmo por ela.

— Saia daqui, Remy. Saia daqui antes de eu chamar a polícia. — Agora as lágrimas que Augusta tinha contido vieram em profusão, espelhadas no vidro empoeirado da janela.

— Eu farei isso. Tenho apenas três perguntas. Como você me conhece?

O Covil do Demônio

Augusta abriu a segunda cortina, deixando que mais luz noturna entrasse na velha biblioteca às escuras. A lâmina ainda estava em punho, com um pingo de sangue de Remy marcando o assoalho do cômodo. Era uma figura trágica aquela, uma mulher solitária naquela casa de mortos, falando talvez com outro corpo que em breve também desceria ao reino dos espíritos.

— Como Catarina, eu sempre fui um problema para a minha família. Minha tia sempre me ajudou e me apoiou. E há anos apenas um nome volta e meia aparecia em suas cartas. O seu. Quando fui informada de que ela morrera e havia deixado seus bens para mim, vim ao Rio para prantear por ela e tomar as providências que você está vendo. Mas o que encontrei foi uma casa abandonada, contas que não tenho como pagar e um mistério policial que atendia por seu nome. Quando os cartazes de procurado apareceram com seu nome e seu rosto, achei que fosse pela morte de minha tia. Mas logo fiquei sabendo que não. Pelo visto, o senhor tem um talento de desgraçar vidas e meter-se em confusões sem fim.

Remy respirou fundo, perguntando-se até que ponto ela estaria errada em sua avaliação.

— Essas caixas, os livros de Catarina, seus escritos... o que você pretende fazer com tudo isso? Por favor, diga-me que você não venderá tudo aos livreiros.

— O que farei com o que me pertence não é da sua conta! — Augusta se virou para ele, segurando com força a faca que o havia ameaçado.

— Sim. Você tem razão. Perdoe-me.

Augusta fitou-o por alguns instantes e então, pouco a pouco, deixou a lâmina cair ao lado do corpo.

— Não... não tenho. Eu que lhe peço escusas. Eu ainda não sei o que pensar, nem o que fazer com isso tudo.

— Não carece de desculpas. Tenho certeza de que encontrará um destino digno da mulher que era sua tia. Vou atender seu pedido agora e deixá-la. Mais uma vez, peço seu perdão...

— Ela morreu em paz?

Remy olhou para Augusta e devolveu a ela apenas seu silêncio. Entre as resoluções que tinha tomado para si estava a de nunca mentir.

— Qual era a sua terceira pergunta?

— Como posso contatá-la, caso precise?

— Hotel Imperial. Mas não espero que venhamos a tomar drinques ou que tenhamos qualquer convívio social...

Remy assentiu e agradeceu. Findando o diálogo, deu as costas à mulher, deixando-a sozinha com suas tristezas e odiando o fato de não poder lhe dar qualquer consolo. Naquele mundo, naquele país, consolo era uma moeda que estava em falta e cujo valor havia subido enormemente.

Com o coração alquebrado, Remy subiu em sua montaria e cavalgou pela noite carioca, desviando do brilho das tochas da milícia e dos feixes de luz dos zepelins de segurança pública.

No meio da escuridão que ele deixava para trás, pessoas se amontoavam nas ruas, ao redor de fogueiras improvisadas, muitas não tendo mais onde dormir. A política de incineração dos casebres dos morros havia jogado a população nas ruas, à espera dos comboios de realojamento. O governo havia prometido que os pobres teriam suas casas reconstruídas em outro lugar, mas até agora imperava em toda a capital o silêncio sobre o destino dos desabrigados.

Por outro lado, as famílias ditas de bem, os comerciantes e os de nobre sangue e refinado nome festejavam, pois sua Rio de Janeiro, sua cidade esplendorosa, sua capital nacional, voltava a ser a cidade que um dia eles previram: uma cidade de pessoas limpas para pessoas limpas, uma capital para o mundo, uma Guanabara para turistas, comerciantes e visitantes.

Uma Guanabara bem diferente daquela que ele, Firmino e Maria Tereza haviam defendido. Pensando que os dois amigos já o aguardavam, Remy sussurrou no ouvido do seu companheiro que cavalgasse com mais urgência, para longe dali, em direção à noite, em direção às trevas.

O Covil do Demônio

CAPÍTULO 4

MARIA TEREZA

Rio de Janeiro, 11 de abril de 1893

Morro da Dona Martha, 19 horas

— O Barão promete um anúncio fabuloso para os próximos dias. Garante que tornará o Brasil o maior Império da terra. — A leitura de Firmino tinha enorme má vontade. — Ego pouco é bobagem para esse homem, hein?

Já anoitecera e os três amigos se reuniram em um mocambo perdido no meio da mata Atlântica, na subida do morro que há algum tempo era chamado de Dona Martha. A habitação era antiga, feita de pau a pique com telhado sapé e cercada de bananeiras e mata tropical. Nos últimos dias, Firmino havia colocado barro novo em todos os buracos nas paredes, a fim de impedir que o vento entrasse e os barbeiros continuassem a fazer ninhos por ali. Mas a situação do lugar não melhorara muito.

No interior, a lamparina a óleo — menos chamativa que uma a gás — iluminava uma mesa bamba com três bancos simples. Um fogão de barro, com uma chapa de ferro carcomida de ferrugem, queimava lenha em um dos cantos, onde Remy aprontava um cozido com um pouco de tudo que haviam conseguido — os legumes trazidos por Maria Tereza e uma paca caçada por sua felina.

Maria Tereza estava debruçada na janela, mirando com raiva o alto do Corcovado. A estátua do Barão não era amigável, seus braços abertos pareciam dizer que ele possuía tudo. Que ele mandava em tudo. Que seus olhos eram capazes de ver e saber todas as coisas em todos os lugares. Ela estava se sentindo acuada e odiava essa sensação. Não era apenas a perseguição, eram todas as coisas. O castelo de mentiras erguido pelo Barão, a confiança tola de seus seguidores, o fato de ele ter lhe tirado as coisas que importavam: sua agência, sua liberdade, seus planos de futuro.

Só se deu por conta de que Remy a chamava na terceira vez em que ele disse seu nome.

— Este lugar não lhe faz bem, MT — afirmou o colega quando ela finalmente deu-lhe atenção.

Ela voltou a olhar para dentro da choupana.

— Faz sim. É tão remoto que nos mantém vivos.

— Não estou falando disso, minha querida — Remy começou a servir os pratos com o cozido. — Estou falando da energia pesada que pulsa dentro dessas paredes.

Firmino deu um suspiro entediado enquanto fechava o jornal para poderem jantar. Obviamente aquele comentário já tinha sido feito. Mais de uma vez.

— O que Remy chama de "energia ruim", eu chamo de frestas. Teria conseguido fechar todas hoje, caso ele tivesse me ajudado.

Remy colocou o prato cheio na frente de Firmino com uma força maior que a necessária e uma expressão ofendida.

— Eu não estava fazendo corpo mole, meu amigo. Estava tentando purificar o local dos espíritos sem descanso que andam por aqui.

— Existe um lugar que não tenha espíritos para você, Remy? Imagino que se um dia for ao Velho Mundo, vai acabar num hospital de alienados.

A voz de Maria Tereza se ergueu junto com a colher para provar o ensopado e se fez ouvir antes que Remy retrucasse.

— Se há espíritos andando por aqui, não irão embora tão facilmente.

Os dois homens encararam-na, mas ela degustava sua colherada calmamente.

— Como assim? — questionou Remy, ao mesmo tempo em que Firmino jogava o corpo para trás e lamentava.

— Você também, MT? Não...

— Se... Firmino. Se... — corrigiu ela, voltando a colher ao prato para outra bocada.

Remy pegou uma das garrafas de vinho que havia conseguido na correria dos últimos dias e serviu três copos. Ele sempre acompanhava esse movimento com um lamento por estar sem suas taças, mas naquele momento sua atenção estava toda na amiga.

— O que você sabe que não sabemos?

Firmino olhou de um para outro com curiosidade.

— Por que não jantamos antes? — sugeriu ela.

Remy finalmente se sentou em frente ao seu prato e colocou os cotovelos sobre a mesa, apoiando o queixo nas mãos.

— Curiosidade me tira o apetite.

Maria Tereza limpou os lábios com um lenço próprio, tomou um gole de vinho e ia voltar a comer quando percebeu que Firmino encarava-a com a mesma disposição de Remy.

— Certo — disse resignada. — Os donos dessa choupana foram mortos.

— Imaginei algo assim... — começou Remy.

— Pelo filho mais velho.

— Isso é... — Firmino tinha um olhar consternado.

— Ele tinha 13 anos.

Os dois homens pareceram se arrepiar.

— Um acidente? — sugeriu Firmino.

Maria Tereza pegou outra bocada de ensopado, fazendo-os esperar pela resposta.

— Como o barraco foi lavado com o sangue dos dois, então, eu imagino que tenha sido intencional.

Remy fez um de seus vários sinais ritualísticos de proteção, mas foi Firmino quem falou:

— Por que diabos...?

— Quem vai saber? — disse Maria Tereza. — Dizem que o menino havia conhecido um mascate, que era um homem malévolo, e muita gente achou que o tal o tinha instigado para a matança.

— Mas lavar com sangue? — questionou Remy, com as sobrancelhas arqueadas. — Isso parece coisa de invocação. Quero dizer, para chegar aos círculos mais profundos do inferno, é preciso entregar sangue. Isso desde sempre. O mascate devia ser versado nas artes ocultas e provavelmente usou o menino...

O olhar de Maria Tereza interrompeu a explicação de Remy.

— O menino não foi manipulado, Remy. Até onde lembro, esse menino sempre soube muito bem o que fazia. Conhecem aquele ditado: mataria a mãe se fosse preciso? Pois bem, ele matou a mãe e o pai. Só não matou a irmã porque eu pulei uma janela e corri. Corri muito.

Maria Tereza entornou o copo de vinho e voltou a colocar toda a sua atenção no ensopado.

Um silêncio carregado seguiu a declaração dela.

Nenhum dos dois homens jamais havia ouvido aquela história. Sabiam que Maria Tereza havia se criado nas ruas, onde aprendeu a se defender e a liderar. Sabiam que ela se prostituíra na adolescência e que um cliente havia se apaixonado por ela. Que esse homem a levara para fora do país e investira em educá-la, refiná-la e compensá-la pelos anos difíceis. Também sabiam que ele morrera após sete anos de casamento e que Maria Tereza usara sua herança de viúva em cursos de detetive na Inglaterra e na França. Que ela havia impressionado homens como Auguste Dupin e Sherlock Holmes. E quando ambos completaram seus elogios com "para uma mulher", ela respondeu que eles também eram razoáveis, levando-se em conta que "eram homens".

O fato é que Maria Tereza poderia ter tido uma carreira de sucesso na Europa, mas ainda assim retornara ao Brasil e construíra a Guanabara Real. Seu sonho. Seu amor. Seu projeto de presente e futuro.

Remy limpou a garganta, mas sua voz ainda saiu baixa e assombrada.

— O que aconteceu ao menino?

Maria Tereza descansou a colher na lateral do prato e escorou os antebraços na mesa.

— Depende de onde você buscar a informação. De acordo com os registros oficiais, meu irmão Faustino foi levado para um reformatório do exército, onde morreu, convenientemente, um mês depois, sem que o atestado de óbito precisasse nenhuma causa além de febre. — Ela se inclinou um pouco mais para a frente e os olhos verdes cintilaram de fúria. — Agora, de acordo com o que eu investiguei ao voltar da Inglaterra, ainda antes de iniciar a agência, há mais água debaixo dessa ponte. O menino chamado Faustino de tal – porque gente pobre sem eira nem beira não tem sobrenome em registros policiais – dividia uma cama com outra criança no dormitório do exército. Na noite em que o Faustino "morreu", o tal menino fugiu e ninguém foi atrás dele, pois era um trombadinha perigoso e afamado, e todos dizem que tinham certeza de que, mais cedo ou mais tarde, o pegariam de novo.

— Deixe-me adivinhar — disse Firmino, mexendo o ensopado com a ponta de uma faca que vez por outra capturava algum legume —, nunca mais o pegaram.

Maria Tereza deu um meio sorriso sem humor.

— Pegaram. Na verdade, eu o peguei. Ao menos, o tal menino que o exército achava que havia fugido. — Maria Tereza serviu-se de mais um pouco de vinho. — Era ele quem estava enterrado na cova nos fundos do reformatório do Arsenal de Guerra. Quem sumiu foi o Faustino e, na verdade, não tenho ideia de como ele conseguiu trocar as identidades com apenas uns 13 anos.

— Imaginei isso — comentou Firmino. — Mas como você pode ter certeza de que a criança enterrada não era o seu irmão?

— Eu obriguei as autoridades a abrirem aquela cova, é claro.

Remy fez uma expressão chocada. Mexer com os espíritos dos mortos, tudo bem, com os corpos, porém, lhe parecia uma coisa desconfortavelmente sinistra, além de pouco elegante.

— Só encontrou ossos. MT, como soube que não se tratava de...?

— Faustino fraturou o braço quando tinha dez anos. Bastou procurar por isso. A criança enterrada tinha todos os ossos inteiros. Menos um, é verdade.

— Como assim? — Inquiriu Remy.

— O crânio tinha um afundamento nada natural na parte do rosto. Algo produzido com um objeto contundente muitas e muitas vezes. De fato, a documentação foi toda maquiada para ocultar que um dos órfãos do imperador tinha sido assassinado nas dependências do Arsenal de Guerra.

Firmino tinha uma expressão de asco.

— Você acha que foi...?

— Faustino? Não tenho dúvidas.

— Eu já vi crianças fazerem coisas horríveis — disse Remy. — Quase sempre após sofrerem muito.

Maria Tereza ficou encarando o copo de vinho entre dois goles antes de responder.

— Minhas memórias são truncadas, mas não acho que havia sofrimento nessa casa, quando meus pais eram vivos, o suficiente para se criar alguém como o Tino. Ele não era uma criança. Era outra coisa. É outra coisa.

Remy estendeu a mão e pegou a da amiga que estava sobre a mesa.

— Ainda está à procura dele, não é?

Ela o atravessou com um olhar.

— Sim, sempre estive. E estar aqui, com vocês, apenas ressuscitou uma série de lembranças e o juramento que fiz de um dia vingar a morte de meus pais. O Barão não é nada perto do Faustino. — Ela fez uma pausa e sorriu levemente para os dois. — Vamos colocar o canalha do Barão atrás das grades. E vamos recuperar a nossa agência. E quando as coisas voltarem ao normal, eu volto à minha cruzada pessoal. — Ela devolveu o aperto à mão carinhosa de Remy. — Quem sabe assim as almas que permanecem aqui tenham descanso, não é?

— Nós iremos ajudá-la nisso, MT — assegurou Firmino. — Tem nossa palavra.

A felina de Remy acordou com um pio de uma ave noturna e se ergueu, esticando-se como uma gata doméstica. A pantera rondou os três moradores, cheirando-os e recebendo afagos, e depois saiu para a noite. Para caçar. Remy a fitou com inveja.

Após terminarem de comer — o que conseguiram engolir depois da história de Maria Tereza —, os três se dedicaram a dividir os relatos daquele dia.

Remy deu um suspiro e jogou o medalhão sobre a mesa, que bambeou um pouco.

— Parece que com isso aqui demos com os burros n'água. Essa bijuteria foi muito bem feita, mas não passa de uma cópia. Não há nele nenhum tipo de potência mística. Usei todos os meus conhecimentos nos últimos dias para arrancar dele algo útil. O resultado é que não havia nada.

Ele se encolheu na cadeira com a imagem da frustração. Maria Tereza, no entanto, pegou o medalhão e o girou várias vezes na mão.

— Bem, esta era uma possibilidade, mas sabíamos que provavelmente a sorte não nos sorriria tanto assim. No momento, porém, não é isso que está me preocupando.

Os dois homens trocaram um olhar rápido.

— Você tem mais um motivo de preocupação? — quis saber Firmino, pois àquela altura já não imaginava que alguma coisa a mais poderia vir a pesar sobre as cabeças deles.

— Vocês dois quase terem sido mortos em diligências não exatamente complicadas não é motivo de preocupação? — A chuva lá fora era somente uma garoa fina agora e Maria Tereza ficou escutando um pouco antes de falar. — Vocês dois estão muito marcados nos circuitos em que costumam investigar. Semana passada, Remy foi perseguido ao visitar dois de seus conhecidos médiuns. O mesmo com Firmino hoje ao retornar o contato com seu conselheiro tecnológico. E, convenhamos, nenhum de vocês é exatamente um mestre dos disfarces. Acho que o melhor a fazer é sacudir um pouco as expectativas dos nossos oponentes.

— Qual a sua ideia? — perguntou Remy, num tom que revelava um tanto de sua curiosidade.

— A partir de agora, Remy, você irá atrás dos contrabandistas e possíveis criadores das tecnologias que encontramos nos terrenos escondidos do

O Covil do Demônio

39

Barão. Você tentará descobrir onde estão os soldados com partes animais e humanas e quais os planos do Barão para isso.

Firmino endireitou a coluna e arregalou de tal forma os olhos que as íris pareciam pequenos pontos perdidos em uma imensa área branca, já prevendo o que viria a seguir.

— MT, não me diga que isso significa que eu...

— Exatamente, Firmino. A partir de agora, seu trabalho será rastrear o medalhão e seus mistérios arcanos e todas as intenções demoníacas do Barão. — O amigo abriu a boca para iniciar sua série de reclamações, mas Maria Tereza cortou-o. — Dê-me uma solução mais lógica, mais segura e mais eficiente que essa e eu pondero a possibilidade. — Ela o encarou, e igualmente Remy, com um silêncio significativo. Nenhum dos dois conseguiu contestá-la. — Ótimo! Amanhã iniciaremos uma nova jogada.

— E você? — questionou Remy. — Vai continuar atrás das crianças? Ou vai manter a vigilância ao Palácio do Governo?

Ela negou com a cabeça.

— Também vou tentar outra abordagem. Mantive-me afastada de nossa amiga jornalista para a própria segurança dela. No entanto, a intrépida Neli Baidal — ela sorriu ao fazer a fala floreada ao gosto dos folhetins dos jornais vespertinos — continua sendo a principal oponente ao Barão Presidente. Neli tem acesso a lugares aos quais nós não temos. Acho que podemos convocá-la como um membro informal da equipe.

— E ela certamente aceitará — afirmou Firmino.

Maria Tereza assentiu.

— Ter juízo nunca foi uma característica da Neli, não concordam?

CAPÍTULO 5

FIRMINO

Rio de Janeiro, 12 de abril de 1893

Planaereo, Villa Ipanema, 15 horas

O movimento metálico, veloz e moderno do planaereo tirou Firmino de seus pensamentos sombrios.

Aquele grande feito tecnológico do final do século, que tanto fora louvado e aplaudido como a chegada do futuro na paisagem carioca, agora, pelo descaso das autoridades em curso, decaia dia após dia. A falta de limpeza e segurança fazia do trem aéreo uma mácula que logo o Barão desmontaria peça por peça para investir no que era urgente no Brasil daqueles dias: armas e munição.

Para um cientista e engenheiro como Firmino, a precisão daquele invento era uma dádiva, uma prova de tudo aquilo que a ciência, a modernidade e a razão poderiam oferecer às populações do mundo.

Quando deixou seu vagão, Firmino tocou com sua mão robótica um dos bancos metálicos. Ferro em contato com ferro tornando a vida daquele homem de carne, osso e sangue, entre tantos, mais fácil, mais veloz, mais esperançosa.

Quando saiu para a estação fétida, em Villa Ipanema, com seus três moradores de rua abandonados ao álcool e a sua sujeira, seu coração apertou. Que país de gigantescas desigualdades!

Firmino desceu na última estação do planaereo e, depois, tomou um dos trens suburbanos em direção à Barra da Tijuca. O seu destino: a casa de retiro do mestre Moa. Enquanto a locomotiva riscava a Mata Atlântica, o engenheiro se lembrou da conversa que tivera com Remy sobre o sujeito que iria visitar.

— Por que ele? — perguntara, na noite anterior.

— Ele é um dos homens mais sábios que já conheci — respondera Remy.

— Você não o visitou quando estava investigando a morte de Pedro Flores.

— Não — admitira Remy, cansado. — Nossos métodos são diversos. Ele se considera um filósofo arcano e pouco se importa com o que acontece do lado de fora de sua casa. Se tivesse ido até lá, discutiríamos.

— Então por que acha que ele vai me receber? — Firmino perguntara astutamente.

— Porque ele adora um desafio, meu caro. E, admita, transformá-lo em um crente será um desafio digno de Pigmaleão.

Que alternativa tinha Firmino? Mesmo que não estivesse convencido das forças místicas por trás daquele medalhão, conhecia o suficiente de Remy para saber que ele estava assustado. E havia pessoas matando inocentes por causa daquele culto pervertido. Acreditando ou não, precisava descobrir o significado do artefato.

Depois de deixar o trem, Firmino seguiu por um par de ruas de pedras bem assentadas e casas geminadas, a maresia da praia próxima tornando o ar brejeiro e vívido. Com o endereço anotado em seu bloco de notas, encontrou a casa sem dificuldades.

O lugar era bem diferente do que Firmino tinha em mente. Das poucas vezes que acompanhara Remy em suas andanças pelo submundo esotérico carioca, conhecera templos paupérrimos, com chão de terra batida e telhado de sapé, e santuários exuberantes, dignos dos rococós europeus, onde o ouro, a mirra e o incenso pareciam se fundir em ornamentos rebuscados, vidros e cristais.

Mas a casa onde chegara parecia pertencer a um médico, advogado ou funcionário público de alta patente. Era um casarão grande, com janelas altas, telhado de meias-águas e um amplo jardim nos fundos. Fora recebido por uma jovem mulher que parecia acumular as funções de porteira, secretária e ajudante geral, sempre andando de um lado para o outro, com blocos de anotações a tiracolo e um olhar crítico aos empregados e aprendizes.

Sim, havia aprendizes. E muitos. Alguns vestiam roupas extravagantes, em tons do mediterrâneo. Outros optavam pela sobriedade dos ternos e coletes. Não parecia haver padrões distintos ou regras claras. Firmino suspirou, melancólico, lembrando-se do laboratório que estava trancafiado nos fundos da agência.

A jovem, que ele descobriria mais tarde se chamar Matilde, levou-o por corredores compridos até a porta dos fundos. Após atravessar um jardim muito bem cuidado, alcançaram uma segunda construção, tão grande quanto o casarão. Havia um vão de duas portas, onde Matilde bateu, esperou por um momento e escancarou a entrada.

Um sopro de incenso delicado e tépido atingiu as faces de Firmino. Era um odor de laranjeira e especiarias. Tinha sabor de chá. Mesmo sem querer, viu-se inspirando profundamente antes que seu olhar passasse pelo interior do templo.

O local era um vasto salão com tábuas escuras no chão, paredes caiadas e janelas escancaradas. Quadros imensos estavam pendurados de um lado a outro, com cenas rupestres e batalhas antigas. Anjos e demônios. Mares e desertos. A dualidade estampada em tinta e ouro. Os quadros eram belíssimos e uma explosão de cores e sensações invadiu seu cérebro. Maravilhado, Firmino levantou o pé para entrar no recinto.

— Pare! — gritou uma voz em comando, quebrando o encanto momentâneo.

Firmino virou-se para um velho levemente corcunda que se aproximava. Ele tinha uma bengala em uma mão, uma pequena pá suja de terra em outra, usava uma barbicha que chegava até o peito e vestia um macacão. Era preto como Firmino, mas muito mais baixo. Pela descrição de Remy, era o mestre Moa.

— Não entre no templo com os sapatos — resmungou o homem, com a voz já roufenha.

— Os espíritos ficam incomodados com os sapatos dos impuros? — desdenhou Firmino, que já esperava por esse tipo de coisa.

— Não, mas a Dona Maria, que faz a limpeza, fica — Moa devolveu, olhando para os lados com os olhos franzidos. — E eu prefiro enfrentar um orixá mal-humorado a ela.

Firmino ergueu uma sobrancelha, mas fez como ordenado. Depois de tirar os sapatos, entrou no templo. A madeira era bem assentada e ele sentiu o piso polido pela passagem de milhares de pés.

— Eu vim até aqui indicado por um amigo — começou a falar, acompanhando o velho pelo salão vazio até onde estavam algumas cadeiras e uma meia dúzia de almofadas coloridas. — Seu nome é Remy Rudá.

— Valha-me Deus! — resmungou Moa, largando a pá displicentemente ao lado de um aparador e usando um jarro d'água para lavar as mãos. — O que aquele sacripanta fez desta vez? Está entalado na boca de algum espírito sorrateiro? Ficou aprisionado no mundo astral, vitimado por espectros

O Covil do Demônio

profanos? Ou só foi parar na prisão por algum festejo envolvendo matronas, ópio e cabras? Já disse que não iria mais acudi-lo, fosse por penados, ninfas ou pervertidos!

Firmino abriu a boca, fechou, voltou a abri-la e fechou novamente. Decidiu que era melhor deixar para lá.

— Na verdade, ele está sendo procurado pelo assassinato de uma centena de pessoas. O senhor não lê os jornais nem se atenta aos cartazes de procurado espalhados pela cidade?

Moa, que terminara de lavar as mãos, limpou o nariz com um barulho horrível e usou uma toalha para tirar a terra da testa e do macacão. Então, parou por um momento, encarou Firmino e disse, jogando a toalha sobre a mesa.

— Tenho mais o que fazer, filho — resmungou, antes de fitar Firmino, calculando uma decisão. — Certo. Isso é novidade. Me conte tudo.

Pela próxima meia-hora, Firmino explicou os temores de Remy, usando suas próprias palavras. Havia bem menos projeções astrais, demônios e entidades malignas em seu relato, mas Moa captou a ideia geral. No final, ele perguntou sobre Firmino e seu envolvimento na questão. O engenheiro contou brevemente a sua própria história, como fora para Paris, como se formara e a falta de oportunidades para trabalhar quando retornou ao país. Finalizou com o relato da agência de Maria Tereza e com o enigma da Alcova da Morte, que os levou a um ritual sangrento e a serem caçados pelo homem que havia tomado o poder da república.

Moa ouviu tudo com atenção, sem tecer comentários.

— Me deixe ver o medalhão — ele pediu, estendendo a mão após Firmino terminar seu relato.

Firmino entregou a joia. O homem puxou um monóculo de dentro do macacão e examinou a peça atentamente, girando-a de um lado para o outro, colocando a gema contra a luz do sol e, finalmente, mordendo a peça.

— É ouro mesmo. E um rubi muito valioso. Uns vinte e poucos quilates, imagino. Você conseguirá um bom dinheiro por ela.

— Não quero vendê-la — resmungou Firmino, irritado. — Quero saber para que ela serve.

— O medalhão é tão falso quanto a metade de meus dentes — Moa respondeu, devolvendo a joia.

— Sabemos disso. Mas Remy acha que esta é uma imitação perfeita do original. Se descobrirmos o que significam estes arabescos nas extremidades da peça, talvez tenhamos uma ideia da utilidade do medalhão verdadeiro. — Firmino estava frustrado. Será que toda aquela conversa não passaria de perda de tempo?

Moa fechou um olho, pensativo.

— Isso pode funcionar — ele disse, depois de um momento. — Então, você quer aprender para que serve o medalhão?

— Sim — respondeu Firmino, esperançoso. — Quero dizer, na verdade, esperava que o senhor pudesse me explicar.

— Não tenho a mínima ideia — o velho disse, dando de ombros.

Firmino sentiu a respiração falhar por um momento.

— Remy me disse que o senhor era o mestre mais sábio que ele conhecia — protestou.

— Remy é um mentiroso e você já deveria saber disso — disse Moa, balançando a cabeça em um gesto irritado. — E me bajular não levará a nada. Não estou envolvido no caso. Não tenho como saber. Se quiser, você pode aprender sozinho.

— Não entendi.

Moa suspirou fundo e, antes de responder, pegou um galho fino e comprido que estava largado ao lado da cadeira.

— Eu não posso explicar o medalhão para você. Você precisa entendê-lo sozinho, pois o significado arcano dessa peça está preso aos acontecimentos que a orbitam. Um sortilégio não pode ser decifrado. Ele precisa ser compreendido.

— Não é a mesma coisa?

A varinha acertou a mão de Firmino com a força de um chicote. Ele urrou e puxou a mão para junto do peito, irritado.

— Por que fez isso? — gritou, esfregando a mão dolorida.

— Pedagogia para poupar meu tempo — explicou Moa, sorrindo de canto. — Não faça perguntas idiotas. Se eu disse uma coisa, não me desdiga.

Então, Moa girou a varinha de um lado para o outro e continuou.

— Entender o significado é transcender a compreensão das partes. É ver o todo, o uno, a conclusão.

Firmino notou que Moa observava-o. Depois de um momento, arriscou.

— Como calcular o trabalho resultante de uma máquina a vapor sem se importar com cada uma das partes constituintes?

Moa levantou a varinha por um momento, encarou Firmino e, então, abaixou a varinha novamente.

O Covil do Demônio

— Não sei se usaria estas palavras — ele resmungou, pensativo. — Mas creio que sim. Venha comigo.

O velho se levantou e começou a atravessar o salão, apoiado na bengala. Na outra mão, trazia a ameaçadora varinha. Do outro lado do templo, havia uma porta. Moa puxou uma chave dourada dos bolsos e abriu a fechadura.

O aposento em que estavam era tão amplo quanto o salão anterior, mas ao contrário do primeiro, este estava completamente abarrotado, parecendo mais um depósito do que um gabinete de trabalho. Livros, pergaminhos, tabuletas e jornais se empilhavam sobre mesas, balcões e cadeiras. Um pouco de tudo parecia estar ali dentro, lotando caminhos forrados de armários e prateleiras.

— Seja bem-vindo à biblioteca. Você está aqui para esquecer tudo o que sabe — disse Moa, caminhando por entre as estantes. — Você está aqui para entender os símbolos místicos, magistas e cabalísticos que podem esclarecer alguns dos enigmas que vocês estão buscando.

— Mas podemos continuar falando em português?

Moa gargalhou.

— Você daria um bom aprendiz, se não fosse por uma coisa ou outra — ele disse, ainda rindo.

— Como o quê?

A varinha estalou, mas Firmino deixara somente a mão mecânica enluvada à mostra. O choque produziu um som agudo.

— Como não fazer perguntas idiotas — resmungou Moa, continuando a andar. — Uma mão artificial, não? Você é cheio de truques, amigo de Remy.

— Já disse que meu nome é Firmino. Firmino Boaventura — repetiu, com uma pontada de irritação.

— Hum. Hum — resmungou Moa, parecendo não dar bola para a informação, enquanto examinava os livros. — Veja aqui, o que é isso? Conhece esta língua?

Firmino examinou rapidamente o volume que Moa lhe entregou.

— Está escrito em francês.

— Bom. E este?

— Inglês — respondeu Firmino, rapidamente.

— E isso aqui?

Firmino segurou o livro e quase o deixou cair no chão. Ou estava muito enganado, ou aquela era uma edição original do *Principia Mathematica*, de Isaac Newton.

46

Guanabara Real

— É latim — murmurou Firmino, embasbacado. — Mas como...

Moa apenas puxou o livro das mãos de Firmino e empurrou de volta para a prateleira, sem muito cuidado.

— E este? —perguntou, pescando um novo volume.

— É russo — disse Firmino, de pronto. — Aprendi com um cossaco que conheci em Paris. Mas para que tudo isso?

Moa vibrou a varinha por um momento, mas ela permaneceu junto ao seu corpo. Ele se virou.

— Todos estes livros falam sobre magia e foram escritos por pessoas que só podiam ver uma parte da verdade, mas não o todo.

— Aquele é o *Principia*, de Newton — retrucou Firmino, apontando para trás. — Não tem nada de magia nele.

— Para você. Para mim, depois do dois mais dois, já é tudo feitiçaria.

Firmino apertou os dentes, sentindo uma pontada de irritação. Mas estava ali para aprender e já entendera que não adiantaria ficar questionando cada ponto.

— E o senhor? Pode ver o todo? A conclusão?

Moa assobiou e balançou a cabeça, com uma risadinha engolida.

— Nem pensar. Mas posso conectar vários destes ensinamentos, o que já é um começo. Entenda, o mundo é feito de camadas. Você esteve preso a apenas um destes níveis por tempo demais. É preciso investigar outros ensinamentos se quiser enxergar o todo.

Ele andou até o final do corredor dos livros e agarrou uma pilha deles, descartando um a um.

— Feitiços. Encantos. Magias. Simpatias. Receitas. Retórica. Lógica — concluiu. — Todos esses saberes são apenas facetas do mesmo universo.

— Não sei se estou entendendo.

— Ótimo — retrucou Moa. — Às vezes, nem eu entendo.

Firmino suspirou.

— E por onde começo?

Moa sorriu e fez um aceno afirmativo. Então, seguiu mancando pelos corredores até outra estante.

— Vejamos — ele disse, recolocando o monóculo para observar os títulos nas lombadas. — Escritos de Sião? Não. Hermético demais. Mantras Esotéricos de Virgil? Talvez, hum, sabe tocar algum instrumento, rapaz?

O Covil do Demônio

— Não, senhor.

— Então, esqueça. Alquimia? Santo Deus, não. Uma dezena de anos e ficaria no mesmo lugar. As *Tábuas de Chronos*? Não, é melhor não mexer com o tempo e o espaço. Ah! Aqui!

Ele retirou um livro de capa de couro avermelhado.

— Os Escritos Iluminados do Dr. Burke.

— Um doutor? — espantou-se Firmino, interessado.

Moa arrumou o monóculo e coçou o nariz antes de continuar.

— Doutor em formas arcanas, invocações e espíritas. Faculdade Teosófica de Praga.

— Nunca ouvi falar — disse Firmino, desconfiado.

— Nem eu. Mas é o que diz na contracapa — resmungou Moa, coçando a barbicha. — Tome.

Firmino pegou o livro e folheou suas páginas amareladas.

— São apenas rimas — ele reclamou. — Uma sucessão interminável de quadras.

— Sim — disse Moa. — Para o seu nível de conhecimento, esta é a tradução mágica mais adequada. É a forma mais comum dos textos arcanos, encontrados desde as línguas primordiais *lemurianas* até os textos obscuros dos habitantes da Terra Oca.

— Mas são só pedaços de rimas sem sentido!

Moa suspirou.

— A arte está em unir corretamente as quadras. Elas lhe darão todas as respostas.

— Como? — insistiu Firmino, que se sentia enganado.

Moa avaliou-o, a varinha tremendo em sua mão.

— Você é um engenheiro — ele disse, por fim. — Construía máquinas, não? Como fazia?

— Estudando e praticando. Há uma série de regras lógicas para montar um aparato. Você conecta as peças para formar um todo e…

Firmino calou-se, encarando o velho.

O mestre Moa sorriu.

— Se unir as peças certas, terá uma máquina — disse o velho. — Se unir as quadras corretas, terá um feitiço. Uma única engrenagem é inútil. Ela precisa ser acoplada a outras peças para fazer sentido, não? Uma única quadra também.

— E como descobrir qual é a combinação correta?

— Estudando e praticando — concluiu Moa, com um sorriso irônico. — Entendeu?

— Acho que sim.

— Ótimo. Agora, posso voltar para as minhas begônias. Feche a porta antes de sair. E diga para o Remy parar de entrar em confusão.

— Confusão é parte da personalidade de Remy — comentou Firmino, erguendo uma sobrancelha.

— Sim, tem razão. Mas a gente pode ter esperança, não é?

Sim, Firmino concordava com Moa. Afinal, esperança era a única coisa que lhe restava naqueles dias.

***

No outro dia, Firmino retornou bem cedo ao templo-estúdio de Moa, na companhia de Joaquina, que se prontificara a ajudá-lo.

Eles passaram o resto do dia e boa parte da noite em claro, estudando o livro, mas não chegaram à conclusão alguma. Depois de bater na porta e serem recebidos por Matilde, que estava supervisionando a chegada de dois pedreiros que iriam ampliar parte da sede, foram conduzidos até o templo. Joaquina ficou do lado de fora. Firmino tirou os sapatos e entrou.

Moa estava sentado em uma grande almofada dourada, os olhos fechados e uma xícara de chá em suas mãos.

Firmino permaneceu em silêncio, respeitando a meditação do mestre. Pouco depois, Moa levou a xícara aos lábios e tomou um grande gole, abrindo uma careta. Ele piscou e viu Firmino.

— O que é isso? — Firmino perguntou, apontando para a xícara.

— Chá de gengibre.

— Para ajudar na meditação?

— Para combater a ressaca — resmungou Moa, colocando a mão no estômago. — Pinga demais. E de má qualidade. O Mineirinho andou errando a mão de novo.

Firmino descartou a informação e se deteve aos próprios problemas.

— Andei estudando — disse.

— Era o mínimo que eu esperava — comentou Moa.

— Mas não encontrei sentido nenhum.

O Covil do Demônio

— Se encontrasse, eu ficaria surpreso.

— Sempre aprendi melhor com exemplos — disse Firmino. — Se tivesse algo para começar, uma pista, talvez pudesse compreender a lógica do livro e decifrar o medalhão. Remy me disse que vocês praticavam invocações. Gostaria de participar de uma delas.

— Não é possível — retrucou Moa.

— Por que não? — perguntou Firmino, irritado. — Sei que não sou um aprendiz, mas só gostaria de ver algo. O senhor poderia me mostrar, não?

— Não é possível — repetiu Moa.

— Por quê? — rosnou Firmino, irritado. — Por que não tenho a aura certa ou o temperamento certo? Ou por que não sou um dos escolhidos?

— Não sei do que está falando. Nós só fazemos as invocações às terças e sextas-feiras.

Firmino piscou os olhos.

— O senhor está brincando?

— Não. Nossa agenda anda lotada nestas últimas semanas — disse Moa.

— Isso é importante — ele balbuciou, batendo no livro com a palma das mãos. — É essencial que eu descubra...

— Firmino, amigo de Remy — interrompeu Moa, levantando uma mão. — A paciência é uma virtude. Uma das várias virtudes humanas. Junto com a abstinência, creio eu — fez uma careta, levando novamente a mão ao estômago.

— Não há tempo, mestre Moa — retrucou Firmino, olhando firme para o velho. — O senhor sabe quem estamos enfrentando?

— Sei. Mas não dê importância demais ao seu inimigo — aconselhou Moa. — Formidável ou não, todo demônio está preso à sua própria nature-za. E isso o derrotará, no final.

— O senhor não vai me ajudar?

Moa inspirou profundamente.

— Quadras 23 e 195 — ele disse, por fim. — Junte os dois e fará uma vela acender.

— Sério?!

— Cadê a minha varinha?

— Certo. Entendi. — Firmino se apressou em agradecer, aliviado por ter um ponto de partida. — Obrigado, senhor. Posso estudar na biblioteca? Trouxe uma amiga e...

— Desde que não provoque um incêndio, faça o que quiser — interrompeu Moa, com um aceno cansado. — Mas, quando sair, peça para Matilde vir até aqui. Vou precisar de uma canja.

Firmino fez o que o mestre pediu e, meia hora depois, estava acomodado junto com Joaquina dentro da biblioteca do mestre Moa. A jovem viúva só parou de olhar maravilhada para os livros quando Firmino conseguiu unir as quadras e pôr fogo em uma vela.

— Isso é lindo — ela disse, com um olho na vela e outro no salão.

— É uma biblioteca fantástica, mesmo — concordou Firmino. — Lembra-me a da Universidade de Artes e Técnicas, onde estudei, em Paris.

— Agora você está se exibindo — ela retrucou, com um olhar malicioso.

— Sim. Pode ser. Só um pouquinho — admitiu Firmino, com um sorriso matreiro.

Nas horas que se seguiram, Firmino experimentou combinar inúmeras quadras, sem nenhum sucesso. Algumas vezes, ele sentia um formigamento nos dedos, mas nada além disso. Joaquina, com o medalhão nas mãos, consultou quase uma centena de livros até descobrir uma tábua de argila que continha as mesmas inscrições da joia, ao lado de uma série de caracteres.

Com muito cuidado, ela trouxe a tábua para Firmino.

— Será algum tipo de tradução? — ela perguntou.

Firmino examinou-a por um momento e surpreendeu-se.

— Não são letras. São números. Números gregos. Eles usavam variações do alfabeto para representar os números.

Joaquina encarou-o e Firmino sorriu.

— É a única parte da história que me interessava.

— Imagino que sim — ela disse, sorrindo discretamente. — Então, estes símbolos representam números?

— Sim. Uma sequência de números. Cada quadra possuí um número associado. Mas o que eles significam?

Joaquina voltou a examinar o medalhão. Ela o aproximou da vela que Firmino estava utilizando para experimentos a fim de tentar ler melhor os arabescos. O brilho da chama atravessou o rubi e Firmino segurou a sua mão.

— O que foi? — perguntou ela, assustada.

Firmino não respondeu. Com muito cuidado, ele girou o pulso de Joaquina junto à vela. O brilho translúcido do rubi projetava algo do outro

O Covil do Demônio

lado. Joaquina entendeu e começou a girar a joia bem devagar. Ela manipulou o medalhão enquanto Firmino levantava uma folha como antepara. Encontrando o ângulo correto, três símbolos surgiram projetados no papel.

— São os mesmos símbolos gregos numéricos — disse Firmino, franzindo o cenho. — AΔΔ.

— O que quer dizer? — perguntou Joaquina.

— Um número: 144.

Joaquina derrubou o medalhão como se estivesse segurando uma cobra peçonhenta, saltou da cadeira com a mão no peito e arfou.

— O que houve? — perguntou Firmino.

Ela beijou o crucifixo que trazia preso ao pescoço.

— Apocalipse.

Firmino ergueu uma sobrancelha e Joaquina correu até um dos corredores da biblioteca, retornando com um exemplar da Bíblia. Ela o folheou rapidamente.

— Aqui está. Apocalipse 7. Versículos 2 a 4. "Então vi outro anjo subindo do Oriente, tendo o selo do Deus vivo. Ele bradou em alta voz aos quatro anjos a quem havia sido dado poder para danificar a terra e o mar. 'Não danifiquem nem a terra, nem o mar, nem as árvores até que selemos as testas dos servos do nosso Deus.' Então ouvi o número dos que foram selados: cento e quarenta e quatro mil, de todas as tribos de Israel".

Ela fechou o livro, lançou um olhar desconfiado para o medalhão e se voltou para o amigo.

— O que isso quer dizer, Firmino?

Mas, diferente de seu profundo saber sobre números e fórmulas, para essa questão, Firmino não tinha qualquer resposta.

CAPÍTULO 6
REMY

Rio de Janeiro, 13 de abril de 1893

Mata Cavalos, 3 horas da madrugada

Quem te viu, quem te vê, pensou Remy, encarando a figura fardada no espelho mal iluminado.

Remy colocou o chapéu militar e completou seu disfarce, com os cabelos longos presos com cuidado dentro do quepe. Na pequena banheira ao lado da pia do banheiro imundo, um corpo jazia amarrado e dopado. Tratava-se de Cabo Pereira Lima, um oficial da Quarta Infantaria Nacional que tinha o mesmo tipo físico de Remy, com traços e tom de pele que apontavam para a mesma etnia.

Não foi difícil invadir o casebre desleixado, esperar o homem chegar, cansado, preparar um drinque e tirar suas roupas. Ameaçá-lo com uma pistola e imobilizá-lo em uma cadeira também foi moleza. O difícil seria usar aquelas roupas por mais que alguns segundos.

Antes de fazer o cabo dormir, Remy obteve do homem seus dados, sua patente e seus horários, além de seus hábitos e deveres de trabalho. O plano orquestrado por Maria Tereza – com as inconvenientes sugestões de Firmino – era relativamente simples: Remy tomaria seu lugar e se infiltraria por algumas horas no quartel que tanto recebia quanto redistribuía armas, munições e utensílios bélicos aos outros quartéis da capital. Localizada em Mata Cavalos, a Quarta Infantaria era perfeita por sua localização geográfica descentralizada. O objetivo era obter a informação que eles mais precisavam: a localização do estoque e distribuição central do armamento do Barão.

A estratégia do trio foragido era atrasar ao máximo os planos do Barão. Se conseguissem encontrar seu principal estoque e explodi-lo, talvez tivessem alguma chance de contra-ataque enquanto lutavam para provar sua inocência.

O Rio de Janeiro, assim como outras cidades da federação, estava um caos e, para combater a violência, era preciso intervenção armada. Essa era a política e a lei daqueles tempos de pedra, chumbo e sangue.

O que Remy precisaria descobrir era de onde aquelas armas estavam vindo e qual era o poder de fogo que o Barão tinha sob seu controle. O plano daquela noite, porém, era um tiro no escuro – com o perdão do trocadilho, pensou ele –, mas um tiro no escuro que poderia revelar um pouco mais dos planos de seu algoz demoníaco.

Seu pronunciamento recente, mais uma patuscada autoritária e insana, culminando no absurdo projeto de cadastramento civil, planos que prometiam ser detalhados nos dias seguintes, era um atentado à liberdade de todos. O Brasil, todavia, por cansaço, torpor ou indiferença, parecia testemunhar todas aquelas insanidades em silêncio.

Ah, maldição ter nascido num mundo torto e ser destinado à absurda tragédia de consertá-lo!

Remy riu de suas fabulações poéticas – estava particularmente shakespeariano naqueles dias sombrios – numa forma de tentar ignorar o repúdio que sentia àquela farda e a tudo que ela representava em seus bordados, cores e tecidos.

Mais uma vez, ele checou cada detalhe de seu disfarce. A camisa abotoada até a curva do pescoço. O casaco com o nome de caserna e os signos de poder e opressão das Forças Armadas. As botinas pesadas e apertadas. Para um homem como ele, amante de roupas finas, flores frescas e raros perfumes, usar aqueles trajes significava uma ofensa. Mais que isso, pois seu coração apertado desprezava tanto a disciplina rústica e simplista da vida marcial como também a grosseria dos tratos e das autarquias, formas hierárquicas que, simbólica ou literalmente, significavam homens jovens lambendo as botas lustrosas de velhos generais.

Silencie esses pensamentos, fuja desse espelho e foque na sua missão, ordenou a si próprio, antes de deixar o pequeno casario alugado do oficial e tomar o caminho da rua.

Remy tomou uma carruagem que o deixou a alguns quarteirões do quartel e seguiu ali a pé, como o homem de quem roubara a identidade possivelmente teria feito. Em poucos minutos, Remy chegou ao quartel, cuja fachada se projetava altissonante e ameaçadora, diante dele.

Sua entrada foi permitida por um Sargento que estranhou não o conhecer. Mesmo assim, tomou nota de sua alcunha e posto em uma prancheta, para então liberar seu acesso.

O homem continuou vigiando Remy enquanto este, nem calma nem apressadamente, afastava-se.

Algo arrepiou na nuca de Remy, mas ele continuou andando, firme e determinado em direção ao seu destino. Lima havia desenhado um mapa rudimentar para que Remy pudesse localizar os dois principais objetivos de sua invasão: o centro de recebimento e redistribuição bélico e o centro de comando estratégico.

O primeiro lugar ofertou ao seu olhar o que ele esperava: caixas e mais caixas de fuzis, balas e bombas de mão. Não se tratava de uma artilharia pesada, mas sim de muita munição. Como Remy previa, o expediente humano das forças republicanas não era tão grande. Especialmente porque o Barão deslocou sua grande maioria para as capitais da federação, a fim de garantir que sua autoridade e poder fossem igualmente respeitados.

Nada nas caixas ou documentos daquele primeiro pavimento indicava qualquer dado de origem ou destino. Frustrado, Remy sabia que agora deveria se dirigir ao seu segundo destino.

Já passavam de cinco horas da manhã e o quartel se encontrava praticamente deserto. Remy cortou o pátio interno do conjunto de prédios, em direção ao centro de comando, que também deveria estar deserto àquela hora da noite.

Ao avistar a porta que seria destino, uma voz cortou a escuridão do pátio militar.

— Soldado!

Remy estacou, sabendo de imediato que não poderia ignorar o chamado.

— Sim, senhor — falou, tentando engrossar a voz e manter postura marcial.

— Nome de guerra e destino, oficial.

— Cabo Lima, senhor. Meu destino é o centro de comando.

O homem, que agora Remy enxergava com um pouco mais de nitidez abaixo da luz noturna, era mais velho e um tanto grisalho. O oficial o avaliou da cabeça aos pés e então continuou.

— Eu conheço Cabo Lima. E o senhor é bem diferente dele.

Remy não sabia como reagir nem como responder, até sentir sensivelmente o cheiro de álcool vindo do superior.

— Sou bem diferente dele mesmo, senhor... ou o senhor passou da conta no consumo de bebida? Podemos acordar o capitão ou outros oficiais e confirmar isso.

O homem, furioso, segurou calado sua reação, respirando fundo e então rindo. Remy não poderia agora retroceder, especialmente depois de ter encontrado o ponto fraco do oficial.

O Covil do Demônio

— Agora, se me dá licença, tenho ordens do General Marques Peixoto a cumprir. Se tiver qualquer dúvida, peço que entre em contato com ele. Se não, deixe-me fazer o meu trabalho.

Remy deu a volta e deixou o oficial sozinho no meio da madrugada. A pergunta sobre a mais alta patente que havia feito no interrogatório com Lima por fim tinha sido de grande valia.

Ele abriu a porta do centro de operações, iluminou as luzes e buscou pela informação que precisava. Depois de vasculhar algumas pastas, mesas e gavetas, encontrou uma ordem de trânsito que lhe dava o local exato da origem das armas: uma ilha militar entre Rio e Niterói, um arquipélago artificial escondido atrás do Pão de Açúcar. Como chegaria lá?

Remy vasculhou um pouco mais os arquivos até encontrar uma pasta que definiria rotas de transporte, materiais de consumo e listas de empregados terceirizados.

Como um raio, Remy tinha não apenas descoberto a localização da fábrica do Barão como também um meio de penetrar suas defesas. Ele dobrou os dois documentos e alocou-os no bolso interno da farda.

O dândi foragido disfarçado de oficial militar deixou o centro de comando e estava prestes a tomar a direção do portão de acesso quando algo incomum chamou sua atenção. Uma placa recém-instalada e brilhando abaixo da luz indicava o Centro de Reabilitação Cívica. O que diabos seria aquilo?

Remy entrou no lugar e tentou distinguir objetos na escuridão. Sobre o grande cômodo, via-se contra a luz da porta – era uma sala sem janelas – cadeiras, camas e banheiras. Para não chamar mais a atenção, decidiu não acionar a luminária elétrica.

Retirou do bolso do casaco um papelote de fósforos que havia colhido aos montes na última vez que visitou o bordel de Madame Leocádia e riscou o primeiro palito. Era o encontro de dois mundos dissonantes: um dedicado à destruição; outro, ao prazer e à beleza.

Nada poderia prepará-lo para o que a luz dos fósforos em chamas traria a sua retina. Pouco a pouco, Remy foi identificando cabeças pendentes, braços presos com arame, dedos entortados e pernas sangradas, tudo compondo um conjunto aprisionado e acorrentado a enferrujados arames farpados.

Corpos torturados sobre camas imundas. Corpos afogados em banheiras minúsculas. Corpos alquebrados em cadeiras de espinhos. Em resumo, corpos mortos, jovens em sua maioria, por não falar ou após falar. Que diferença fazia?

Remy deixou a sala de pesadelos respirando fundo. Seu estômago faminto se revolvia e caso houvesse consumido, o que quer que fosse, teria vomitado sobre o piso frio do pátio noturno.

Ele ouviu os passos tarde demais.

— Perdoe-me atrapalhar sua missão, Cabo. Mas General Marques Peixoto de nada sabe do senhor ou de qualquer ordem de serviço, ainda mais nessa hora da noite!

Remy sentiu o sangue gelar antes de conseguir reorganizar seus pensamentos, dar meia volta e encarar o maldito!

— Parado, Cabo! — gritou o perseguidor com a arma em riste. — Levante os braços com calma ou enfio uma bala na sua cabeça!

Ele imediatamente obedeceu, enquanto avaliava mentalmente suas opções. O homem olhou para o lado procurando algo em uma das paredes e logo o encontrou: um conjunto de botões que Remy de pronto reconheceu.

— Nenhum gesto ou acabo com você — reforçou o homem, dando dois passos em direção ao dispositivo de comunicação interna do quartel.

Remy sabia que se o deixasse acionar o alarme, seu destino seria a morte, ou ainda o pior: a tortura nas mãos dos homens do Barão.

Suas opções eram limitadas. Qualquer movimento seu levaria o algoz a disparar sua arma, o que também denunciaria a todo quartel sua presença. Essa não era uma opção. Então qual seria?

O homem deu mais dois passos. Sua respiração exigente e nervosa fazia eco à respiração do próprio Remy, ainda sob o efeito do que havia visto há minutos.

Sem pensar, Remy ordenou às pernas que morressem, fazendo seu corpo inteiro despencar, como se estivesse desmaiando.

O oficial inimigo, sem saber se chamava ajuda antes ou depois de checar a saúde do invasor, decidiu desviar momentaneamente seu curso. Foi o tempo que Remy precisava para ordenar ao braço que lançasse o dardo sonífero que havia usado noites antes.

O dardo atingiu o pescoço do homem, paralisando de imediato todas suas funções corporais.

Remy arrastou o corpo imobilizado para as sombras e então tirou sua vida sem um simples sinal de compaixão. Há muito havia silenciado dentro de si quaisquer resquícios de piedade para com seus inimigos. E o que vira há pouco apenas reforçou a certeza de que estava vivendo numa época de irracionalidade, horror e crueldade.

O Covil do Demônio

Ele arrastou o corpo para dentro do Centro de Reabilitação, retirou suas roupas e deixou sua parte superior dentro de uma banheira cheia de água, sangue e urina. Quanto às roupas do oficial, jogou-as em um canto, junto dos trapos rasgados dos homens que haviam morrido ali.

Poucos minutos depois, Remy tomou o caminho da saída do quartel, torcendo para que o Sargento que o havia recebido não estivesse mais ali. Infelizmente, parecia que os céus não estavam ao seu lado naquela madrugada quente e abafada.

Tão logo Remy chegou ao posto de comando, percebeu sua sina condenada.

O Sargento apontou sua arma e ordenou que ele não se mexesse. Pelo visto, ele teria de se acostumar àquelas malditas dinâmicas!

Sem pestanejar, Remy invocou dentro de si as forças arcanas que estavam adormecidas dentro dele há semanas. Com revolta e raiva, dois poderosos combustíveis para a magia das sombras, lançou sobre o soldado uma lufada de vento que o atingiu em cheio e o lançou contra a parede do cubículo. Ossos quebrados de encontro aos tijolos e sangue escondendo dos lábios.

Remy olhou para o lado e agradeceu aos infernos pelo quartel quase deserto naquela hora do amanhecer. Ele invadiu o posto de vigia e, para disfarçar, pegou o jornal que estava em cima do balcão e o guardou embaixo do braço.

É claro que a foto dele, Maria Tereza e Firmino na primeira página explicava um pouco do que havia acabado de ocorrer.

Com passos largos, Remy deixou o quartel e pegou o primeiro bonde que passava. Dentro dele, podia sentir um coração pulsante e sua respiração entrecortada por nervosismo e ódio.

Em segundos, deixou de lado seus sentimentos e voltou à impassibilidade de seu disfarce. Vestindo a farda, sua presença era respeitada e temida pelos passageiros, trabalhadores que iam naquela manhã em direção aos seus destinos baixando a cabeça diante da autoridade.

Para disfarçar, abriu o jornal, tentando ignorar sua presença ilustre na primeira página. Passou por várias manchetes, muitas delas dedicadas ao pronunciamento que o Presidente daria no início daquela manhã.

Passando os olhos pelos classificados, um anúncio em letras negritadas chamou sua atenção. Naquele caso, não apenas sua atenção como também sua raiva.

Duas paradas depois, Remy saltava do bonde. Tinha outras contas a acertar.

Vinte minutos depois, após enganar dois atendentes e dar a cartada de oficial militar ao gerente, invadiu o quarto de Augusta Volkov sem ser apresentado e logo percebeu que era um apartamento completo, com quarto e sala de refeições. Encontrou a dona temporária dele não na cama, como suspeitava, e sim tomando um farto café da manhã. Tudo nele fervia de irritação, frustração e descontrole.

A mulher o fitou, não demonstrando qualquer tipo de surpresa com o estranho militar que invadia seu quarto quando ela ainda estava à vontade, enrolada no leve roupão do hotel.

Remy se aproximou da mesa onde ela estava e jogou entre o café, o suco e os *croissants* que ela havia pedido o jornal dobrado que anunciava que o acervo de sua tia seria leiloado naquela tarde.

Augusta desviou os olhos de Remy, fitou a notícia e então voltou ao invasor, nitidamente enfurecido. Já ela não parava de calmamente mastigar seu desjejum.

— Era isso que tinha em mente quando disse que respeitaria o legado de sua tia?

Ela o avaliou antes de responder, respirando fundo e ordenando a si própria que tentasse se colocar no lugar dele. Foi só depois disso que o respondeu, com voz calma, porém firme.

— Seria essa a postura que minha tia guardava de você quando o definiu para mim como um homem... elegante? Se eu levar em conta essas roupas, certamente que não. Posso servir ao senhor café, suco ou qualquer outra coisa de seu agrado?

Remy, com o coração acelerado, tentou se recompor.

Havia milhares de coisas que desejava dizer àquela mulher, todas revestidas de diferentes graus de irritação. Mas ele sabia que nada daquilo seria de ajuda no seu caso. Absolutamente nada. Não seriam brigas, agressões e vozes exaltadas que a demoveriam daquela decisão. Então, Remy fez o que sempre fora seu modo de agir, especialmente em momentos de crise.

Ele ajeitou sua postura, deixando ereta a sua coluna, ajeitou as roupas que usava, apesar de suas cores e cortes brutais, e como o melhor cavalheiro que poderia ser, sentou-se diante de Augusta e tranquilamente serviu uma xícara de café.

A mulher, adorando ver a cena, agora lhe deu um sorriso. O primeiro desde que haviam se encontrado.

— Bem melhor, senhor Rudá. Agora começo a vislumbrar alguns vestígios do homem que minha tia parecia adorar, apesar da péssima escolha de tecidos, claro.

O Covil do Demônio

Os dois riram, permitindo-se aqueles breves instantes de tranquilidade, enquanto os raios da manhã carioca invadiam as janelas entreabertas do quarto.

— Eu tinha uma tarefa a cumprir nesta madrugada e uma falsa identidade se fazia necessária.

— Percebi. Agora, faça um favor para mim e para você e retire esse quepe. Ele está me dando nos nervos.

O homem retirou o chapéu, deixando os longos cabelos caírem sobre os ombros. Tanto ele quanto sua cabeça agradeceram o pedido da mulher e sua rapidez em atendê-la.

O brilho do dia sobre os cabelos escuros e lisos agradou a Augusta, que finalmente entendeu o que o tornava atraente aos incomuns desejos de sua tia.

Remy, cuja vaidade conspurcada sofria como nunca, adorou ser estudado por Augusta. Tomou mais um gole de café e cortou uma laranja. A mistura da bebida escura, quente e amarga, com a textura doce e luzidia da fruta sempre agradou seu paladar. Tudo aquilo era um alívio depois do lugar que havia visitado.

— Agora que a civilidade também chegou a este recinto, vamos ao assunto que o trouxe até aqui.

Remy assentiu e, depois de mais um gole de café, começou, com sua costumeira voz aveludada.

— Você sabe que a vida de Catarina, sua memória, o trabalho ao qual ela se dedicou desde sempre, estavam contidos naquelas caixas que retirou de sua casa. E agora você quer leiloar seu trabalho? A obra à qual ela dedicou sua vida? Por favor, repense essa decisão. Eu imploro, algo raro em mim.

Augusta continuou estudando-o, agora pensando em como responder à sua fala. Ela serviu mais uma xícara de café e então falou.

— Três coisas, meu senhor. Primeiro, e que isso fique bem claro: eu não lhe devo explicações e não tenho compromissos quaisquer com você ou com suas opiniões. Segundo: apenas lhe responderei em respeito à minha tia e em consideração ao teor de suas palavras. Terceiro, concordo inteiramente contigo. — As palavras surpreenderam Remy. — Nesta tarde, não serão leiloados os diários, os documentos, os artigos ou livros deixados em manuscrito, nem as fotografias, nem os objetos pessoais, que incluem a correspondência pessoal de minha tia e as cartas que vocês mesmos trocaram. Eu nunca faria isso, senhor Rudá.

— Então, do que se trata?

— De livros, enciclopédias, periódicos, tomos antigos e outras publicações, algumas de menor valor, outras de preço e raridade considerável. Eu não tenho condições de pagar os impostos atrasados da casa e penso que o senhor sabe disso. Ela será vendida e não há nada que eu possa fazer nesse sentido. Sendo assim, também não tenho condições de preservar esses livros por minha conta, dando-lhes a curadoria que eles merecem. Vendê-los a uma livraria de usados significaria desperdiçar uma biblioteca por trocados.

Remy quase a interrompeu, mas não o fez. Como logo perceberia, além de detestar ser interrompida, Augusta já havia pensado em tudo, cogitando e avaliando qual seria o melhor destino que daria aos livros de sua tia.

— Na atual situação, bibliotecas estão fechando e os acervos de universidades e escolas não estão recebendo doações. E mesmo que estivessem, não há pessoas capacitadas para sequer avaliar a coleção de Catarina. Assim, a solução mais acertada, pelo menos se der certo, será leiloá-la. É uma forma de valorizar os títulos que minha tia colecionou por décadas e conseguir ao menos um pouco de recursos para as dívidas que ainda podem ser pagas. Além disso, é a única chance que temos desses livros chegarem a mãos minimamente interessadas, mãos que entenderão a preciosidade deles e que os guardarão como merecem.

Remy não disse nada. Não era preciso, afinal. Seu olhar de admiração e gratidão a Augusta diziam tudo o que era preciso ser dito. Uma ideia incendiou em sua mente.

— E quanto ao resto do material? Os documentos pessoais?

— Esses sim ganharão um lugar mais do que adequado. Saberá quando isso acontecer, isso lhe prometo.

— Eu acredito — Remy escolhia as palavras com cuidado — que Catarina ficaria satisfeita e grata.

— Onde quer que ela esteja — respondeu Augusta, agora deixando que um pingo de tristeza visitasse o canto dos olhos castanhos.

— Onde quer que ela esteja... — Remy deixou que a frase morresse nos lábios, odiando a covardia que o impedia de contar àquela mulher o destino de Catarina. Onde quer que ela esteja, entre demônios e espectros imundos que estão destroçando e maculando o que um dia foi um dos espíritos mais fortes que conhecera.

— Augusta, eu preciso lhe contar...

— Isso pode esperar, acredito. Afinal, temos um encontro marcado, não? — Augusta fechou o relógio de bolso com raiva e depositou-o sobre a

O Covil do Demônio

mesa, ficando em pé e jogando o guardanapo de tecido sobre o prato com farelos.

— Temos?

— Sim, com o excelentíssimo Presidente da nova República. Esqueceu-se do pronunciamento? Ele começa em exatos três minutos. Vamos descer?

Remy voltou a prender o cabelo dentro do quepe, enquanto Augusta, no banheiro do quarto, trocava o roupão por um conjunto social. Depois de instantes, os dois desceram para o hall do hotel, onde o pronunciamento seria transmitido em som e imagem através da nova tecnologia televisual.

Em toda a cidade, especialmente em estabelecimentos públicos e em saguões como aquele, a população já se reunia para testemunhar o que prometia ser uma antevisão do futuro. O coração de Remy voltou a pulsar de ódio, mas outro sentimento se avinhava igualmente nele: medo.

Ele ignorou os cumprimentos simpáticos dos presentes, partidários da nova política, e se posicionou ao lado de Augusta e diante do maquinário de transmissão, uma tela imensa que projetava fotos sobre uma superfície de vidro, dando forma a uma imagem humana. Ao menos por fora, pensou Remy.

A câmera então mostrou parte da plateia que estava diante do Barão. Entre os homens que o aplaudiam, Remy identificou duas figuras femininas. Uma delas não se parecia com Maria Tereza, mas sua postura, porte físico e olhar penetrante eram reconhecíveis a ele.

Como você foi parar aí, MT?

CAPÍTULO 7

MARIA TEREZA

Rio de Janeiro, 13 de abril de 1893

Redação do Tribuna Popular, Villa Isabel, 9 horas

Após dois empastelamentos seguidos do jornal pertencente aos Baidal, a redação agora ficava em um lugar remoto, ao qual apenas poucas pessoas tinham acesso. Não era o suficiente, repetia Neli. Traidores não são pessoas que se fazem por convicção; em grande parte das vezes, quem nos entrega são os descuidados, os excessivamente confiantes ou os que estão exaustos de apanhar ou de ver algum ente querido ser torturado.

Maria Tereza estava sentada em uma cadeira bamba, observando a amiga trabalhar no porão pegajoso e fétido em que ela e mais dois jornalistas haviam escondido suas máquinas após o último quebra-quebra e a prisão de Fernand Baidal. Ela se sentia culpada por estar foragida e não ter podido auxiliar Neli naqueles meses terríveis. O amado jornal da amiga destruído duas vezes. Sem culpados, sem que a polícia mexesse um dedo para localizar os responsáveis. E, depois, todo o resto.

As lágrimas de Neli já haviam secado. Ela se mexia com fúria por entre os tipos das prensas rotas, remontadas a partir de peças quebradas e outras antigas, recolhidas entre colaboradores e admiradores da jornalista e de sua *Tribuna Popular*. Ainda assim, era impossível não notar as mudanças físicas que se acumulavam sobre aquela mulher. Estava envelhecida, magra, movendo-se entre uma melancolia febril e uma tristeza pesada.

Nas mãos frouxas de Maria Tereza ainda jazia a foto que Neli lhe havia entregado. Nela, o corpo muito machucado de Fernand jazia com uma corda no pescoço, esticada entre uma janela basculante e o chão, menos de um metro abaixo. Era como se ele tivesse se enforcado — o relatório policial apontava suicídio — tentando se sentar no piso de *parquet* de uma sala de interrogatório.

Era uma foto tão falsa quanto o relatório que a acompanhara e fora entregue à viúva, com a sugestão de que Fernand se matara para protegê-la.

— Logo — rosnou Neli com ódio enquanto contava para Maria Tereza —, eu devia honrar seu esforço e parar de ir contra pessoas muito mais poderosas do que eu.

— O barão-presidente — disse Maria Tereza.

— É claro. Quem mais? O Barão mandou apagar meu marido para calá-lo. Para que o *Tribuna Popular* morresse com ele. Para que eu tivesse medo. — Ela encarou a amiga com uma luz ao mesmo tempo aquosa e obstinada nos olhos. — Esse maldito realmente pensa que me intimida assim? Agora? Depois de me tirar o que eu tinha de mais importante? Sem o Fernand, MT, eu não tenho mais nada a perder. Nada!

— Neli...

— Vai me dizer para me calar também, Maria Tereza?

A detetive suspirou.

— É claro que não. Mas também não quero perdê-la.

— Lutamos contra um monstro e com os tolos que o sustentam, minha amiga. Haverá perdas, se quisermos salvar o futuro.

Maria Tereza não partilhava da visão apaixonada e temerária de Neli. Entendia os sentimentos da amiga, mas ainda não se sentia capaz de dar às costas a todos os seus sonhos para que se fizesse justiça para o mundo. Obviamente, Neli se encaixava muito mais no papel de heroína do que ela. Maria Tereza pegou as mãos da amiga.

— Vamos agir com calma e a justiça será feita, Neli. Meus associados e eu metemos os pés pelas mãos, nos precipitamos e olhe onde estamos. O Barão é muito poderoso, espere, deixe-me terminar... É muito poderoso, mas não é invencível. É apenas um homem e com certeza conseguiremos encontrar seus erros ao longo do caminho.

— Um homem demoníaco!

Maria Tereza riu.

— Você também? Já não me basta o Remy?

Neli também riu um pouco e Maria Tereza passou o braço pelos ombros da amiga, dando-lhe um beijo no rosto e depois pressionando os dedos como que para insuflar força nela.

— Maria? — Neli encarou a amiga com seriedade. — Eu não irei parar. E nós sabemos que o Barão tampouco fará isso. Então, eu quero que saiba que, se algo acontecer a mim...

— Neli, por favor!

A jornalista permaneceu firme e séria.

— Eu tenho algumas suspeitas. Coisas que não consegui provas o suficiente e nem sei se é possível conseguir, por isso não as divulguei. Elas podem abalar a reputação do Barão, mas nem Fernand, nem eu quisemos colocar nossa credibilidade de jornalistas a serviço de notícias falsas, mesmo que elas nos favoreçam e possam muito bem ser verdade. Porém, se algo me acontecer, quero que você procure nosso amigo Oscar. Você precisa lembrar. Oscar, certo? Ele está de posse de tudo o que conseguimos reunir. Pegue o material e mande para nossos contatos na Argentina, no Uruguai e na Inglaterra. Publique tudo.

Maria Tereza ergueu as sobrancelhas.

— Com Oscar? Tem certeza?

— Não posso comprometer você agora, MT. Ele é nosso *agente* mais seguro no momento.

Era algo a se concordar. Ninguém nunca desconfiaria de Oscar ou procuraria qualquer coisa comprometedora com ele. Até porque apenas duas pessoas no mundo inteiro sabiam sua real identidade. E as duas estavam naquela sala, olhando uma para outra.

O relógio preso à parede do porão deu uma batida discreta indicando as horas.

— Melhor irmos — disse Neli —, ou nos atrasaremos para a coletiva do Barão. Tem certeza de que irá comigo?

— Se você irá se arriscar, por que eu também não iria?

— Não há um prêmio pela minha cabeça, MT. Ainda.

As duas amigas trocaram sorrisos cansados. Neli distanciou-se para passar algumas orientações para os dois jovens jornalistas que trabalhavam com ela. Por segurança, os mais antigos no trabalho da *Tribuna* só vinham em períodos aleatórios, nunca ficando mais de hora e estavam mais envolvidos com a escrita que com a produção do jornal.

Maria Tereza conferiu novamente seu disfarce. Ela havia caprichado em uma enorme quantidade de pó arroz para embranquecer sua pele trigueira. Usava uma peruca de cabelos brancos, lisos, presos de um lado da cabeça em um coque frouxo; do outro lado, equilibrava-se uma cartola negra, adornada com penas de pavão, um véu de arrastão que caía sobre um dos lados do rosto. Uma série de engrenagens saía de uma das paredes externas do chapéu e, descendo por dentro da aba, instalava-se em um delicado *mo-*

nogoggle, cheio de lentes. Nada que uma dama de alta classe não pudesse usar, mas que, no caso de Maria Tereza (e com a engenharia de Firmino), tinha a dupla função de ocultar parte do rosto e captar imagens em minúsculos filmes fotográficos que depois poderiam ser ampliados e impressos em papel.

Ela alisou o redingote azul-marinho colocado sobre o vestido branco e preto que lhe tinha sido enviado como empréstimo por Madame Leocádia. Não podia negar que, após meses vestindo trapos, roupas masculinas ou uniformes próprios para a guerra, poder adentrar num campo de batalha com roupas atraentes deixava-a intimamente alegre. Coisa que só uma bela *toilete* pode provocar. E que somente um conhecedor pode apreciar.

Maria Tereza fez um gesto divertido afastando o pensamento da cabeça. Estava soando como Remy.

As duas saíram discretamente do porão da redação e caminharam até uma praça próxima, onde pegaram o elétrico, o qual as deixaria próximas ao palácio do Cattete. Elas então caminhariam até os jardins da residência oficial do Presidente e sede do governo, embora ela soubesse que a verdadeira casa do demônio, seu covil, fosse um palacete no Flamengo, um luxuoso castelinho que ele se recusou a abandonar, mesmo depois de assumir o governo.

No caminho, Neli, em voz baixa, passou mais informações para Maria Tereza. Após saber da morte de Fernand, ela tinha sido procurada por Deolinda Daltro.

— A indigenista? — quis saber Maria Tereza, impressionada.

— Ela mesma. A professora Deolinda está certa de que um dos seus mais próximos colaboradores na causa indígena, o deputado Luiz Paulo Henriques, desapareceu.

— Como assim? Não entendi.

— O homem não dá as caras há semanas — disse Neli, sacolejando no elétrico no mesmo ritmo que Maria Tereza —, no entanto, a família não admite que ele sumiu. Deolinda acha que estão com medo.

— Do Barão?

— Quem mais? — Neli puxou um lenço para secar o suor do buço, e para ajudar com o calor e não deixar sua maquiagem derreter, Maria Tereza abriu o leque e passou a abanar as duas. — Pior que não é tudo. Um vereador se opôs aos planos do presidente para pacificação dos subúrbios e morros para onde os habitantes dos cortiços foram expulsos nos últimos anos. Resultado? O homem foi atacado e está morre não morre no hospital. Porém, seu velho amigo delegado Teixeira decidiu que a culpa é dos *bandidos* que moram nos morros e está usando o ataque ao vereador para dar *batidas* policiais nas casas das pessoas de lá.

— Batidas?

— Podemos usar a palavra execuções, ou mesmo extermínio. Escolha o termo que melhor se ajuste ao seu campo semântico.

O sino do elétrico anunciou a próxima parada e o condutor gritou *Palácio do Cattete*. As duas esperaram o bonde parar e então desceram as escadas dele. O condutor se apressou em auxiliar Maria Tereza, que parecia ser uma dama mais velha. Ela aceitou a ajuda e deu-lhe uma piscadela, fazendo o rapaz espinhento corar.

Nos portões do Cattete — já tomado de jornalistas, apoiadores do presidente, alguns curiosos, muitos militares e o que podia se assemelhar a uma tímida e assustada oposição —, Neli mostrou sua credencial de jornalista. Após uma atenta análise, o guarda a deixou passar. Maria Tereza foi identificada apenas como acompanhante e o guarda não fez mais perguntas. Afinal, mesmo com a morte do marido, a intrépida Neli Baidal valia o suficiente por si mesma para ser admitida no recinto sem mais questionamentos.

A fala do Barão estava prevista para os jardins e foi para lá que as duas seguiram. Alguns cavalheiros se aproximaram para dar condolências à Neli, todos parecendo aceitar a tese do suicídio. Mas nunca alongando demais a conversa a ponto de ouvir os questionamentos de Neli a respeito da morte do marido, a qual ela chamava de assassinato em alto e bom som.

Temerária. Imprudente.

Porém, Maria Tereza não tinha coragem de repreender a amiga e esperava que todos os outros creditassem suas palavras à dor e ao luto. A detetive temia muito por Neli caso as pessoas ali não relevassem suas acusações.

No entanto, tudo mais fugiu de sua mente quando as duas chegaram em frente ao palco montado para a coletiva do Barão. Na parte de trás, cobertos com cortinas inaugurais nas cores do Brasil, estavam pelo menos três colossos de cerca de 2 metros e meio de altura.

Enquanto Maria Tereza tentava adivinhar o que havia sob o disfarce verde-amarelo, o Barão Presidente entrou. Saudado com vivas pelos correligionários, o homem se encaminhou sem pressa ao palco. Parecia estar no absoluto controle de tudo e as gentes que ali estavam, em boa parte, pareciam dispostas a lhe entregar ainda mais controle. O estômago de Maria Tereza se contorceu.

O Covil do Demônio

Ao chegar ao palco, o Barão precisou pedir silêncio mais de uma vez, pois cada vez que começava, as palmas o interrompiam. Neli sussurrou ao ouvido de Maria Tereza.

— Esse povo não te parece como que hipnotizado? Como se presos a algum tipo de feitiço de idolatria? Queria eu ter tábuas para jogar sobre a cabeça daquele bezerro de ouro.

Maria Tereza assentiu. Mais que o Barão, o que a assustava eram aquelas pessoas que o seguiam cegamente e pareciam dispostas a endossar tudo o que ele propusesse. E, a julgar pelos colossos sob as cortinas, as propostas poderiam ser terríveis. Quem julgaria aqueles atos se o poder maior estava tomado por aquela figura maligna e os idólatras que o acompanhavam?

Finalmente, o Barão do Desterro começou a falar.

A fala do homem tocava notas fundas no coração de Maria Tereza, ecos de sons e ritmos cuja origem ela desconhecia. O discurso em si era vazio, uma autobiografia forjada com traços míticos que objetiva granjear a admiração e a veneração de uma cúpula tola ou perversa de apoiadores.

Autopromoção evidente disfarçada de humildade humana. Interesse político mesclado a remissões religiosas estratégicas. Violência e poder absolutos mascarados como preocupação com os trabalhadores. Grosso modo, pensava Maria Tereza, ali estavam as fórmulas da cartilha inteira do Barão.

— Meus distintos amigos, meu coração se enche de felicidade hoje por poder finalmente vos apresentar a solução definitiva para os problemas de segurança de nossa amada capital. O Rio de Janeiro é uma joia incrustada em uma das mais lindas baías do mundo. Não podemos deixá-la perecer, carunchada por corrupção e violência sem fim.

Muitas palmas. O presidente ergueu as mãos, pedindo que o deixem completar. Os ânimos silenciam, mesmo com grande ansiedade.

— Hoje, eu tenho a imensa satisfação de apresentar a vocês, amigos e apoiadores, a maravilha tecnológica que há tanto prometo. Tenho certeza de que todos aqui sabem o quanto empenhei de minha fortuna, crédito e reputação para que minha visão de futuro pudesse se tornar realidade.

Novas palmas e assobios. O Barão riu.

— Não os torturarei mais, meus amigos. Contemplem o futuro.

Um gesto seu e as cortinas inaugurais caíram. Sob elas se revelaram três criaturas com aparência de autômatos, mas que traziam membros orgânicos assustadoramente limpos e selados com cera. Braços fortes de gorilas, peito de aço, pernas humanas, uma cabeça blindada com um capacete sem rosto.

Maria Tereza e Neli deram as mãos uma para a outra. Não havia palavras para narrar o pavor de ambas. Elas sabiam que as peças de aparência orgânica não eram imitações em material inorgânico. Eram parte de pessoas que estavam desaparecendo há mais de um ano na capital. O horror delas foi sufocado com os aplausos alucinados da população. O delírio aumentou quando os autômatos fizeram uma apresentação de armas.

— Chega da ineficiência da polícia. Chega da morosidade dos juízes. — A voz do Barão se ergueu e as pessoas se calaram, com devoção. — Nossos filhos não podem continuar sendo vítimas da violência sem fim. Nossas famílias poderão voltar a andar seguras em qualquer hora e lugar de nossa amada capital. No futuro, levaremos essa segurança a todo o país!

A audiência aplaudia e urrava, tomada por aquela promessa insana de violência sem limites.

— Sim, meus queridos filhos: o Rio e o Brasil serão terra de paz e prosperidade. Custe o quanto custar!

O arrebatamento da audiência chegou ao máximo e eles invadiram o palco, ergueram o Barão nos braços e empurraram as duas mulheres para longe enquanto se comprimiam para apertar as mãos do presidente. Aturdida e cheia de pavor, Maria Tereza pôde notar duas coisas ao mesmo tempo quando o homem se inclinou em direção à multidão. Primeiro, que havia uma corrente em seu colete e que dela pendia um medalhão familiar, o que não chegou a surpreendê-la.

A segunda coisa foi o olhar do Barão do Desterro encontrar o seu e ela ter certeza de que o sorriso debochado e desafiante era para ela. Não uma mulher anônima de monóculo e cabelos brancos. Mas para ela própria, a detetive Maria Tereza Floresta.

RÁDIO SOCIEDADE
(com transmissão em cadeia radiofônica e imprensa)

PRONUNCIAMENTO DO PRESIDENTE
DA NOVA REPÚBLICA

ÂNCORA: No ar, o pronunciamento do excelentíssimo presidente da Nova República do Brasil, o Barão do Desterro.

BARÃO: Senhoras, senhores, amigos e amigas, povo brasileiro!

Meu nome é Joaquim Francisco de Souza Marques, vosso criado. Mas muitos de vocês me conhecem apenas como Barão do Desterro, o atual presidente desta gloriosa nação brasileira.

É com coração alegre que venho aqui, nesta manhã, conversar com todos vocês neste pronunciamento oficial.

Desde muito cedo, sempre soube o que eu queria: conhecimento, riqueza e o bem-estar das pessoas que me queriam bem.

Em Nossa Senhora do Desterro, a ilha que daria origem a meu título, cresci numa família humilde, de sete irmãos e quatro irmãs. Hoje, todos eles já mortos devido à peste que assolou nosso pequeno arquipélago. Coube a mim, por graça divina e resistência natural, sobreviver, primeiramente para velar e enterrar os meus familiares.

Mas também para deixar o Desterro e vir ao Brasil, país que conheço e amo como a palma da minha mão. Nesta terra, já fui pedreiro, agricultor, comerciante e empreendedor, entre outras ações humildes que me deram respeito, riqueza e, por fim, um título, um título comprado e negociado com suor, lágrimas e empenho.

No Brasil, como bem sabem, sem títulos não se chega a lugar nenhum, e eu soube disso.

Quando parti do sul do Rio Grande, onde primeiro me estabeleci, para as fazendas cafeeiras de Minas onde fiz minha riqueza, conheci o frio e o calor, a sede e a fome, a dor e o desalento, como muitos de vocês.

Foi quando tomei a decisão de nunca me entregar à miséria. Ainda mais, a de dedicar cada fibra de meu corpo à obtenção de uma fortuna que me trouxesse não luxo nem glória, nem prazeres tacanhos ou ostentação biltre... mas uma riqueza que me permitisse salvar meu país e meu povo.

Eis que parte desse sonho está realizado!

E tudo começou quando investi no matagal do Corcovado, uma terra abandonada que hoje é um dos pontos turísticos de nossa capital. Lá no alto, como veem, seu salvador aguarda, abençoa-os, protege-os.

Foi com essa mensagem em mente que eu construí o Monumento do Desterro!

Embora aquela obra fosse acusada de esconder uma alcova de morte e sacrifícios, invenção pérfida de uma tríade de depravados foragidos, o povo me conhece: vocês me apoiaram, consagrando-me Presidente desta vasta e maravilhosa nação!

Agora chegou a hora, finalmente, de devolver a vocês parte dos bens impagáveis que vocês me deram! Estão prontos? Estão preparados para um Brasil soberano que nunca será sobrepujado? Estão prontos para conhecerem, finalmente, o país do amanhã?

Meus distintos amigos, meu coração se enche de felicidade hoje por poder finalmente apresentar-vos a solução definitiva para os problemas de segurança de nossa amada capital.

O Rio de Janeiro é uma joia incrustada em uma das mais lindas baías do mundo, não podemos deixá-la perecer, carunchada por corrupção e violência sem fim.

Hoje, eu tenho a imensa satisfação de apresentar a vocês, amigos e apoiadores, a maravilha tecnológica que há tanto prometo. Tenho certeza de que todos aqui sabem o quanto empenhei de minha fortuna, crédito e reputação para que minha visão de futuro pudesse tornar-se realidade.

Não os torturarei mais, meus amigos. Contemplem o futuro.

Conheçam... os Sentinelas do Desterro, uma maravilha mecânica e orgânica que garantirá a paz e a segurança das famílias cariocas e, futuramente, dos povos de Brasil, mesmo que para isso ela signifique a aniquilação dos marginais e criminosos!

Chega da ineficiência da polícia. Chega da morosidade dos juízes. Nossos filhos não podem continuar sendo vítimas da violência sem fim. Nossas famílias poderão voltar a andar seguras em qualquer hora e lugar de nossa amada capital. No futuro, levaremos essa segurança a todo o país!

Sim, meus queridos filhos: o Rio e o Brasil serão terra de paz e prosperidade. Custe o quanto custar!

O Covil do Demônio

CAPÍTULO 8

FIRMINO

Rio de Janeiro, 14 de abril de 1893

Estância Velha, 8 horas

Firmino acordou e esticou o pescoço, sentindo os ossos estalarem e as costas doloridas. O sofá duro na casa de Joaquina não era confortável, mas ele não podia reclamar. Afinal, era um local seguro, um dos poucos em que podia dormir tranquilamente, mesmo com a polícia em seu encalço.

Esticando os braços, Firmino bocejou e esfregou os olhos vermelhos e cansados. Depois de deixar o templo de mestre Moa, Joaquina oferecera a casa para que eles continuassem os estudos, e Firmino aceitou. Mas seus planos foram alterados com o pronunciamento do Barão que ouviram por uma estação de rádio. Firmino abandonou a casa de Joaquina e seguiu para o esconderijo onde estavam Maria Tereza e Remy o mais rápido o que pôde, as palavras do Barão martelando em sua mente.

Assim que entrou no casebre, não precisou perguntar se eles tinham ouvido as notícias. A expressão de preocupação estava estampada em seus rostos.

— E então? — perguntou Maria Tereza, assim que Firmino puxou uma cadeira e se sentou.

— Faz sentido — disse Firmino, coçando a cabeça. — O gorila mecanizado que enfrentei antes do incêndio no Engenho Novo guardava as máquinas de guerra do Barão. Não sei como a população reagiria se ele andasse livremente pelas ruas. Um autômato híbrido humanizado é mais... palatável.

— Não passam de aberrações, meu amigo — disse Remy, em tom sombrio. — E acho pouco provável que os homens que foram acoplados a estes construtos diabólicos tenham sido voluntários.

— Sim — disse Firmino, erguendo uma sobrancelha. — Sim, tem razão.

Remy e Maria Tereza trocaram um olhar.

— Vai concordar comigo sem pestanejar? — perguntou Remy.

Firmino ignorou a provocação.

— O gorila possuía o sistema desenvolvido pelo falecido Alfonso Peixes acoplado em seu cérebro, pois sua mente diminuta precisava ser controlada para ser útil aos seus criadores. Mas autômatos precisam tomar decisões mais complexas. E as ruas estão repletas de relatos de sequestros.

— O que está sugerindo? — perguntou Maria Tereza.

— Que talvez não sejam somente membros de soldados falecidos que estejam sendo usados na construção dos autômatos, como anunciaram os técnicos do Barão após o seu pronunciamento. Algo controla essas coisas.

— Como? — insistiu ela.

Firmino se virou para Remy.

— Certo — disse Remy, entendendo o recado. — Vou tentar descobrir.

— E eu vou visitar Neli. O pronunciamento deve ter deixado a imprensa em polvorosa. Talvez ela tenha outros detalhes.

Firmino assentiu e se levantou.

— Aonde vai? — perguntou Maria Tereza quando ele se dirigiu à porta.

— Preciso continuar os meus estudos. Joaquina está me ajudando.

Maria Tereza abriu um sorriso tímido e Remy balançou a cabeça. Firmino não sabia qual gesto o deixava mais irritado.

Firmino retornou à casa de Joaquina, encontrando-a entre os livros que retiraram da biblioteca do mestre Moa. Ele sorriu e se sentou ao seu lado. Entre bules de café e broas de milho, passaram boa parte da madrugada entretidos nas quadras do Dr. Burke, tentando achar algum sentido naquilo tudo. O máximo que conseguiram foi derreter meia dúzia de velas e estourar uma xícara.

Joaquina se recolhera perto das três da manhã, mas Firmino continuou quase até o cantar dos galos que cacarejavam em galinheiros próximos. De forma metódica, tentara combinar as quadras de diversas formas, aproximando assuntos ou testando arranjos completamente diversos, com poucos resultados práticos. Sempre que achava que algo poderia funcionar, a união resultava em algo forte demais e imprevisível, ou simplesmente não funcionava.

Mas ele não desistiu. Estava convencido de que havia alguma função numérica que poderia explicar a união das quadras. A tabela que Joaquina encontrara, os números escondidos nos arabescos do medalhão, o rubi e a contagem das almas, tudo parecia convergir para a ideia da matemática como ponto de união entre o arcano e a ciência.

Firmino sorriu com a lembrança. Um riso nervoso e cansado. Se alguém lhe dissesse que algum dia passaria madrugadas debruçado sobre textos místicos procurando uma lógica consciente, certamente teria desdenhado e zombado do sujeito. Por outro lado, sua própria mente lógica o impelia frente ao desafio. Afinal, não havia cálculo, equação ou função que não pudesse ser desvendada. Sempre encontrara suas respostas entre os números e, agora, racionalizando a questão, não poderia ser diferente.

Mas a falta de resultados o irritava. Desde que se unira a Remy e Maria Tereza, acostumara-se a ser o cérebro lógico. Afinal, aquela era a sua área de atuação. Não compreender os truques de Remy era algo a que estava habituado. Mas, convencido da existência de uma função matemática que explicasse o medalhão, o fracasso o perturbava sobremaneira.

No entanto, a noite não fora completamente em vão. Descobrira que as quadras tinham um número diferente de letras. Todas elas, sem exceção. Passara boa parte da noite contando e anotando os números em uma grande tabela. Novamente, a matemática. Aquilo não poderia ser coincidência. Examinara a tabela por horas a fio, sem sucesso. Ela parecia estranhamente familiar. Tentara se lembrar de onde já vira aqueles números, sem sucesso.

— Bom dia — disse Joaquina, abrindo a porta do quarto. Ela trajava um xale sobre os ombros nus e um vestido de verão laranja claro, simples e fino.

Firmino se levantou do sofá rapidamente, cumprimentando a amiga e fechando os botões da camisa aberta. Com um movimento involuntário, coçou os braços.

Joaquina percebeu o gesto.

— Você deveria vestir as roupas do Pedro — ela ofereceu, apontando para o quarto. — Ele tinha a mesma constituição que você.

— Preciso manter o disfarce — retrucou Firmino. — Seu marido… seu falecido marido era um funcionário graduado — ele não compreendeu exatamente por que precisou ser tão analítico ao termo "marido" — e suas roupas eram boas demais. A polícia está procurando um preto que se veste bem.

Joaquina balançou a cabeça com um olhar triste. Então, foi para a cozinha, com Firmino indo logo atrás. Em poucos minutos, passaram um novo bule de café e comeram o resto da fornada de broas de milho.

— Preciso voltar ao templo de mestre Moa — disse Firmino, terminando a segunda xícara de café. — Descobri algo durante a noite.

Depois de contar à Joaquina sobre o número de letras de cada quadra, a jovem senhora assentiu.

— Vou com você. Será bom para o seu disfarce — ela ofereceu.

Firmino agradeceu mais uma vez. Pouco depois, os dois deixaram a pequena casa. Uma das vizinhas, que varria sua calçada com o portão aberto, lançou um olhar irritado para Joaquina. Firmino se virou para a amiga, que suspirou fundo.

— Aquela é a Rosa. Ela acha que não respeitei o luto por meu marido — ela disse, piscando com os olhos úmidos.

Firmino meditou sobre aquelas palavras por um momento, até que o significado arrebatou-o.

— Santo Deus! Ela acha que nós... Quero dizer, você... Eu...

— Que o levei para o meu leito antes que o corpo do meu marido esfriasse na tumba — completou Joaquina, irritada.

— Mas nós nunca... Não estamos...

— Sim, eu sei — interrompeu Joaquina, segurando o braço de Firmino e sorrindo do seu embaraço. — Mas não podemos mudar a forma das pessoas pensarem. Elas agem de acordo com os próprios sentimentos. Ela bate nos filhos, pois acha que assim os educará melhor. E apanha do marido, pois acha que esse é um direito do seu homem. E é assim que ela vê o mundo e julga as pessoas.

Firmino compreendia. Mesmo se mantendo afastado do convívio social corriqueiro, trabalhar na agência de detetives Guanabara Real o conectara com a hipocrisia do mundo. Não havia ninguém pior do que um falso puritano para apontar os defeitos alheios

Eles desceram juntos a região de Estância Velha. Joaquina trazia um cesto nas mãos e eles aproveitaram para comprar alguns pães e um queijo. Comeram em silêncio, conversando sobre a bela paisagem do Rio de Janeiro enquanto cruzavam toda a sua extensão. Firmino discursava sobre os trilhos, o planaereo, as construções, viadutos e pontes. Joaquina, carioca nascida e criada naquelas terras, apontava-lhe os bosques e matas, as praias e tendas, as lendas urbanas e pitorescas que nasciam naquela amálgama de homens e mulheres trabalhadoras, que tiravam do sangue e do suor o seu próprio sustento.

Pelo menos por um par de horas, Firmino conseguiu desvencilhar a mente e o corpo do fardo da luta contra o Barão do Desterro, mesmo que sua estátua imponente ainda vigiasse seus movimentos do alto do Corcovado. De forma simbólica e consciente, Firmino se recusou a olhar para a imagem de pedra, e Joaquina, que perdera o marido naquele lugar, acompanhou o olhar do amigo para a praia exuberante, cuja rebentação explodia em espuma alva nas areias da Cidade Maravilhosa.

Com a cesta vazia, eles alcançaram a casa de Moa. Matilde os levou até o jardim e lá encontram o velho mestre agachado junto a um canteiro de verduras e hortaliças.

O Covil do Demônio

— O senhor é bastante apegado ao seu quintal — comentou Firmino.

— A magia é natural, Firmino — respondeu Moa, sem se virar. — A natureza é sábia e cíclica. Lidar com a natureza é comungar com a magia. Além disso, o preço das hortaliças está uma fortuna. Tenho duas dezenas de aprendizes para alimentar.

Firmino ignorou os comentários sobre economia doméstica e anunciou, orgulhoso:

— Descobri uma tradução que correlaciona as quadras com uma sequência de números, mas ainda não sei como prosseguir.

— Ah, é? — resmungou Moa, ainda arrancando as ervas daninhas.

— O senhor não me parece muito interessado — reclamou Firmino.

— Como disse, não tenho paciência ou jeito para números — disse Moa, finalmente se levantando. — Por que acha que tenho Matilde comigo?

— Ela não é uma aprendiza? — perguntou Firmino, espantado.

— Por Ogum, não! Ela não é capaz de interpretar a borra de uma xícara de chá. Mas é formada em contabilidade.

Moa suspirou e se levantou, com uma das mãos às costas.

— Um antigo aprendiz tinha esta mesma teoria — ele disse, finalmente, depois de cumprimentar Joaquina de forma apropriada. — Para ele, a natureza era governada pelas leis da matemática. Acreditava ser possível encontrar até uma equação para o formato das conchas marinhas.

Moa espirrou, coçou o nariz e deu de ombros.

— Eu sempre escolhi as minhas conchas de acordo com a sensação que elas me passavam, mas ele queria descobrir uma função matemática para isso.

— E descobriu? — perguntou Firmino, interessado.

— Não. Os cálculos se tornaram tão complexos que ele acabou desistindo de tudo. Hoje em dia, vive como pescador no litoral de Angra dos Reis. Mas ele tinha certeza de que estava certo. De toda forma, não esqueça que a magia é natural, Firmino.

— Sim, sim — disse Firmino, acenando positivamente. — Mas a matemática também é. Não é uma invenção humana. É uma forma de representar a realidade. Eu só preciso encontrar uma maneira de simular o mundo natural e...

Firmino se calou. Sua mente rodopiava, os números girando na frente dos seus olhos, em uma rápida sucessão, até formar uma única linha. Então, puxou os papéis que trazia a tiracolo e olhou para a tabela de quadras que havia montado durante a madrugada. Virou-se para Joaquina e sorriu, beijando suas mãos. Ela sorriu de volta, surpresa, mas Firmino já se virara novamente. Ele encarava Moa com a boca aberta.

— Eu... eu entendi.

— O quê? — perguntou o velho, coçando o nariz.

— A combinação matemática — disse Firmino, quase num sussurro. — Sempre que unia os feitiços das quadras, eles explodiam ou não funcionavam. A união de dois feitiços formava uma fórmula exponencial, multiplicativa. Mas eu estava errado. A combinação deveria seguir uma escala. Uma escala natural.

— Toda magia é natural — reafirmou Moa.

— Sim. Euler dizia algo parecido — disse Firmino.

— Quem? — perguntou Moa.

— Leonhard Euler. Matemático suíço. Estabeleceu, entre outras coisas, o número de Euler. Ele é a base do que conhecemos como logaritmos naturais.

— A magia é natural — repetiu Moa, teimoso.

— Exato. E a união entre as quadras deve obedecer a escala logarítmica natural. Cada quadra é formada por um número de letras. E esses números podem ser combinados para formar a tabela logarítmica de Euler — explicou Firmino, chacoalhando os papéis. — Eu sabia que já tinha visto esses números antes. Eu sabia! Agora, basta decodificar o número escondido nos arabescos do medalhão e retirar a mantissa e a característica. Para cada número, um resultado logarítmico que une duas ou mais quadras em uma ordem natural, em que cada pedaço alimenta o outro sem extrapolar os limites.

— Agora, já não entendi mais nada — resmungou Moa.

Firmino piscou um olho.

— Seja bem-vindo ao meu mundo, mestre.

Firmino andou com os passos rápidos até a biblioteca, com o mestre Moa e Joaquina em seus calcanhares, e se dedicou a escrever numa lousa números, fórmulas e outros códigos. Montar a tabela logarítmica de Euler deu um enorme trabalho. Cada quadra representava um número de dois ou três dígitos e foi necessário combiná-los para recriar a tabela.

Enquanto isso, Moa e Joaquina trocavam receitas culinárias e discutiam a melhor forma de descascar aipim.

Quando terminou, Firmino pediu a Joaquina que trouxesse a tabuleta de argila. Quando ela retornou, o mestre Moa saltou de alegria.

O Covil do Demônio

— Ah! Então aí estavam as tabuletas de Gilgamesh? Eu não as encontrava em lugar algum.

— Só preciso delas por um momento, mestre — disse Firmino.

Com cuidado, ele traduziu os símbolos encontrados no medalhão para formar um único número. Então, precisou reescrevê-lo em notação científica, interpolou até encontrar o valor mais próximo e, finalmente, consultou a tabela construída para descobrir seu logaritmo natural.

As duas quadras encontradas eram as de número 114 e 426.

— Invocação — disse Firmino, lendo a primeira quadra, folheando rapidamente o volume até o meio do livro.

— E retenção. — Seu dedo seguiu para o segundo número.

Firmino notou a expressão sombria do mestre Moa.

— O que foi, mestre?

— Um artefato que possa ser usado para a retenção de uma entidade é muito raro. Normalmente, utilizamos sal, limalha de ferro, ou cristais dispostos em círculos, ou pentagramas, para conter o espírito.

— Remy disse que o medalhão era poderoso — comentou Firmino.

— Sim, mas se os seus cálculos estão corretos...

Firmino ergueu uma sobrancelha.

— ...este medalhão pode ser usado para a Invocação e a Retenção. Somente um texto arcano cita um artefato que possuía este poder, o *Codex Gigas*.

— Nunca ouvi falar.

Moa se dirigiu a um dos corredores, mancando com a sua bengala, com Firmino e Joaquina o seguindo. Ele falava enquanto consultava os títulos.

— Conhecido como a Bíblia do Diabo, ele foi escrito na pele de 160 animais e pesa quase trezentos quilos. Conta-se que o livro foi escrito por um único monge, em uma única noite, no século XIII. O autor, condenado a ser emparedado vivo por ter feito um pacto com o demônio, teria escrito o livro auxiliado pela própria entidade. Em suas páginas, uma coleção cabalística que une a Bíblia Vulgata com textos esotéricos, imagens celestiais e visões do próprio inferno. Em um dos textos sobre o exorcismo, ele cita o Artefato Arcano, um instrumento capaz de realizar a Invocação e a Retenção de entidades demoníacas. Eu tenho uma cópia em algum lugar... Ah, aqui está!

Subindo em um banquinho, mestre Moa pegou um grosso volume da prateleira e o abriu em uma das mesinhas auxiliares. Com o monóculo preso ao olho esquerdo, ele folheou as páginas rapidamente.

— Esta é uma cópia do *Codex Giga*. Um amigo sueco me enviou há alguns anos. Onde está? Onde está?

Depois de girar as folhas de um lado para o outro, Moa parou em uma página, apontando com o dedo para um parágrafo.

— Aqui. Se me permitem, vou traduzir para vocês.

Os mortos se levantarão para devorar os vivos
A astúcia, agitada com inveja e vingança
Da aurora da humanidade, o expulso retornará
Contra o trono, o olho da ruína vermelha
Será o arauto da nova era, fincada na realidade
O desafio levará o onipotente às armas
Na guerra que saqueará metade das almas humanas
Pelo olho ciclópico da ruína vermelha

— O olho da ruína vermelha. O olho ciclópico. O rubi. O medalhão é o artefato — disse Firmino, ao que Moa concordava com acenos.

Enquanto os dois discutiam, Joaquina observava a imagem que havia na página ao lado. Era a figura de uma cruz invertida, com um homem crucificado. Havia demônios dançando ao seu redor e uma grande fogueira lambendo os cabelos do condenado. E inscrito no topo da cruz invertida, um número.

— Vejam isso aqui — ela disse, apontando para a ilustração. — É o número 144! – Moa se aproximou da figura até quase grudar o nariz na página.

— Sim, é a Inversão dos Escolhidos — ele explicou, levantando-se com uma expressão muito séria. — Os escolhidos da tribo de Israel são 144 mil, que subirão aos reinos dos Céus durante o Apocalipse. Para o Demônio, são 144 almas entregues para que ele seja ressuscitado.

— Este número estava escondido dentro do rubi — informou Firmino.

— Hum — resmungou Moa.

— O que isso quer dizer? — perguntou Firmino.

— Que vocês têm um problemão nas mãos.

CAPÍTULO 9

REMY

Rio de Janeiro, 14 de abril de 1893

Complexo Militar entre Pão de Açúcar
e Usinas de Niterói, 9 horas

As águas escuras da baía eram cortadas pela linha reta e afiada da barcaça.

Entre suas curvas líquidas e suas distorções especulares, o pensamento de Remy se perdia. Para ele, o Rio era uma cidade tomada pelas águas.

Muitos falavam sobre a insistência dos cariocas em passar o dia na praia e no mar. Isso não era uma regra para todos, mas era uma constante para muitos. Para Remy, ir ao mar nunca era um passeio ou uma visita. Era um voltar para casa, afinal foi de lá que saímos. É para lá que devemos voltar.

A barca suspendeu seu movimento por instantes, fazendo Remy emergir de suas reflexões e se atentar ao que os esperava à frente.

Surgindo das ondas salgadas, uma ilha feita de ferro e vidro se projetava como um monstro bíblico, vindo engalfinhar o ar e a luz do dia que começava. Contudo, não satisfeitos com o que a natureza havia produzido, os humanos haviam adicionado sua marca àquele casamento de água e pedra e construído uma série de prédios feitos de cimento, ferro, tijolo e vidro, as perversões da civilização e as bases das metrópoles.

Cortando as ondas, a imagem em sua frente tocou fundo em Remy, expulsando dele o corpo que vivia e respirava os espaços e deixando apenas a mente que analisava, observava e compreendia. Ou ao menos tenta.

As torres de comando e os muros altos denunciavam não apenas a importância daquelas instalações como também o investimento maciço feito pelo Governo Federal em sua construção e manutenção.

Remy contemplou a instalação de longe, à medida que a barca se aproximava do complexo militar.

Novamente disfarçado, novamente correndo risco de morte, Remy agora chegava ao Quartel General de Apoio Tecnológico das Forças Armadas da Nova República.

Aquelas utópicas e modernas instalações faziam o centro de comando do Engenho Novo parecerem uma simples caserna de interior. Agora, tendo em suas mãos o poder da República, o Barão do Desterro não economizava esforços — nem recursos — para concretizar seus planos de dominação e poder.

A barca encostou no porto metálico e o pesado compartimento de conexão deixou cair ferro sobre ferro, permitindo assim o acesso dos funcionários humanos. Em fila, Remy e os demais funcionários deixaram a embarcação para trás e seguiram em direção à ilha.

Seu disfarce envolvia os cabelos presos por grampos e um casaco de gola alta que escondia um pouco de seu comprimento. Além disso, um bigode falso e óculos, além de sua postura encurvada e tristonha, davam à sua figura um quê de estudioso compenetrado que pouco lembrava o esteta elegante e ousado anunciado nos postes da capital.

A visão à frente, porém, quase o tirou de seu personagem. Agora, tinha a estranha sensação de não estar mais no final do século XIX, e sim na aurora de uma paisagem futurista em que carne fora substituída por ferro e a madeira, por aço e vidro. Quanto aos humanos que ali estavam — tanto os trabalhadores da barca quanto os soldados armados —, não passavam de habitantes passageiros daquele mundo de máquinas, óleo, engrenagens e vapores.

Os futuros donos daquele mundo já estavam ali, para o horror de Remy. Por todo o complexo, secretários mecanizados, autômatos militares e robóticos bélicos executavam funções que até poucos meses pertenciam apenas aos humanos.

No Rio de Janeiro, aquela cena era ainda mais destoante. Por diversas razões, econômicas e culturais, a grande produção de autômatos que tomou a nação na década anterior, passada a Terceira Revolução Robótica, foi proibida no Rio, cujo governo, à época, temia que tal evento prejudicasse tanto a límpida paisagem carioca como o turismo.

"As pessoas vêm ao Rio para verem pessoas", pronunciou o governador à época, "não a maquinaria fria. Deixemos isso para São Paulo e seus robôs, tanto mecânicos quanto humanos!"

Tal decisão foi muito criticada, pois parecia uma forma de deter o progresso comercial e o avanço tecnológico. Por outro lado, prolongara no Rio de Janeiro seu charme costumeiro, não raro associado à arquitetura antiga e aos patrimônios de tempos idos. Remy já havia visitado outras capitais, entre elas a Terra das Tempestades, Curitiba dos Medonhos Pinhais e Porto Alegre dos Amantes, e ele sabia o quanto a produção indiscriminada de autômatos havia modificado a paisagem e os hábitos de seus moradores.

Suas lembranças foram interrompidas pela entrada dos funcionários no interior dos complexos formados por grandes pavilhões de trabalho. Aqui, todos tinham de apresentar suas credenciais e cartão de acesso. No caso de Remy, ambas foram providenciadas por Maria Tereza e seus contatos no submundo.

O robótico olhou sua carteira e então projetou uma luz sobre o cartão, registrando seu nome, sua foto e horário de entrada. Depois de instantes, a luz vermelha do sensor foi substituída por uma verde e sua passagem foi liberada. Mas não sem antes alertar:

"Passagem Permitida... apesar de Etnia não Identificada."

Vai pro inferno, seu ferroso de uma figa, pensou Remy, seguindo seu percurso. Nada nele escondia o fato de que se tratava de seu primeiro dia naquela instalação militar. Na verdade, aquela era a base de seu disfarce. Depois dos problemas enfrentados na invasão do quartel de Mata Cavalos, assumir uma identidade já conhecida seria um risco.

Mas ali, suspeitava, isso não faria muita diferença, pois os funcionários não pareciam ter grandes contatos, relações ou autonomia. Ao contrário, a maioria deles aparentava uma indiferença aos demais colegas, como se o contato com a frieza das máquinas os tornasse extensão delas. Ademais, como descobriu Maria Tereza, por razões de segurança, as equipes eram renovadas com frequência.

Depois do vestiário, onde todos tinham de deixar para trás as roupas pessoais e usar o mesmo macacão de trabalho, os funcionários eram conduzidos às suas respectivas linhas de montagem. O fato de todos usarem uma touca de trabalho e máscaras ajudava a manter o disfarce. Informado no peito do macacão estava um número de identificação apenas. Todos os nomes, sobrenomes e identidades resumidos a uma fria numeração. Seria aquele um vislumbre de um futuro que não apenas cariocas, mas também brasileiros podiam esperar?

À medida que chegavam à esteira, cada um foi tomando sua costumeira função, com exceção de Remy, que esperava suas instruções. Estas foram dadas por um robótico líder, que o conduziu a uma mesa de vigilância e entregou a ele uma prancheta e uma caneta.

— Em seu primeiro dia... o senhor supervisionará... o ritmo do trabalho de seus... colegas.

A ordem fazia sentido, pensou Remy, pois aquela função um tanto genérica permitiria a novos trabalhadores se familiarizar com o trabalho dos demais.

— Muito bem. E o que devo marcar nesta prancheta?

— Cada linha... corresponde a um... funcionário — disse o mecânico —, sendo a identificação dada... pelo... número de registro. Este está no peito de... cada... trabalhador.

— Sim, isso já notei — respondeu ele, ríspido.

O mecânico olhou-o por instantes, como se processasse tanto sua fala quanto a resposta devida.

— Pronunciamentos... dessa natureza... são desnecessários... trabalhador 4811344. Para a execução da sua tarefa... conversas com outros trabalhadores... também são... desaconselhadas. Concentre-se... apenas... no número.

A última expressão da maquinaria fria fez nascer um arrepio na espinha de Remy.

— Após a identificação... marque o ritmo.... e a postura do funcionário. Funcionários cabisbaixos... conversadores... ou desinteressados... devem ser retirados da fila. Sua ineficiência... deve ser informada... imediatamente.

— Certamente, senhor — respondeu Remy interpretando com perfeição irônica seu odiento papel.

— Oficial D567. É como... deve me... chamar.

— Certo, Oficial D567.

— Para seu lugar. A produção... deve continuar — ordenou o mecânico, apontando para um banco alto no final da esteira.

O autômato deu a volta e deixou Remy ali, sozinho entre os outros homens e mulheres, agora enfileirados diante da esteira. O salário magro, as condições insalubres e o clima unificado de quartel — "Postura ereta!" — e escola — "Não falem!" — tornava aquela experiência mais assustadora, em especial para um homem acostumado ao princípio de que a única meta da existência seria o desenvolvimento da própria individualidade.

Oito horas em ponto um grande alarme tocou, dando início ao funcionamento das máquinas, tanto as mecânicas quanto as humanas. Então, aquele era um sonho da nova república do Barão do Desterro? Homens e mulheres transformados em maquinários produtivos cujo trabalho era obrigatório e mecânico e a voz, anulada?

O Covíl do Demônio

A esteira começou a correr e, de sua outra ponta, peças eram trazidas por braçadeiras mecânicas, ficando aos cuidados dos funcionários a montagem de seus componentes.

Remy demorou até entender o que exatamente aqueles componentes formavam. Mas logo percebeu: peças se tornavam rapidamente braços, que na sequência eram conectados a armas e munição, até serem, no final do processo, levados a outras esteiras, onde seriam conectados a troncos mecânicos, antes de desaparecerem em uma sala reservada.

O propósito daqueles trabalhadores era o de originar os autômatos de guerra!

Era esse o propósito do Barão com aquele complexo. Não apenas estava sendo feito um investimento gigantesco na compra de armamentos como também estavam produzindo guerreiros robóticos para destruir, destroçar e metralhar. E tudo sem o conhecimento daqueles que estavam pagando por tudo aqui: o povo brasileiro.

O relato de Firmino sobre o que viu no complexo do Engenho Novo na fatídica noite que os condenou fez com que Remy não ficasse inteiramente surpreso com aquela descoberta. Na verdade, o trio de foragidos já suspeitava que o complexo de produção tecnológica da nova república era, na verdade, fachada para produção militar, mas faltava ainda a confirmação.

O que Remy não esperava, porém, era o tamanho daquela produção e a precisão de seu funcionamento. Quantos maquinários bélicos uma linha de produção como aquela originaria em um único dia? E numa semana? E durante um mês?

Remy tentou silenciar aquelas reflexões enquanto observava, contava e anotava, observava, contata e anotava... num ritmo repetitivo e entediante. Submeter seres inteligentes àquilo era um ultraje. Mas ele, determinado a não chamar atenção ao seu disfarce, manteve seu ritmo com precisão espartana.

As quatro horas do primeiro turno passaram de forma lenta, tornando cada segundo um martírio e relembrando–o a principal razão de ele nunca ter cogitado uma profissão tradicional. Naquele contexto, a batida precisa e lenta dos ponteiros do relógio fazia chacota com as batidas de seu coração, irregular, nervoso, insatisfeito.

Quando tocou o sinal do almoço, as máquinas desligaram e os funcionários, com a alegria similar à dos condenados, rumaram em fila indiana ao refeitório.

Aquele era o momento que Remy precisava para deixar o grande grupo e se dirigir ao vestiário. Ao menos era o que os guardas e os novos robóticos de segurança veriam.

Remy chegou ao seu destino em segundos, mas não se demorou lá, saindo com expressão facial preocupada. Procurou o vigia humano do setor e pediu que o acompanhasse, pois tinham "um problema". Tão logo entraram no vestiário, Remy adormeceu-o com uma poção sonífera que trouxera consigo, retirou suas roupas e escondeu seu corpo em um dos armários de limpeza, torcendo para o lugar não ser visitado nos minutos seguintes. As roupas do segurança ficaram um pouco folgadas, mas no geral caíram bem. Como fizera noites antes, escondera no quepe os longos cabelos, ainda presos com os grampos.

O mais importante seria o cartão de acesso a outros lugares do complexo, muitos deles vetados à grande maioria dos funcionários. Antes de deixar o vestiário, agora ostentando nova identidade, faltava ainda mais um adereço para sua encenação: uma nova prancheta de checagem.

Para todos os efeitos, ele estaria conferindo o andamento dos trabalhos. Caso fosse questionado, a escolha da hora do almoço para tal função objetiva simplesmente a conferência das salas de trabalho destituídas de presença humana e robótica. Tudo, claro, pelo bem da produção e pelo futuro da nação!

Tudo dando certo, ele terminaria sua exploração do lugar em menos de trinta minutos e sairia dali no final daquele dia infernal com todas as informações necessárias para que ele, Maria Tereza e Firmino começassem a planejar seu ataque. Remy não sabia, porém, o que os próximos minutos lhe reservavam.

O primeiro lugar visitado foi um laboratório veterinário no qual diferentes espécies animais eram testadas para futuros implantes mecânicos, ou então para a produção de híbridos de bicho e máquina. Firmino havia descrito um deles e o próprio Remy havia testemunhado o embate dele com um gorila robotizado.

Entretanto, o que ele via agora era um conjunto das mais variadas espécies, desde pássaros com asas mecânicas enxertadas, passando por dispositivos de vigilância no topo de suas cabeças. Ao lado desses, em outras jaulas, grandes e assustadores lobos com dentição mecânica e patas também modificadas descansavam, possivelmente sedados. Felinos tristes estavam igualmente enjaulados, ao lado de cães, coelhos e raposas. Esses ainda não haviam sido tocados pelos experimentos, mas sua tristeza visível entre as grades era reveladora do que aqueles animais sentiam. O cheiro de dor, sofrimento e morte era insuportável naquele lugar.

Ao lado dessas jaulas, um maquinário com antenas parecia indicar testes com localizadores remotos. Além de robóticos, aqueles experimentos animais não apenas objetivavam criar formas de vigilância, mas também soldados bestiais precisos e insuperáveis.

O Covil do Demônio

Na sala em anexo, um bloco cirúrgico, Remy viu o que seus olhos nunca esqueceriam. Em uma mesa, um símio repousava, dopado e preso por cintas de couro. Um de seus braços havia sido retirado, repousando ao lado de outras partes animais em tonéis alocados ao lado das macas. Ao lado dele, um braço robótico que seria enxertado nas próximas horas aguardava o retorno da equipe médica.

Canalhas desalmados, pensou Remy.

O peito arfante do animal, mesmo inconsciente, produzia em Remy revolta e ódio assassino. Seu desejo era libertar os animais que tinham condições de fugir e dar um descanso aos demais. Mas sua presença não poderia ser notada. Como ele julgava que havia câmeras de observação tecnostática — mais uma aparelhagem moderna naquele mundo de gigantescas idiossincrasias —, Remy cumpriu seu papel: marcou X em sua prancheta e seguiu caminho, contendo dentro de si todas as lágrimas por aquelas criaturas.

Sua próxima parada foi um grande depósito de armas, iluminado por canhões de luz móveis que jogavam iluminação sobre pontos variados como criavam a atmosfera de um show de circo. Mas aqui, em vez de palhaços, armas. No lugar de tigres treinados, bombas. E fazendo as vezes de picadeiro, pilhas e pilhas de caixas de munição com diferentes destinos, cuja utilidade final seria a morte.

Naquele lugar, o que o próprio Remy havia testemunhado no quartel federal de Mata Cavalos não passava de um pequeno acervo. Fora de cada caixa, como mostruário de seus conteúdos, ele identificou canhões, espingardas e bombas de mão, mas de tamanho impressionante, que dificilmente poderiam ser carregados por mãos humanas. Quem seria capaz de levantar um fuzil de trezentos quilos? Remy pensou nos animais modificados e nos potentes braços mecânicos enxertados, deixando que sua imaginação conectasse os pontos.

Em meio a essa triste avaliação, sempre seguida da maldita caneta marcando o maldito papel, sua atenção foi desviada para um pavilhão maior, cuja visão era acessada pela sala onde estava, através de uma alta parede envidraçada.

Ao aproximar-se dela e contemplar o outro lado, Remy viu diante de seus olhos a construção do futuro. Mas nem em seus romances distópicos favoritos ele poderia ser mais atroz, sombrio e inumanamente eficiente.

Máquinas e máquinas trabalhavam sem cessar abaixo dele e em número a perder de vista. Diferente das forças humanas que precisam descansar e comer, aqueles instrumentos eram infatigáveis. Eram robóticos de diferentes tamanhos montando robóticos maiores, que variavam entre três a cinco metros.

Remy identificou de pronto os Vigilantes Sentinelas anunciados pelo Barão.

Sem dar-se conta, ele deixou de lado a prancheta e retirou de sua face a máscara de trabalho, precisando de ar para dar conta do que sua visão e consciência testemunhavam. No interior de sua mente, nos cantos mais recônditos de seu elegante e acolhedor palácio da memória, o desespero estava nutrido e pulsante, dando vazão a pensamentos terríveis.

Como diabos iriam enfrentar aquilo? Que tipo de planos o Barão tinha para o Brasil do futuro? O que meras forças humanas, de carne, ossos e músculos, poderiam fazer contra aquele poderio ameaçador e imbatível?

Remy deu as costas à cena, tentando não se entregar ao desespero. Pelo entorno, acreditou estar numa sala de engenharia robótica. Havia plantas de construções e planos presos às paredes, além de muitos papéis espalhados pelas mesas de trabalho.

Os arquitetos da destruição do futuro deveriam estabelecer residência naquele lugar.

Remy se aproximou de uma das mesas e fotografou mentalmente algumas das informações. Infelizmente, sua mente não treinada em tecnologias não pôde identificar muitas coisas.

Mas havia algo que Remy reconheceu imediatamente. Ele esperava encontrar dispositivos de Inteligência Diferencial, a base da Segunda e da Terceira Revolução Robótica, e deu um passo para trás ao notar a massa encefálica pulsando levemente, enquanto agulhas afiadas conectavam o cérebro vivo ao dispositivo metálico.

Engasgado, percebeu que não havia a possibilidade de aqueles membros terem sido doados por soldados ou o que quer que seja. O destino final dos presos políticos e opositores estava absurdamente claro agora.

Remy se perdeu naquelas considerações quando a porta do complexo explodiu e uma tropa de seguranças, entre eles dois robóticos, invadiu o laboratório.

As armas foram imediatamente apontadas em sua direção, tornando palavras desnecessárias. Mesmo assim, o líder do grupo as disse.

— Fique onde está!

Remy não reagiu, pois estava no coração pulsante do complexo. Ali, nem mesmo seus poderes mágicos, caso conseguisse invocá-los, seriam de grande valia, uma que vez que seria fuzilado. Suas chances de escapar, naquelas condições, eram praticamente nulas.

Ele levantou os braços e recebeu o primeiro dos golpes, sendo este seguido por outros cinco socos no lado direito do rosto. O quepe militar voou e também o grampo que prendia seus cabelos. Parte dele grudou nos ferimentos do rosto, com sangue começando a pingar na roupa e no piso límpido.

— Vocês, curiosos, não aprendem mesmo, né? — O líder do grupo falava isso enquanto assistia a três dos soldados surrarem Remy. Os mecânicos permaneciam de arma em riste. — Não prestaram atenção à instrução de que não deveriam invadir salas para as quais não teriam permissão?

Ali estava uma informação que ele poderia usar. Isso, claro, se sobrevivesse àquela artilharia de chutes. Não tinham descoberto sua real identidade de invasor ainda. Ao contrário, Remy estava recebendo o tratamento padrão dado a bisbilhoteiros. Parecia ser isso.

Ele tentou falar, mas o chute no queixo o impediu. Ele se olhou no espelho do chão perfeitamente limpo, exceto pelos pingos de sangue que continuavam a cair de sua boca e supercílio.

— Parem, homens. O pobre deseja falar alguma coisa — disse o líder, e Remy não soube se ele falava a sério ou de forma irônica.

— Eu vim aqui para denunciar um dos funcionários. Temos um agente infiltrado. — E cuspiu mais sangue no chão, a centímetros da bota do oficial que tinha sua vida em mãos.

O homem avaliou-o.

— Que provas têm disso? Levantem esse infeliz!

— Eu sou o supervisor da seção H56, responsável pela montagem de aparelhamento bélico — disse Remy, tentando manter a concentração e a dignidade. — Há um foragido entre os funcionários que começaram hoje. Além de seu completo desconhecimento de tarefas mínimas, ele não tem o cartão de acesso renovado. — Aquela jogada era arriscada, para não dizer desesperada, mas era a única chance que Remy poderia ter de conseguir sair dali, denunciando um hipotético invasor, que seria... ele mesmo!

O oficial pareceu calcular o que fazer, avaliando o homem e sabendo que ele estava mentindo. Ninguém com aquele cabelo granjearia um posto de supervisão.

— Muito bem. Leve-me agora mesmo até o invasor — disse ele finalmente, testando o prisioneiro.

Os agressores pegaram os braços de Remy, como se fossem levá-lo à força.

— Parem, homens. Ele é um dos nossos — disse o oficial, aproximando-se de Remy. Este assentiu, com um filete de sangue escorrendo do lábio e do supercílio. — Se não for, nossos médicos terão uma tarefa a mais nesta noite. — Um sorriso perverso agora nascia em seus lábios. — Até agora, eles apenas puderam se divertir com animais. Já está na hora de uma cobaia humana ser testada, não acha?

— E ela será — disse Remy, com um gosto amargo e metálico surgindo no céu de sua boca. — O invasor será perfeito para isso.

Eles deixaram o depósito anexo e tomaram o caminho do refeitório, com Remy na frente, sempre sob a vigilância do grupo.

Propositalmente, Remy tomou um caminho mais longo, que os levava aos limites das instalações. Diante de um longo corredor envidraçado, ele agora via o Pão de Açúcar ao longe e a cidade através dele, uma testemunha impassível do que estava prestes a ocorrer. Abaixo deles, as águas escuras do mar batiam contra as rochas que serviam de fundação do prédio.

Se ele fosse agir, se houvesse nele qualquer determinação ou vontade de sobreviver, teria de ser agora. Sem pensar, Remy puxou de sua manga uma adaga e cravou no pescoço do soldado que estava ao seu lado. Com mais rapidez do que seus algozes poderiam esperar, ele abraçou o corpo do homem e deu a volta em seu corpo, tornando-o seu escudo. Como estavam num longo, porém apertado, corredor, a vantagem numérica não seria de grande auxílio.

— Atirem nas pernas do cão! — bradou o oficial, antes de se esconder atrás da dupla de soldados e de robóticos. — Preciso do bastardo vivo!

O escudo humano tomou os primeiros tiros, com Remy sentindo o impacto atrás dele. Remy pegou a arma tombada do morto e soube que sua chance estava em uma única – e talvez última – ação desesperada. Ele deu os primeiros tiros e estes fuzilaram o primeiro dos soldados, que caiu de imediato. Então o robótico avançou, e ele era seu alvo!

O oficial líder soube de pronto o que Remy estava mirando com os próximos tiros.

— Esperem, ele vai...

Antes que completasse a frase, o robótico explodiu, e com ele parte da parede lateral do corredor, que dava para o mar.

Todos sentiram o impacto, menos Remy, que continuava se protegendo com carne e ossos humanos e farda militar. Ele avançou entre as chamas, fitando os soldados abatidos, e então deixou cair o farrapo humano que o havia protegido até ali.

Jogando a arma para longe, Remy pulou. Enquanto caia em direção às águas, ele escutou o barulho do alarme. Logo os barcos seriam enviados

O Covil do Demônio

para caçá-lo e pescá-lo, fuzilando-o antes ou depois. O impacto da água fria e das ondas o retirou daqueles pensamentos.

O mar salgado abraçou-o e Remy se sentiu em casa. A sensação durou pouco, pois o sal em seus ferimentos despertou outras dores. E aquilo era bom, pois ou ele se manteria bem acordado, ou então morreria rápido.

Acabou por emergir para inspirar e então mergulhou novamente.

Se ele não nadasse para longe dali, logo seria alcançado e abatido pelas barcas de segurança.

O que diabos faria?! Tentou encontrar a resposta no escuro das ondas, mas em vão. Mesmo que sobrevivesse, depois de ver o que viu, de que valeria qualquer esforço diante daquela potência militar?

Por instantes, só por instantes, pensou que a morte não seria uma opção tão ruim.

E foi no movimento inconstante e turbulento das águas frias e profundas, em contato com seus pensamentos sombrios, que Remy se entregou ao silêncio e à escuridão.

CAPÍTULO 10

MARIA TEREZA

Rio de Janeiro, 14 de abril de 1893

Largo do Machado, Cattete, 16 horas

A dama com o *monogoggle* mecânico desapareceu a meia quadra do palácio do Cattete. Se alguém a seguiu, não encontrou nada além de uma peruca de cabelos brancos. Todo o resto desapareceu. A jornalista Neli Baidal seguiu sozinha rumo a seu conhecido endereço e não deu mostras de sentir falta de sua acompanhante.

Foi num bar perto do Largo do Machado que apareceu a criatura de longa trança loira, botas batendo nas coxas grossas, o espartilho à mostra, um generoso decote e um longo casaco vermelho com capuz. As luvas de couro volta e meia roçavam a cintura, deixando entrever as facas e o chicote que a mulher carregava. Caso alguém se aventurasse sob o capuz, encontraria uma máscara de fetiche encobrindo uma cicatriz deformadora em um rosto moreno, de idade indefinida, talvez belo no passado.

A roupa e os trejeitos eram comuns a algumas prostitutas que aliavam sedução e perigo para atrair clientes ousados, dispostos a pagar por emoções além do sexo. Nada na intrigante presença daquela mulher fugia em demasia do que se poderia ver pela região após o pôr do sol. Exceto, é claro, pelo fato de que ela não era uma prostituta, mesmo com o andar e todos os olhares que lançava e recebia.

A mulher entrou num boteco de aparência suspeita, que sequer tinha nome na fachada, sendo pouco mais que uma porta com um ou dois homens parados na entrada. O lugar era frequentado por pessoas tão noturnas e pouco respeitáveis quanto a dominadora loira, mas à noite, essas bizarrices ainda eram permitidas.

Lá dentro, o ambiente estava envolto em fumaça. Cigarros, cigarrilhas, charutos ocupavam o lugar física e olfativamente. Mal se conseguia divisar as mesas e cadeiras de pernas finas que se espalhavam pelo espaço sem janelas. Um antro de miasmas pestíferos, bactérias patogênicas, malfeitores e patifes de todo tipo, pensou Maria Tereza.

O chão parecia úmido sob o solado das botas de salto grosso. As paredes eram escuras e fétidas, grudadas com emanações de vapores fumacentos, suores fortes, corpos não lavados e o que quer que flutuasse das gotículas que saíam das bocas bêbadas dos frequentadores.

Não era preciso ser refinado para classificar o lugar como nojento. Mas esse era seu charme. E sua utilidade nas atuais circunstâncias.

Maria Tereza localizou Lancelote junto ao balcão de bebidas. O homem era um antigo conhecido. Quase sempre trabalhando de porteiro em grandes eventos. Admirador e, quando necessário, um agente da detetive. O homem preto e alto, de ombros de largura impressionante, era quase sempre contratado pelos ricaços que o acreditavam intimidador. Lancelote se assemelhava a uma fortaleza, mas de modos educados e gentis. Tudo o que se queria em um segurança nas altas rodas. Talvez, essa escolha não fosse tão fácil caso as pessoas soubessem o que o homem estaria disposto a fazer por um sorriso ou outra atenção da líder foragida da agência Guanabara Real.

O atual trabalho de Lancelote era coordenar uma equipe de homens que fazia a segurança da Assembleia Nacional. Mas era também espionar para Maria Tereza. Ela chegou nele se enroscando como uma cobra e dando a entender que lhe oferecia seus serviços. Os dois trocaram o que se assemelhava, a qualquer observador, a alguns chamegos e negociações. Porém, após alguns momentos, os dois pareceram não chegar a um acordo.

A dominadora loira se afastou e jogou um beijo debochado. Disse em voz alta que lhe enviaria uma colega mais carinhosa. Lancelote fez uma cara incomodada, dirigiu-lhe uns palavrões ensinados e voltou ao seu copo, reclamando com o *barman* das putas que ameaçavam potenciais clientes.

Maria Tereza deu uma volta pelo salão, virou a capa vermelha chamativa pelo avesso, o que a tornou preta, e saiu da taberna. Preso ao cós das calças, ela levava uma cópia da minuta que o Barão presidente mandara secretamente à assembleia e que, pelos sussurros de Lancelote, ela sabia que se buscaria aprovar sem qualquer consulta à população. Em nome da "segurança nacional". Seu agente conseguira o material, mas, mesmo ajudando-a corajosamente, o homenzarrão parecia assustado com o que se tramava dentro do congresso. Ele implorou a Maria Tereza que tomasse cuidado.

Num beco, a poucos metros da taberna, a figura de capuz escuro desapareceu. Não seria possível identificar o que ela se tornara. Pelos telhados, leve e precisa, a sombra de Maria Tereza seguiu sem assustar os gatos pela distância que a separava do apartamento de Neli. Ela sabia que, com tantas movimentações e tendo ficado frente a frente com o Barão — e tendo ele notado a sua presença — não seria astuto retornar ao esconderijo no morro Dona Martha.

Melhor seria ler e analisar a minuta com Neli. E quando tivesse certeza de que os perdigueiros do Barão haviam perdido o seu rastro, ela poderia seguir de volta para encontrar Firmino e Remy. Os dois também iam sumir por uns dois dias do esconderijo. Ela havia planejado esses sumiços para que quaisquer eventuais observadores pensassem que os moradores do barraco eram ambulantes, sem horários ou rotinas fixas no lugar.

Maria Tereza deixava pouca coisa ao acaso, o que era um feito e tanto para quem trabalhava em seu ramo, no qual as surpresas eram parte da própria rotina.

— Imaginar surpresas é parte do trabalho — ela costumava dizer.

E, embora fosse segura de sua competência, ela ainda maldizia ter caído na armadilha do Barão. Por isso aquele trabalho há muito deixara de ser sobre descobrir razões ou salvar a si e aos amigos. O trabalho era o Barão. E as grades que ela queria ver diante do rosto dele. Imaginou a si mesma fazendo um piquenique em frente à cela dele e isso lhe deu uma espécie de conforto.

Entre telhados e becos, Maria Tereza se afastou do cheiro de maresia do Cattete e da Glória e seguiu para a região mais nauseabunda do centro da capital. Imperceptível, ela desceu por uma trepadeira e se esgueirou pela janela que Neli deixara meio aberta para ela. Em ato contínuo, trancou-a e baixou as persianas.

Neli aguardava-a encolhida em um sofá de aparência gasta. Ela vestia um roupão do falecido marido e Maria Tereza suspirou ao vê-la. Conhecia bem aquele luto. Era mais uma coisa que as duas tinham em comum. Haviam se casado com homens mais velhos, os quais, ao invés de podá-las, as tinham incentivado, servido, e agora estavam mortos. Maria Tereza já superara a sua fase viúva. E, por vezes, sentia-se feliz em ter novamente companhias masculinas que não fossem as de seus amigos. Lancelote, por exemplo.

Contudo, bastava olhar para Neli para saber que ela ainda teria um bom tempo naquela dor e naquela perda. A amiga ergueu os olhos do copo em que havia servido uma quantidade generosa de sangria.

— Conseguiu?

Maria Tereza retirou a cópia da minuta do cós traseiro das calças e passou-a para a amiga. Neli agarrou as folhas ansiosa e começou a mexer e lê-las

O Covil do Demônio

imediatamente. Maria Tereza preferiu se livrar do lenço escuro em que escondera cabelos e rosto, ficando apenas com as calças e o casaco curto justíssimos com que se esgueirara como uma gata pelos altos da capital federal. Os outros disfarces, exceto a peruca branca — desprezada por ter sido reconhecida pelo Barão —, haviam sido escondidos em pontos estratégicos da cidade. Caixas vedadas, em cantos tão obscuros quanto virtualmente invisíveis.

Ela se serviu de um copo de sangria e as duas mergulharam no que parecia o maior e mais abjeto pacote de maldades projetado por um governo desde a Lei do Trabalho inglesa. Difícil de acreditar no que estava escrito. Infelizmente, Maria Tereza e Neli conheciam bem demais a elite de homens ricos para ter certeza de que eles aceitariam tudo aquilo para controlar a população pobre com mãos de ferro. Afinal, não eram eles que repetiam que, desde que a escravidão terminara, era a polícia que deveria se encarregar de resolver as questões sociais do país?

O Brasil era tão jovem e a liberdade já estava ferida de morte.

O documento era terrível tanto pelo que dizia quanto pelo que insinuava. Em resumo, os "núcleos habitacionais" que o governo estava projetando para reorganizar o mundo urbano carioca tinham outra intenção. Aqueles que quisessem viver nesses lugares teriam acesso à comida, educação — de acordo com a cartilha do Novo Trabalhador Republicano, a qual prometia ressocializar a população para ser plenamente útil à pátria — e segurança. Lindo. Exceto pelo que indicava o lema de propaganda que seria usado para tais núcleos: *Vida digna ou direitos?* Em troca de *tanto cuidado* por parte do governo, os habitantes dos "núcleos" não poderiam sair sem autorização especial, a não ser para seguirem para o trabalho, por meio dos elétricos "seguros" que o governo ofereceria.

— Isso é institucionalizar novamente a escravidão. E para toda a população pobre. Mal conseguimos acabar com essa vergonha nacional, esse homem quer piorar tudo!

Neli estava inconformada.

— E ele tem apoio.

O suspiro sob a voz de Maria Tereza dava a entender que ela poderia entregar os pontos. Contudo, ela não considerava se render a uma opção, mesmo diante de tudo aquilo. Leu e releu o material em silêncio. A fúria surda estava fria na superfície, mesmo que escorresse como lava quente no interior dela. Não adiantava berrar. Era preciso pensar, organizar e planejar. Eles derrubariam o Barão. Maria Tereza se agarrava a essa certeza louca. Mas não seria de forma intempestiva. Seria passo a passo.

Em algum momento da madrugada, as duas cochilaram sobre os papéis. A luz da manhã acordou Maria Tereza, acomodada sobre o tapete áspero em tons de vermelho, branco e preto. Neli havia colocado um travesseiro sob sua cabeça sem que ela notasse. Maria Tereza se sentou e chamou pela amiga, que respondeu da cozinha.

— Estou fazendo um desjejum para nós. Pode usar o banheiro.

Maria Tereza aceitou a sugestão e se juntou a ela alguns instantes depois, já com as roupas com que pretendia se deslocar pelo Rio de Janeiro. Um disfarce, é claro, que ficava em um canto do guarda-roupa da amiga. Era um vestido muito simples, de trabalhadora. O cabelo estava arrumado em um coque alto e desgrenhado. Uma barriga falsa apontava uma gravidez evidente.

Ela se sentou à mesa em frente ao bule de leite quente e ao pão e queijo frescos. Um banquete, de fato. Tudo coroado pelo cheiro maravilhoso de café recém passado.

— O leiteiro me traz pão e queijo — disse Neli, ao ver os olhos da amiga brilharem. — Comprei um pouco a mais, disse que levaria para os rapazes da redação. — Está tudo naquela cesta. Você leva para os seus meninos em vez de eu levar para os meus.

Maria Tereza estendeu a mão sobre a mesa e pegou a mão de Neli.

— Muito obrigada.

— Não há por que me agradecer.

— Há sim. Ainda mais quando eu tenho outro pedido a fazer.

Neli inclinou o rosto desconfiada e aguardou.

— Não publique nada sobre a minuta ainda.

— Tetê...

— Não, me escute — pediu Maria Tereza. — Sei que essa notícia, como você a contará, tem um potencial incendiário. Sei que ela pode despertar muita indignação e resistência aos planos do Barão. Mas sei também o quanto isso pode ser distorcido e o quanto você ficará em perigo. Por favor, eu peço. Aguarde eu juntar isso com o que Firmino e Remy foram investigar. Vamos segurar essas informações. Levaremos tudo a público quando nossa vitória for certa.

O rosto de Neli era pura contrariedade. Ela era uma jornalista com um furo de notícia insuperável nas mãos. Aguardar o momento propício de divulgar não era de sua natureza.

— Por favor — insistiu Maria Tereza.

O Covil do Demônio

O aceite de Neli foi um tanto a contragosto, mas veio.

— Tem mais uma coisa com a qual você se preocupar — disse ela depois de alguns instantes de silêncio. Maria Tereza ergueu as sobrancelhas enquanto a amiga lhe passava um exemplar do matutino do Tribuna do Brasil, o jornal oficial do governo.

A manchete sensacionalista anunciava uma explosão em um complexo de desenvolvimento tecnológico do governo.

— Atentado terrorista anarquista?!

— Você acha que o Remy deixaria por menos? — Havia um toque de humor na pergunta de Neli. — Espero que ele esteja bem. Falam aí que perderam o rastro do "psicótico suicida" no mar.

Maria Tereza mudou sua expressão, nitidamente preocupada com a sorte do amigo. Pegou o jornal e começou a andar de um lado para o outro, segurando com força suas folhas.

— Como as pessoas acreditam numa mistureba de informações sem pé nem cabeça como essas aqui? Não percebem que essa ambiguidade de coisas não faz sentido?

— Ainda não aprendeu, amiga? A questão não é a informação, mas como ela é anunciada. Se eu escrever: "De acordo com a Royal Academia de Ciências em Londres, bicho-de-pé faz bem para a circulação", em dois tempos você verá madames descalças ou caçando os vermes por aí. Além disso, notícias falsas não estão aí para que as pessoas acreditem piamente nelas. Estão aí para que as pessoas duvidem das notícias verdadeiras.

Rio de Janeiro, 16 de abril de 1893

Morro da Dona Martha, 22 horas

Quando Maria Tereza finalmente chegou ao barraco no alto do morro da Dona Martha, já encontrou o circo armado, quase não tendo tempo de comemorar o fato de que Remy estava vivo e bem.

Na verdade, em partes, pois seu rosto machucado, sua expressão que mesclava esgotamento e irritação e seu olhar desfocado anunciavam sem nada dizer que ele estava em seu limite.

Maria Tereza achara que, ao alterar as áreas de investigação de Remy e Firmino, os dois acabariam encontrando a paz em suas convicções antagônicas, pois precisariam necessariamente um do outro para desvendar as respectivas informações. Ela obviamente estava enganada.

Os dois estavam se encarando, um com o dedo apontado para o rosto do outro. Não falavam com intensidade para não despertar atenção do lado de fora da casa. Porém, sussurravam aos rosnados como dois lobos de matilhas rivais. Mais afastada, observando tudo com apreensão, estava Joaquina. Maria Tereza piscou para a jovem antes de se aproximar.

Os dois pararam ao vê-la e Maria Tereza sorriu. Pelo que podia ver, Remy estava inteiro e, sem dar atenção ao rosto chocado de Firmino, ela correu para abraçá-lo com força. Somente agora percebia o quanto realmente ficara preocupada com ele. Firmino ficou repetindo "mas o que..." até ela lhe entregar o jornal e começar a inspecionar Remy como uma irmã mais velha, para contabilizar os machucados que não seriam delatados a uma mãe inexistente.

O rosto de Firmino ficou pálido ao terminar de ler a matéria.

— Por que não me falou nada disso? — perguntou, indignado.

— Você deixaria de brigar comigo — ironizou Remy. — Sabe muito bem que eu vivo unicamente pelo prazer de nossas discussões. O que seria de mim sem elas? Acho que nem teria me esforçado para sobreviver.

O Firmino fleumático já não era mais o mesmo, pois ele embolou o jornal e jogou na mesa.

— Que tipo de grupo é esse em que ninguém atualiza ninguém de suas loucuras? — perguntou Firmino, agora se fechando com braços cruzados sobre o peito.

— Parece que temos muito a colocar em dia por aqui. Creio que deve começar, Remy. Firmino, esquente água para passar um café, trouxe pão, queijo e algumas frutas. — Ela passou a mão sobre a barriga falsa. — Meu bebê de brinquedo está com fome de verdade depois de subir o morro.

Joaquina correu até Firmino e os dois ocuparam-se das panelas por alguns minutos. Maria Tereza se permitiu um sorriso e trocou um olhar com Remy, que a encarou, azedo. Enquanto comiam, Remy resumiu aos dois amigos suas inquietantes descobertas no complexo militar do Barão do Desterro. Maria Tereza e Firmino fitavam-no incrédulos, enquanto Joaquina segurava o braço de Firmino.

— Autômatos com cérebros humanos — disse Firmino, falando com um fiapo de voz. — Eu imaginei muitas coisas... Coisas terríveis, de fato, mas isso...

Joaquina o abraçou por um longo momento.

— Dediquei minhas melhores horas à engenharia — ele continuou, abaixando a cabeça. — Prestei um juramento. A tecnologia à serviço da humanidade. Como... como eles puderam macular isso?

O Covil do Demônio

— Por quê? — perguntou Maria Tereza. — Por que usar cérebros vivos?

Firmino piscou por um momento, antes de encarar a chefe.

— Instinto — ele disse. — Isso é algo inerente aos seres vivos. É possível programar muita coisa em uma máquina, mas é muito difícil codificar o instinto de sobrevivência a um artefato mecânico. Isso é algo humano, inato e imutável.

Depois de um longo momento, Remy continuou.

— Eles me pegaram quando estava diante da plataforma de produção robótica. Tomaram-me como um funcionário verdadeiro, que estava xeretando onde não foi convidado. — Remy interrompeu a narrativa para tomar fôlego e beber um copo de água. — Eu consegui escapar explodindo parte do complexo e me jogando nas águas da baía. Eu mergulhei o máximo que podia, pois sabia que barcas de vigilância seriam enviadas para me perseguir. Quase perdi a consciência quando percebi que minha única saída não seria fugir, e sim invadir o compartimento de carga de uma das barcaças de funcionários. Assim, seriam meus próprios inimigos que me ajudariam a deixar aquele inferno humano e robótico. Foi o que fiz, sendo transportado ao lado de caixas de munições e peças de maquinário robótico.

— Seus guias são mais fortes do que o seu juízo. — Firmino não parava de negar com a cabeça.

— Sim, e você é um menininho comportado — reclamou Remy. — Pelo que sei, andou levando a nossa cara viúva em suas incursões pelo mundo de Moa. Ou estou enganado?

Firmino fechou ainda mais o semblante enquanto Joaquina insistia que a ideia fora sua. Maria Tereza sentiu que logo os lobos voltariam a rosnar, então pediu o relatório do engenheiro e, na sequência, deu o seu. O que Firmino descobrira com o medalhão foi objeto de intensas especulações por Remy. O artefato verdadeiro poderia ser utilizado para invocação *e* retenção? Ele já ouvira falar da Inversão dos Escolhidos, é claro, mas, assim como Moa, não sabia precisar como o Barão o usaria.

Já os planos sociais do Barão eram mais claros, mas nem por isso menos destrutivos. Joaquina gastou uma boa meia hora utilizando todas as imprecações que conhecia quando Maria Tereza explicou o que descobrira. O retorno à escravidão, mesmo que travestida de nova ordem social, deixara-a absolutamente perplexa.

— A minha avó — ela disse, encarando Maria Tereza com as mãos trêmulas. — Eu cuidei dela nos seus últimos anos. Ela mal conseguia andar, as pernas tortas pela quantidade de pancadas que levara durante toda a sua vida. Liberta aos 60 anos, passou o resto da sua vida coxeando.

Maria Tereza segurou suas mãos por um longo momento, enquanto Joaquina deixava escapar uma torrente de lágrimas. Então, a felina de Remy — que estivera dormindo em um canto escuro do barraco — ergueu-se subitamente, com todos os pelos do corpo eriçados.

Entre os detetives, não se poderia saber qual deles tinha ouvido primeiro, afinal, os três tinham instintos e, principalmente, ouvidos aguçados. Imóveis, Maria Tereza, Firmino e Remy ouviram o tropel pouco cuidadoso de botas em torno do barraco. Oito homens? Mais provavelmente doze, imaginou Maria Tereza. Tinha certeza de que havia ainda mais outros num perímetro maior para evitar fugas.

— Estão cercados! — anunciou uma voz grossa e triunfante.

Maria Tereza a reconheceu. Shariff, o guarda-costas e homem de confiança do Barão. Não era a polícia comum. Era a milícia pessoal do Barão. O significado era claro. Não havia interesse que todos eles saíssem com vida dali.

CAPÍTULO 11

FIRMINO

Rio de Janeiro, 16 de abril de 1893

Morro da Dona Martha, 2 horas

A respiração de todos permaneceu em alta rotação por um longo período, enquanto Joaquina espiava pela janela. Maria Tereza se aproximou com a pistola em punho, encarando as silhuetas que se mesclavam à escuridão e os dois lampiões que os milicianos usavam para subir até o alto do morro.

— Não conseguirá derrubar todos — disse Joaquina, e Maria Tereza assentiu sem se virar.

Remy saltou até outra janela, coçando o colarinho.

— Posso invocar a proteção dos espíritos ou então ventos tempestuosos, mas seria preciso um cortejo demoníaco para nos livrar desse número e desse poder de fogo.

Firmino se levantou e encarou as costas dos três amigos, antes de tomar uma decisão.

— Joaquina, me ajude — pediu, virando-se em direção aos quartos e encarando Maria Tereza e Remy. — Vocês dois, eu vou precisar de algum tempo.

Remy piscou os olhos.

— Sempre coloquei o amor em primeiro plano, meu amigo, mas, em tais circunstâncias, acho temerário...

— Não me aborreça, Remy! — rosnou Firmino, puxando Joaquina para o pequeno corredor.

Remy e Maria Tereza trocaram um olhar e voltaram atenções para o lado de fora, onde os homens se movimentavam devagar.

Maria Tereza abriu a cortina esfarrapada por um momento, fez mira e disparou. Um dos lampiões explodiu e os estilhaços marcaram o homem que o segurava. Os demais recuaram e se abaixaram, irritados.

— Isso vai nos comprar alguns minutos — rosnou Maria Tereza para dentro da cabana. — Seja o que estiver fazendo, se apresse.

Firmino ouviu o murmúrio de Maria Tereza, mas a ignorou. Ele e Joaquina estavam no quarto onde ele estivera dormindo nas últimas semanas. O pequeno catre, desmontado, jazia junto à parede da janela. O resto do recinto estava repleto de maquinários, ferramentas e uma cesta de vime e cânhamo do tamanho de uma grande banheira, recoberta por placas de ferro.

— O que é isso? — perguntou Joaquina, espantada, enquanto Firmino acoplava uma série de tubos ferrosos de aspecto perigoso ao redor da cesta.

— Algo em que estive trabalhando nas últimas semanas, no meu tempo livre — ele respondeu, virando-se para a jovem, que o encarava. — Se ficasse apenas lendo sobre tomos arcanos, enlouqueceria, Joaquina.

Ela sorriu e ele apontou para uma série de correias que estavam ao pé do catre.

— Me ajude com isso. Precisamos amarrar os foguetes.

Joaquina ergueu as sobrancelhas, mas sabia que não havia tempo a perder. E, mesmo com medo, tinha confiança em Firmino. Da sala, ouviram os gritos de Maria Tereza com Shariff. A troca de insultos durou alguns momentos, seguida de alguns disparos. Então, voltaram a berrar um com o outro.

Uma das balas atravessou a parede e se alojou a centímetros da cabeça de Remy, que se agachou de forma instintiva. A sua pantera eriçou os pelos e, com um rosnado baixo, correu para os fundos da casa.

— Remy... — sussurrou Maria Tereza.

— Não há nada no mundo que a faça parar agora — disse ele, em um tom sombrio.

Pouco depois, gritos surgiram do lado de fora e uma saraivada de balas irrompeu no matagal. Houve um uivo altivo e, então, alguém gritou.

"Onde ela está? Onde ela está?!"

Novos tiros, seguidos de pragas e maldições e, então, o silêncio.

— Ela...

— Fugiu, com certeza — disse Remy, os olhos abertos como duas pérolas negras. — Mas está ferida. Eu sinto... eu sinto na minha alma.

No quarto, Firmino trabalhava o mais rápido que podia.

— Onde arranjou tudo isso? — perguntou Joaquina, tentando tirar o som das balas da sua mente.

— Pólvora? — ele respondeu, balançando a cabeça, enquanto ajustava uma nova parelha de foguetes do outro lado da cesta. — Não é difícil de obter ilegalmente. A corrupção dos militares sempre foi notória. A maior parte dos fora-da-lei que assola nossa cidade usa armas obtidas dentro das casernas.

— Isso não é... perigoso? — perguntou ela, enquanto prendia os foguetes com as correias, apertando o máximo que podia.

— A diferença entre um projétil e uma bomba está na queima controlada do combustível — ele explicou, terminando de acoplar a última parelha de foguetes e indo até o pequeno armário de portas quebradas. — Uma questão de cálculo, apenas. Na verdade, *isso* foi o que me deu mais trabalho. Não sou muito bom com uma máquina de costura.

Joaquina se levantou por um momento para ver Firmino retirar um rol de panos cuidadosamente dobrados, com grossas cordas pendentes.

— É isso que vai impedir de nos esborracharmos no chão — ele disse, largando os panos no lado de dentro da cesta. — É uma versão melhorada do tal paraquedas, inventado pelos franceses há quase cem anos.

Ele e Joaquina amarraram o dispositivo na cesta no exato momento em que os disparos recomeçaram.

Remy apareceu na porta.

— As retrospectivas verbais cessaram, meu... O que diabos é isso?!

— Nossa rota de fuga — disse Firmino.

— Finalmente descobrimos o motivo de você inundar a madrugada com suas marteladas e impedir nosso bem merecido descanso — ele comentou.

— Chame Maria Tereza. Estamos partindo!

Remy lançou um último olhar para o artefato de Firmino, balançou a cabeça e saiu correndo em direção à sala.

— Precisamos abrir caminho — disse Firmino, subindo na amurada da cesta com uma chave inglesa na mão. Joaquina entendeu imediatamente o plano e se postou do outro lado, segurando um martelo.

Arrebentar o telhado apodrecido não foi difícil e Joaquina conhecia o significado de trabalho duro. Ela martelou, socou e arrancou os pedaços de madeira e estuque, abrindo uma fresta suficiente para que o luar invadisse o recinto, iluminando o rosto suado de Firmino. Os dois se permitiram trocar um olhar satisfeito ao terminar o trabalho, cobertos de caliça e fuligem. Sem saber o porquê, sorriram um para o outro.

— Tenciona nos explodir, Firmino? — disse Maria Tereza, ao surgir na porta e encarar a cesta de fuga.

— Espero que não, MT — disse Firmino, entrando na cesta e arrancando parte das placas de ferro. — Entrem na cesta, não temos muito tempo.

— Por que está tirando isso? — Maria Tereza perguntou.

— Era só uma precaução extra — disse Firmino, sem levantar os olhos. — Não precisamos disso.

Maria Tereza colocou a mão no braço de Firmino.

— O que está acontecendo?

Ele a encarou.

— Não projetei esta cápsula para quatro pessoas.

Joaquina deu um passo para trás.

— Eu...

Maria Tereza correu até a jovem e agarrou seu braço, empurrando-a para dentro da cesta.

— Não há a mínima chance de você ficar para trás, Joaquina — disse ela, segurando suas mãos, antes de se virar para Firmino. — Confio em você.

Firmino não respondeu a isso, arrancando a última placa. Remy disparou a esmo contra a porta da frente e correu para a cesta.

Os quatro se encararam e Firmino se virou para os amigos.

— Se tudo der errado, foi um imenso privilégio.

— Se tudo der errado, vou persegui-lo pelos sete círculos do inferno, meu amigo — rosnou Remy.

— Firmino não vai para o inferno, ele é um homem bom — retorquiu Joaquina.

— Oh, céus — murmurou Remy, revirando os olhos.

— Segurem-se — disse Firmino, puxando o isqueiro e acendendo o pavio. — Isso vai chacoalhar.

Joaquina segurou no braço de Firmino. O rastilho queimou rápido, desaparecendo por cima do cesto e descendo até os foguetes. Então, um silvo agudo surgiu.

— Lá vamos nós.

Do lado de fora da cabana, os atacantes se aproximavam devagar. Afinal, não havia como saber se os disparos haviam cessado por falta de balas ou se eles simplesmente estavam esperando a oportunidade de acertar um deles. Shariff apontou a porta principal para dois homens, que correram até a parede e chutaram o trinco, arrebentando a fechadura. Eles dispararam no interior, mas as balas ricochetearam no vazio.

Então, um brilho intenso explodiu no interior da cabana e, pelo telhado vazado, um bólido incandescente subiu aos céus, as labaredas lavando os cômodos

O Covil do Demônio

vazios e atingindo os dois bandidos, que fugiram da cabana correndo, as vestes chamuscadas e as mãos queimadas pelo calor.

Em um silêncio perplexo, Shariff e seus capangas acompanharam o aerólito artificial subir em arco até uns cem metros e, então, com o fogo extinguido, descer por algum tempo até que um grande pano em arco fosse aberto, como um imenso guarda-chuva. A cesta balançou perigosamente por algum tempo e depois desapareceu do outro lado do morro, descendo pela noite carioca.

Shariff mastigou o resto do charuto que tinha na boca, cada nervo do seu ser palpitando com uma raiva súbita. Protegido pela escuridão, um dos seus comandados se aproximou.

— Como vai explicar isso para o chefe, senhor?

Shariff se virou para o subordinado, que, em seu último momento, compreendeu o erro que cometera. A bala atravessou o crânio do homem, explodindo a sua têmpora.

— Ele nos traiu — disse Shariff, sem se virar. — Os três já haviam fugido quando chegamos. Entenderam?

Os demais apenas assentiram.

Shariff cuspiu no chão.

— Coloquem fogo na casa. Quero vê-la no chão.

O último disparo de Shariff não foi ouvido dentro da cápsula, onde Firmino lutava para controlar o paraquedas improvisado. Ele calculara o tamanho do velame de acordo com o peso médio de três pessoas, mais todo o equipamento necessário. No entanto, mesmo com a retirada da proteção extra, estavam pesados demais. Além disso, as correntes que subiam junto aos morros dificultavam as manobras necessárias para manter a cápsula voando.

— Segurem-se! — gritou ele quando uma rajada mais forte empurrou a cápsula para junto do morro. Eles rasparam nos galhos mais altos de uma árvore, mas Firmino conseguiu puxar um dos lados do velame, empurrando o paraquedas para o outro lado.

— Precisamos achar um lugar aberto para descermos — ele resmungou.

Maria Tereza entendeu o recado e se aproximou da amurada, com Joaquina e Remy em seus calcanhares. Nos morros cariocas, qualquer lugar vazio era ocupado por construções, que se aglomeravam umas às outras. Era preciso achar algum pátio ou rua mais larga.

Firmino virou o velame rapidamente quando uma nova rajada de vento os atingiu. Mas, com os três ocupantes junto à borda, a cesta balançou rapidamente e quase emborcou. Ele gritou, mas foi tarde demais. A cápsula girou para baixo e Joaquina escorregou.

O seu grito se confundiu com o de Firmino e, por um momento, o tempo paralisou. Os dedos de Firmino escorregaram das cordas, centímetro a centímetro, permitindo que a cesta girasse ainda mais.

— Firmino! — gritou Maria Tereza. — Ele a pegou! Levante a cesta!

Foram necessários alguns segundos para que Firmino entendesse. Remy saltara atrás de Joaquina, agarrando-a pelo braço, e agora os dois balançavam do lado de fora da cesta, distantes uma centena de metros do bairro tranquilo que se preparava para adormecer na noite carioca.

— Remy! — gritou Firmino, puxando o velame com todas as forças, tentando estabilizar a cápsula. — Remy! Pelo amor de Deus, Remy! Segure ela!

Maria Tereza tentava se aproximar, mas a cada passo que dava, a cesta emborcava ainda mais e ela precisava recuar. Tudo dependia apenas de Remy.

— Remy! Remy! — gritou Firmino, tentando enxugar as lágrimas desesperadas enquanto puxava o velame e empurrava a cápsula para longe do morro, tentando fugir do vento.

A manobra surtiu efeito e a cesta voltou a se equilibrar. Maria Tereza correu até o outro lado no exato momento em que a mão de Remy surgiu no topo da cesta. Firmino permaneceu paralisado, segurando o velame, rezando para os deuses que ele havia abandonado a sua vida inteira.

— Remy — ele murmurou, em súplica.

As faces de Remy surgiram, seus olhos marejados pelo esforço, e, então, Maria Tereza se debruçou para fora, levantando-se com Joaquina em seus braços.

Remy se virou para Firmino apenas por um momento e falou com a voz mais calma que já dirigira para ele.

— Eu nunca a soltaria, Firmino.

Os dois se encararam e, então, Maria Tereza ajudou Joaquina a se sentar no fundo da cesta. Firmino assentiu em silêncio e se voltou para o velame, manobrando o seu engenho até o cemitério de uma pequena igreja.

Rio de Janeiro, 16 de abril de 1893

Estância Velha, 7 horas

Joaquina conseguira guiar os amigos por um matagal próximo à encosta de Estância Velha, atravessando córregos, escapando de dois cachorros e evitando as casas dos pequenos agricultores que retiravam da plantação de bananas e abacaxis o seu parco sustento. Seria um azar tremendo escapar com vida de uma emboscada arquitetada pelo Barão do Desterro para encontrar seu fim no lado errado de uma garrucha de chumbo grosso e pólvora seca.

Eles tomaram um cuidado especial ao se aproximarem da casa de Joaquina, afinal, qualquer movimentação estranha seria vista com suspeitas, principalmente por conta da mulher que vivia na janela da casa de tinta azul descascada. A criatura não parecia ter outra missão na vida além de dar conta do que ocorria na vizinhança e, para cúmulo dos males, cismou em espalhar boatos mentirosos sobre as visitas recebidas por Joaquina. O que significava ele próprio, cuja identidade felizmente se mantinha incógnita.

Firmino sentiu uma sensação estranha ao se aproximar da casa. Desde que tiveram que abandonar a sede da agência Guanabara Real, não conhecia nenhum lugar que pudera chamar de lar. A antiga casa dos pais de Maria Tereza era um casebre decrépito devido ao longo abandono e o fantasma da vida pregressa de Maria Tereza pairava sobre eles, deixando-a melancólica. Firmino se sentia quase um intruso naquele lugar.

Ali, no entanto, conhecera algo que nunca tivera. Quando criança, vivera como escravizado e só conhecera a senzala e a casa grande dos seus pretensos senhores. Liberto, passara a viver em diversos internatos até se formar como engenheiro, já em Paris. Nunca dormira em uma casa de família antes. A agência, onde se instalara nos fundos, em um escritório junto ao seu saudoso laboratório, era um local de trabalho e reflexão. Não sabia o que era viver em uma casa onde duas pessoas decidissem morar juntas. Não sabia o que era criar um local para voltar depois do trabalho e se enrodilhar nos braços da pessoa amada.

Na verdade, não sabia o que era o amor.

Remy deu uma pequena tossida, tirando Firmino daquele turbilhão de pensamentos.

— Vamos ficar aqui a noite inteira? — perguntou ele, naquele tom sarcástico, mas cansado.

Firmino resmungou de volta, mas o colega tinha razão. Já estavam vigiando a casa há um bom tempo. Não havia nada de estranho. Poderiam entrar.

Lá dentro, Firmino se aproximou de Joaquina em silêncio, pisando devagar nas tábuas de madeira. Do lado de fora, a noite recebia um ou outro convidado, que ainda se aventurava pelos bares da região, ou que escapava para um terreno baldio das redondezas, onde se reuniam para disputar partidas de um esporte que fora importado recentemente da Europa. Já vira os garotos de rua enrolando trapos velhos dentro de uma bexiga de boi para criar uma bola de couro que era chutada de um lado para o outro. Aparentemente, o objetivo era fazer passar a bola por entre dois postes, entre chutes e caneladas, mas não tinha certeza. Nunca dera importância para esportes, fosse canoagem, boxe ou esgrima. Aprendera a capoeira, pois precisava se defender. Havia um objetivo explícito e bem definido. A noção da diversão a partir da atividade física lhe era estranha.

Assim como era estranho como a mente divagava, tentando reconectá-lo a uma realidade mundana logo após quase terem sido mortos. Firmino sentiu um arrepio e Joaquina se virou por um momento para o amigo, segurando seu braço com afeto.

O movimento não passou despercebido por Remy.

— Acho que estamos seguros nessas redondezas — disse Joaquina, cerrando a cortina e se aproximando dos dois.

Remy suspirou fundo, esvaziou uma pequena garrafa de metal que trazia no paletó e afundou ainda mais no sofá duro. Havia lágrimas em seus olhos. Maria Tereza colocou a mão em seu ombro por um longo momento antes de se levantar para segurar as mãos de Joaquina.

— Eu sinto muito. Sei o quanto está correndo perigo por estar nos ajudando — ela disse, olhando firme para a anfitriã. — Não tenho palavras para expressar nossos agradecimentos. Nossa dívida com você será eterna.

Joaquina abriu um sorriso de dentes brancos.

— Vocês estão do nosso lado. Do lado do povo. Meu marido acreditava na justiça e está morto. Não poderia me olhar no espelho novamente se deixasse o medo me vencer. Vivi demais com medo, Maria Tereza. É uma coisa ruim. Ele acaba com a gente.

Firmino se aproximou e colocou as mãos nos ombros de Joaquina.

— Eu... eu sinto muito, Joaquina. Não poderia... nunca quis colocá-la em perigo.

Joaquina, profundamente encabulada, foi até a cozinha. Com a ajuda de Firmino e Maria Tereza, os três prepararam um jantar magro de sopa, pão e um jarro de um vinho já azedo.

Sob a luz de duas velas que dançavam com a brisa carioca, comeram e, entre colheradas, trouxeram à tona o assunto que perturbava a todos, mesmo sem ter sido mencionado antes.

— Como Shariff nos achou? — Maria Tereza disse, colocando em voz alta a pergunta que martelava a cabeça de todos.

O Covil do Demônio

Firmino arrancou um naco do pão com a mão mecânica e olhou para Joaquina antes de falar.

— Quando procurei o Velho, um dos meus antigos contatos me dedurou. Talvez alguém tenha nos avistado por lá.

— Não creio — respondeu Maria Tereza, que, pela presteza da resposta, já pensara sobre o assunto em silêncio. — Nunca mais visitei a casa dos meus pais. Não há ninguém nas redondezas que sabia quem eu era ou o que fazia. A não ser que alguém tenha nos reconhecido pelos desenhos do jornal.

— Isso aqui? —intrometeu-se Remy, retirando um recorte de dentro dos bolsos com um gesto espalhafatoso e segurando as páginas com desprezo. — Me desculpe, minha cara, mas seria mais fácil alguém prender um trio de palhaços mambembes em nosso lugar. Este trabalho é horroroso, mesmo para alguém que vende seus dons por alguns cobres para a polícia.

— Horrível mesmo, de fato — concordou Maria Tereza, largando a colher por um segundo e pescando o recorte das mãos de Remy. Ela o examinou com atenção e franziu o cenho.

— O que houve? — perguntou Joaquina.

— O desenho está ruim demais — murmurou Maria Tereza, batendo com o dedo levemente nos lábios. — Remy e Firmino não costumam aparecer nos jornais, por motivos diversos. Firmino é avesso à publicidade...

— Pois, invariavelmente, sou apontado como o *negro* de terno — resmungou Firmino, interrompendo-a.

— E Remy tinha motivos mais particulares para não ser fotografado — continuou Maria Tereza.

Remy sorriu e largou o copo de vinho na mesa quando Joaquina o encarou.

— Maridos traídos demais. E esposas, eventualmente — ele disse, piscando um olho.

Firmino rosnou feio para Remy, mas Joaquina apenas sorriu. Remy estendeu o copo de vinho para ela.

— Mas os jornais possuem uma coleção de fotos minhas — Maria Tereza explicou, concluindo seu raciocínio. — Sempre precisei frequentar a sociedade carioca atrás de clientes e culpados, presas e predadores. Eles poderiam ter usado qualquer foto minha. Seria muito mais fácil me reconhecer.

— O que quer dizer, MT? — perguntou Firmino, encarando-a. — Você acha que os jornais deliberadamente estão dificultando a nossa prisão?

Maria Tereza devolveu os recortes para Remy e balançou a cabeça, olhando para a frente, pensativa.

— Não sei. Mas é estranho e fatos estranhos merecem explicações, ainda mais em um caso dessa natureza. Um jornal não ter usado a minha foto seria razoável, mas todos... É coincidência demais. Alguém ordenou isso.

— E só há uma pessoa poderosa o suficiente para ordenar este tipo de coisa — disse Remy, pescando a ideia.

— O Barão — concluiu Firmino. — Mas por quê?

Somente o silêncio se seguiu à pergunta.

Firmino terminou a sopa em duas colheradas e retomou o assunto inicial.

— De qualquer modo, isso não responde a questão principal, não? Como eles descobriram o nosso esconderijo? Precisamos saber. Afinal, estamos na casa de Joaquina.

— Eu não tenho medo do Barão — disse ela.

— Pois deveria ter — rosnou Firmino, lançando um olhar feroz para a jovem.

Maria Tereza se espantou ao notar o medo que observou nos olhos escuros do amigo.

— Sei do perigo que estou correndo, Firmino — disse Joaquina, encarando-o com a voz firme. — Mas essa escolha é minha. Somente minha.

Maria Tereza resolveu apaziguar os ânimos.

— Mas Firmino tem razão em um ponto, Joaquina — ela disse, colocando a mão delicadamente sobre os dedos da outra. — Precisamos descobrir o que houve, ou nenhum lugar será seguro. Coragem e simplesmente se atirar para a própria morte são duas coisas diferentes.

— Prefiro nem uma e nem outra — resmungou Remy, com a voz levemente empastada após tomar o resto do vinho e esvaziar metade de outra garrafa. — Fazem mal para a saúde.

— Vocês podem ter sido seguidos — sugeriu Joaquina.

Firmino balançou a cabeça.

— Temos tomado cuidado — ele disse. — Andamos sempre separados e seguíamos caminhos diferentes até a casa.

E, depois de encarar os olhos semicerrados de Remy, acrescentou, com certo desprezo.

— Mas é claro que digo isso apenas por nós dois — disse, apontando para Maria Tereza. — Remy anda sempre com a cabeça nas nuvens.

— Fale por si, meu caro — disse Remy odiando a própria rudeza. — Vou me retirar, para tentar dormir um pouco. Tenho um encontro importante ao anoitecer e não paro de pensar em minha pantera perdida e ferida no meio da selva.

O Covil do Demônio

Firmino olhou para o amigo com tristeza.

— Remy... eu sinto muito... — Mas já era tarde demais. O associado já os tinha deixado.

Firmino encarou sua ausência e então Joaquina se virou para ele, enviando uma mensagem sem palavras, para então voltar ao assunto anterior.

— Eu, de minha parte, nunca comentei com ninguém — disse Joaquina.

Firmino quase saltou da cadeira.

— Nunca desconfiamos de você — ele disse, espantando. — Nem por um minuto. Nem por um mísero segundo.

— Eu sei, Firmino. Mas eu poderia ter comentado alguma coisa sem querer, não é? Conversas descuidadas custam vidas.

Maria Tereza interveio antes que Firmino continuasse.

— Sei o quanto está comprometida com esta investigação, Joaquina. Não imagino que tenha sido descuidada em relação a isso.

— Eu posso ter uma suspeita — resmungou Firmino.

— De quem ele está falando? — perguntou Joaquina, enquanto os dois investigadores permaneciam em silêncio, meditando sobre o peso daquelas palavras.

— A única outra pessoa que sabia onde estávamos escondidos. A única que poderia ter contado — murmurou Maria Tereza, recolhendo as duas mãos trêmulas para debaixo da mesa.

Ela se calou e Joaquina se virou para Firmino, assustada.

— Quem?

— Alguém que nunca nos deduraria em vida — respondeu Firmino, sentindo uma bile quente atravessar a garganta. Ele encarou Maria Tereza, que tremia, enquanto uma lágrima de ódio escorria pelo seu rosto. Firmino se voltou para Joaquina e explicou.

— Neli Baidal.

CAPÍTULO 12

REMY

Rio de Janeiro, 18 de abril de 1893

Museu Nacional, 19 horas

Catarina, ou a sua memória, estará a salvo aqui, pensou Remy, contemplando as paredes imemoriais do Museu Nacional do Rio de Janeiro.

A noite caía sobre a fachada do antigo Palácio São Cristóvão. O museu ficava na quinta que havia servido de residência da família real e da casa imperial. Isso antes de ter recebido a Assembleia Constituinte no golpe que havia transformado o Império em primeira República, para depois ser destinado a se tornar o lar da Ciência, da História e das Artes, o grande acervo da cultura carioca e nacional. Ali, entre suas altas paredes, homens e mulheres seriam educados, pesquisadores fariam grandes descobertas e cientistas encontrariam espaços e meios para dar à luz grandes inventos do futuro.

Remy pensou na ironia daqueles ideais tentando sobreviver em épocas de obscurantismo, retrocesso e violência. Imediatamente, a inquietação sobre o destino de Neli Baidal o assomou. Ele não era tão próximo dela quanto Maria Tereza, no entanto, sempre contara com a jornalista como uma aliada importante. Além do mais, se algo tivesse acontecido a ela, tinha certeza de que Maria Tereza ficaria muito mais que arrasada e isso o preocupava, num momento tão inseguro quanto aquele.

Os três haviam decidido que ele prosseguisse com o plano inicial de ir ao museu, enquanto Firmino acompanharia Maria Tereza até o apartamento de Neli. Remy fez uma prece aos seus guias pela jornalista e por seus amigos. Contudo, um pressentimento ruim se elevou como uma água borbulhante de chaleira dentro dele.

Agora, Remy estava lá, parado, com roupas emprestadas do marido de Joaquina, as mais escuras e sóbrias que poderia encontrar. Mesmo sendo simples, aqueles eram os trajes mais elegantes que ele usara nos dias anteriores. Um terno preto, um pouco folgado em seu corpo esguio, mas adequado à camisa também escura. Quanto ao cabelo, estava preso atrás da nuca, como gostava de arrumá-lo em seus dias de sobrecasacas, anéis e bengalas. Suas reflexões sobre moda, um luxo imaginativo de sua persona inquieta, foram interrompidas pelo barulho da porta aos fundos do museu se abrindo. Um homem mais velho e simpático o convidou a entrar, depois de conferir se era o homem indicado por dois especialistas do Museu.

Sua entrada fora providenciada por Augusta, que havia alertado dois dos pesquisadores que a auxiliavam de que receberia um amigo um tanto singular. Um amigo que deveria ter seu acesso garantido no meio da madrugada. Naqueles tempos de perseguição, os colegas não fizeram perguntas e foram diligentes em garantir que o misterioso pesquisador de religiões e misticismos antigos — foi assim que Augusta o apresentou aos dois historiadores — pudesse fazer uma tranquila visita noturna.

Ao acessar o primeiro bloco do palácio do museu, Remy se demorou por uns instantes para avaliar a grandiosidade do projeto de Dom João VI. O pé direito de mais de seis metros servia de ponto de conexão entre os andares, cada um deles dedicado a uma área diferente do saber. As paredes pintadas de rosa pálido e banhadas de escuro arenito indiano davam ao modelo neoclássico um ar exótico e oriental, traços que agradavam especialmente a Remy e seus gostos estéticos nada comuns.

Era o encontro de dois mundos e de duas tradições, pensou ele, com nenhum deles brigando por destaque ou supremacia. Ao contrário, era o equilíbrio perfeito entre culturas, saberes e povos, além de tempos distantes e preocupações atuais.

O museu se dividia em três pavimentos, pensados tanto para facilitar o acesso dos visitantes como também para acolher de forma organizada suas diferentes coleções, mostras e acervos. O primeiro era destinado à preservação da riqueza animal e botânica, contendo espécimes de dezenas de partes do mundo e culminando na coleção de pássaros empalhados do imperador.

Já o segundo se dedicava à maquinaria e aos inventos que poderiam, caso fossem levados à frente, dar origem ao futuro da nação. Não uma em que a tecnologia seria prioridade econômica e existencial das forças políticas, mas sim o cerne da melhoria de vida de homens e mulheres, cidadãos de uma sociedade mais harmônica, menos desigual.

Por fim, o terceiro pavimento propiciava a pesquisadores, alunos e visitantes um passeio ilimitado às brumas do passado. Ali, livros raros, fotos antigas, cartas particulares e documentos de diversas origens temporais e geográficas revelavam o dia a dia dos reis e seus súditos, as guerras dos impérios, os costumes dos plebeus, os saberes permitidos e proibidos da Igreja do Cristo, além da sabedoria arcana dos antigos. Remy se sentia em casa ali, na Seção de Livros e Manuscritos, onde era levado pelo pesquisador que o havia recebido.

Ele já havia visitado o lugar por diversas vezes, especialmente para seus estudos esotéricos dedicados à cabala, astrologia e alquimia. Além disso, o museu também acolhia os acervos de pesquisadores de magia e ocultismo do passado, desde que suas famílias fossem iluministas o bastante para doarem seus legados ao invés de jogá-los às chamas da moralidade e da ignorância.

Quando chegou à sala especial de doação, encontrou Augusta na companhia da segunda pesquisadora e companheira do homem que o trouxera até ali. Era uma sala simples, de tamanho mediano, na qual uma grande mesa rodeada de cadeiras servia para recebimento, avaliação, registro e destinação de doações como aquela.

O casal deixou Remy na companhia de Augusta sem fazer perguntas. Antes disso, agradeceram mais uma vez pela doação e asseguraram que iriam preservar o trabalho e as ideias de Catarina Volkov, ela também uma visitante frequente do Museu.

— Ela fará falta — disse o pesquisador, ao sair da sala com sua parceira.

Augusta agradeceu a delicada atenção e se virou para Remy assim que a porta foi fechada.

— Bom vê-lo em trajes menos sisudos.

— Menos grosseiros, você quer dizer — respondeu Remy, não muito simpático. Os hematomas no rosto explicavam a razão de sua expressão de poucos amigos.

Ele havia escolhido um casaco sete-oitavos, porém, desta vez, dando-se ao luxo de escolher calças e uma camisa um pouco mais elegantes. Afinal, tanto seu destino quanto sua interlocutora mereciam tais preparativos.

Augusta o avaliou dos sapatos marrons lustrados até o topo dos cabelos escuros recém-penteados, sabendo que naquela noite ele havia se arrumado como de costume. Ao menos, pelo que sua tia descrevia dele. As marcas em seu rosto, no entanto, eram o registro do perigo e da violência que havia enfrentado desde a última vez que travaram contato.

— O que houve com seu rosto?

— Você quer a versão curta ou a longa? — Augusta sorriu, não tendo tempo de responder. — Como temos muitos assuntos a tratar, vamos à versão resumida: Invadi um complexo militar, enfrentei algozes robóticos e

O Covil do Demônio

humanos, explodi parte do lugar, pulei nas águas turvas da baía e, então, fui perseguido por balsas de vigilância, usando uma embarcação de transporte para fugir dali. Em outras palavras, um dia comum no Brasil de hoje para qualquer homem, mulher ou pessoa que, como eu, não se adequa aos padrões e comete o crime supremo de pensar por si próprio.

Augusta olhou fixo para Remy, deixando que sua imaginação completasse a narrativa com seus próprios detalhes.

Os dois ficaram em silêncio por alguns instantes, até ele ser quebrado pela voz de Augusta.

— Sinto muito. E fico feliz... que esteja vivo. — Era difícil para ela comunicar àquele homem o início de um sentimento de amizade e preocupação. Talvez, fosse até mais difícil comunicar isso a si própria, sendo ela tão reservada e tão pouco dada a relações afetivas.

Remy sorriu, agradecendo com o olhar as palavras, até gesticular em direção à mesa cheia e à principal razão que o trouxera ao Museu Nacional naquela noite.

— Essas três caixas são o acervo de sua tia?

— Sim, são. Eu gostaria de pedir sua ajuda para o trabalho desta noite. Os Schmidt pediram que eu retirasse o conteúdo das caixas e fizesse uma pré-seleção de documentos pessoais, como atestados e certificados; de comprovantes profissionais, como diplomas e declarações tanto de editoras quanto de universidades; além de anotações esparsas e escritos de pesquisa. Isso, claro, se você não tiver nenhum outro compromisso envolvendo perseguições, invasões ou espancamentos.

Aquilo era o máximo que Augusta conseguiria chegar de um gracejo. Remy devolveu.

— Você precisava ver o estado dos robóticos!

Os dois sorriram e, por fim, riram, aproveitando o prazer da companhia um do outro e da tranquilidade da noite, cujo ar entrava fresco pelas janelas entreabertas do museu. Nas telas das janelas, mosquitos e insetos aguardavam, na esperança de também compartilhar da meia-luz e da conversa que preenchia a noite.

Remy e Augusta começaram então o trabalho de separação de documentos. A primeira tarefa seria a de colocarem-nos em pilhas, cuidadosamente arranjadas, de acordo com os critérios pedidos pelo casal de pesquisadores. Depois, dedicariam mais algumas horas ao preenchimento de uma lista simples em que enumerariam todos os itens.

Guanabara Real

Quanto à descrição detalhada de cada documento, foto, anotação ou papel, esta ficaria aos cuidados dos pesquisadores, que possuíam não apenas formulários exclusivos para esse fim como também compartimentos e pastas para cada destinação. Era um trabalho minucioso e cuidadoso, pensou Remy, quase celibatário, por parte de homens e mulheres cuja paixão era a ciência e cujos salários não chegavam perto dos de outras profissões.

Quando imersa em suas pesquisas, Catarina tinha o costume de tomar notas — que resultariam futuramente em artigos ou capítulos de livros — em papéis esparsos, cadernetas de variados tamanhos e cores e cartões de pesquisa. Alguns estavam já preordenados por temas. Outros, não. Cabia a Remy e Augusta devassar a vida de Catarina, ao menos o que havia sobrado dela, usando toda a superfície da mesa para sua atividade. Pouco a pouco, temas, interesses e a temporalidade cronológica de suas leituras e produções foram sendo dispostos e organizados.

Passadas três horas de trabalho, com a ajuda providencial de Remy, que sabia muito mais dos interesses de Catarina do que a sobrinha, eles terminaram a primeira seleção. Agora, teriam a segunda tarefa: listar cada item daquela coleção.

— Antes de seguirmos com o trabalho, que acha de caminharmos um pouco e irmos atrás de um café? Lúcia indicou onde fica a copa dos funcionários...

Remy sorriu e foi em direção à bolsa que havia trazido.

— De minha parte, acho que o melhor seria encontrarmos um saca-rolhas — disse ele, exibindo uma garrafa de Cabernet. Não era o melhor dos vinhos, mas ele não perderia a oportunidade de agradar a si mesmo com um de seus prazeres favoritos naquela noite, especialmente sendo esses tão raros ultimamente. Além disso, o vinho viria numa boa hora. Dois dos ferimentos do seu rosto, além do inchaço em seu torso, voltaram a doer e aquela bebida seria um excelente paliativo.

A dupla deixou o acervo e foi se aventurar pelo museu, raramente encontrando qualquer alma viva. Quando encontravam, tratava-se dos poucos seguranças que faziam a ronda noturna, numa desinteressada caminhada protocolar. Para eles, pouco importava uma dupla de fanáticos professores perdendo seu tempo no meio da noite.

Remy e Augusta chegaram até a copa vazia, abriram o vinho e compartilharam um primeiro gole com duas taças improvisadas em copos de vidro comuns.

Para fugirem do calor e dos mosquitos — alguém havia deixado janela e telas abertas —, decidiram sair para explorar um pouco mais das riquezas

O Covil do Demônio

noturnas daquele lugar de sonhos. Sem demora, acessaram uma das coleções de plantas exóticas do museu, para então chegar ao saguão das feras africanas, onde pararam diante de um casal de leões empalhados. Aos pés dos impressionantes animais, filhotes brincavam e rolavam na relva artificial. Os dois se sentaram em um longo banco disposto diante da cena.

— Muito obrigada por estar aqui nesta noite. Sua ajuda está sendo imprescindível, Remy. Minha tia ficaria contente, caso soubesse.

Remy olhou para Augusta, tentando entender o que ela estava lhe comunicando no espaço dúbio entre uma frase e outra.

— O que eu quero dizer é que... eu estou contente por ter sua companhia. É bom não estar sozinha — disse Augusta, fitando a cena familiar selvagem disposta diante deles como um surreal teatro noturno.

— Digo o mesmo, Augusta — respondeu ele, fitando os olhos assassinos do leão à frente de sua companheira e suas crias. — Há semanas que minha vida tem sido um pesadelo noite após noite, dia após dia. Estar aqui com você, nesta noite, é uma dádiva. Esse lugar e tudo o que ele comporta entre suas paredes me dá um pouco de esperança.

— Eis uma palavra perigosa nesses dias.

— Sim, assim como outras. Liberdade. Justiça. Igualdade. Todas elas são crimes aos olhos dos homens que tomaram esse país.

Agora, o gosto do vinho dava lugar ao amargo ácido do sangue e do ódio que germinava nele. Possante, perigoso, intenso. Remy sabia o que desejava. Em seus olhos, um brilho não muito diferente do acolhido no artificial olho do leão à sua frente.

— Quais os planos desse homem para o futuro do Brasil? — Perguntou-se Augusta. — Poder? Destruição? Genocídio? Estranhamente, o desprezo desse homem não é contra pretos e indígenas, o mais comum, dada a história deste país, e sim contra os marginalizados, os pobres e sem condição.

Remy esperou alguns instantes antes de responder, refletindo sobre as palavras dela.

— Num país como o nosso, Augusta, odiar diferentes raças é no mínimo absurdo, uma vez que nossa cultura resulta dessa mistura étnica e cultural. Agora, não sejamos ingênuos. Indiferente de você desprezar índios, mulheres ou pretos, a razão é sempre a mesma. Homens tomando o poder e forçando o mundo a curvar-se às suas vontades tortas e torpes.

— Se por um lado — continuou Augusta — eu gostaria que minha tia visse o que estávamos fazendo nessa noite, por outro, apenas desejo a ela o silêncio. Conhecendo-a como a conheci, nada a feriria mais do que a percepção do que tem se tornado nosso Brasil.

Remy olhou para Augusta, para seus olhos fortes e determinados, os olhos de Catarina, e soube que não poderia mais ocultar a verdade. Ele se colocou em pé, ficando de costas para ela e de frente para os animais congelados na cela de vidro.

— E se eu dissesse que Catarina está nos vendo, Augusta? Ou pior, que ela está não apenas ciente de tudo isso, como também sofrendo nas mãos de uma criatura poderosa e pérfida, um monstro milenar que a está usando como moeda de troca comigo e meus amigos?

Augusta fitou as costas do homem, tentando absorver aquelas palavras e o que elas produziam dentro dela.

Remy se virou lentamente para ela, não escondendo as lágrimas que escorriam pela superfície do seu rosto machucado

— E se eu dissesse — cada palavra ardendo dentro dele — que eu sou o responsável pelo não descanso de sua tia?

Augusta não sabia o que dizer. Ela conhecia o bastante do mundo e dos homens para saber de sua dissimulação e para não ser vítima de histórias falsas e frases bem construídas. Mas pelo que tinha visto daquele homem até então, e do carinho inegável que ele tinha por sua tia, não julgava estar diante de um embuste. Por outro lado, caso fosse ele o responsável pelo que dizia, ele sem dúvida merecia punição e sua tia, liberdade e, por fim, descanso. Sua simpatia por Remy diminuía a cada instante.

Sem alterar o olhar severo e duro, Augusta disse:

— Conte-me, Remy. Conte-me em detalhes o que aconteceu.

E ele contou. Sobre como ele a procurou, buscando sua ajuda e conhecimento para chegar à identidade daquele espectro. Contou sobre como ele e Catarina enfrentaram um espírito antigo e poderoso que, por fim, levou o espírito de sua amiga instantes antes de seu coração parar. Contou sobre sua viagem astral ao Reino das Sombras e sobre o que viu de Catarina lá, indefesa e aprisionada por correntes psíquicas apartadas do tempo e do espaço. E contou sobre a barganha, sobre o que a entidade demoníaca conhecida como Mordecai Baal Moribá exigiu dele e de seus amigos em troca da liberdade dela.

Remy pausou, respirou fundo e estudou as reações de Augusta. Ela era uma esfinge da qual ele pouco, ou quase nada, poderia apreender. A mulher ficou em pé, ao lado de Remy e em frente às feras mortas e aprisionadas.

O Covil do Demônio

O coração pulsante dela, em consonância com sua respiração longa e espaçada, tornava aquela decisão ainda mais difícil. Para ela, era um mundo obscuro, assustador e terrível aquele. Um mundo no qual as forças racionais e as decisões pragmáticas que norteavam sua vida e suas ações pouco, ou nada, importavam.

Ela olhou para ele, novamente avaliando sua natureza. Eram ambos enigmas um para o outro. Num mundo em que cinco minutos são o bastante para se julgar qualquer caráter, era um jogo de xadrez aquela relação com Remy Rudá. Mesmo assim, ela já havia visto e ouvido o bastante dele para tomar uma decisão. Uma decisão — temia — da qual ainda iria se arrepender.

— Eu não posso perdoar você por ter levado à vida de minha tia o terror de sua existência e o pesadelo dos seus conflitos. O problema com pessoas insatisfeitas e famintas, como você, é o quanto todos se machucam ao seu redor. — Remy fez que iria falar, mas foi interrompido por ela com um gesto delicado, porém severo. — Deixe-me terminar. Catarina era a única pessoa que importava para mim, e agora, como se não bastasse sua perda, você revela que seu espírito está aprisionado e sofrendo, vitimado por essa criatura obscura e poderosa. Como se a realidade não nos oferecesse monstros e perigos o bastante a cada dia.

Ela deu meia volta e se dirigiu à saída do saguão, parando antes de deixar o cômodo.

— Dê-me alguns minutos. E então me procure na sala dos documentos.

Remy ficou sozinho naquele lugar, entre animais mortos e presos, numa irônica e vívida metáfora da tragédia da própria Catarina. Quando fechava os olhos, via *flashes* de sua amante e a voz demoníaca que a havia aprisionado.

Ainda não tomou uma decisão, Remy?

Ele odiou a si próprio, mais do que de costume. Catarina não era apenas importante para sua sobrinha, mas também para ele. Mas ele, guiado por curiosidade ou por sua egoísta ilusão de justiça, a havia colocado em perigo. E agora, amargamente, vivia a pior das encruzilhadas: salvar sua amiga ou salvar seus companheiros?

Tendo se passado quase uma hora, Remy voltou ao saguão inicial, onde agora Augusta dedicava-se à listagem dos documentos de sua tia. Ela interrompeu sua anotação ao perceber a entrada de Remy. Este se sentou, em silêncio, à sua frente.

— Eu tomei uma decisão, Remy. — Ela o encarou severamente, como na primeira vez em que tinham se encontrando, pouco restando da docilidade que havia dedicado a ele nas últimas horas. Respirou fundo e então continuou, com sua voz grave fazendo valer cada palavra no escuro daquela madrugada. — Ajudarei no que for preciso para enfrentar esse monstro e libertar o espírito de minha tia. Mas, depois disso, nossos assuntos estarão encerrados, Remy Rudá. E eu espero que você tenha a decência de respeitar essa decisão.

Remy olhou para ela e assentiu. Nada mais havia a dizer. Não naquela noite. Talvez nem mesmo depois. Agora, ele tinha apenas ações simples a realizar. E foi o que fez. Ele tomou um dos formulários e começou a ajudar Augusta a listar os documentos de Catarina. No que dependesse dele, seu espírito seria liberto em breve, mesmo que isso custasse sua vida. E a memória e o trabalho da mulher que tanto o tinha compreendido e amado estariam preservados naquele lugar de mitos, vidas e lembranças. Naquele museu do passado, do presente e do futuro, onde suas buscas, perguntas e pesquisas seriam preservadas e estudadas por gerações futuras.

No meio da noite sombria, nem mesmo aqueles pensamentos conseguiam afastar o aperto que comprimia o coração partido de Remy Rudá.

O Covil do Demônio

CAPÍTULO 13

MARIA TEREZA

Rio de Janeiro, 17 de abril de 1893

Villa Isabel, 16 horas.

C ongelada.

Isso não se parecia em nada com Maria Tereza, mas seus pés ficaram presos à soleira da porta do apartamento de Neli. Firmino e ela haviam se deslocado até o lugar só os dois. Remy tinha assuntos para resolver com Augusta e, dessa vez, fora Maria Tereza que insistira para que Joaquina não os acompanhasse. Dissera que não tinha certeza do que encontrariam e seria mais seguro para Joaquina aguardá-los em um ponto neutro.

Fora uma mentira deslavada. Ridícula até. Porém, Maria Tereza tinha certeza de que veriam coisas horríveis. E Firmino e ela teriam de lidar com suas próprias reações para ainda terem de se preocupar com as de Joaquina.

Ah, por favor, a quem ela estava querendo enganar?

Sabia de antemão que precisaria de toda a frieza de Firmino para o que quer que encontrassem. Sabia que ficaria dependente da mente dele, pois tinha certeza de que a sua capacidade de pensar poderia não ser a de sempre. Firmino não poderia ter sua atenção dividida pela presença de Joaquina. Maria Tereza sabia que precisaria dele inteiro, pois ela tinha certeza de que quando abrisse a porta da casa da amiga, já não estaria mais.

— Vamos bater primeiro?

A voz de Firmino foi um sussurro tenso. Maria Tereza negou com a cabeça, porém permaneceu na mesma posição. Sem se mover. Nenhum som vinha do apartamento. Era um prédio pequeno, com poucos moradores. Naquele momento, todos pareciam estar igualmente silenciosos. Ou talvez o silêncio fosse a antecipação nas entranhas de Maria Tereza.

Neli havia escolhido ter poucos vizinhos por conta de suas atividades clandestinas, e agora... agora essa falta de vizinhança podia ter tornado o quadro por detrás daquela porta de madeira marrom muito pior.

Firmino se aproximou e delicadamente retirou da mão imóvel dela a pequena chave, que a amiga havia lhe dado para emergências. Maria Tereza não o impediu. Também permitiu que ele a afastasse um passo, abrindo espaço para acessar a fechadura e a maçaneta.

O clique soou alto nos ouvidos de Maria Tereza.

Muito mais alto do que deveria.

Firmino manteve a mão mecânica pressionando a maçaneta e a outra ainda segurando a chave. Ele voltou o rosto preocupado para a amiga.

— Pronta?

É claro que não. A única vontade de Maria Tereza era correr dali. Sentia o corpo começar a tremer. Não as mãos, ou o peito, ou seus membros. Ela estava subitamente com frio e tudo dentro dela chacoalhava e diminuía. Tinha a sensação de ir ficando vazia e sem qualquer estrutura de peso para se manter em pé. Aquele tremor se estendeu aos seus olhos.

Não era antecipação, pensou Maria Tereza.

Era memória.

A cabana. Os corpos dos seus pais. O cheiro metálico e adocicado.

Tanto, tanto sangue.

Maria Tereza moveu a cabeça para Firmino uma única vez. Não falou. Sua língua tremia. Observou o amigo abrir a porta e iniciar o movimento de entrada com muita lentidão e cautela. Ele havia sacado uma arma de choque. Com a outra mão, tão logo largou a maçaneta, puxou um revólver de cano sêxtuplo, com uma potência de rajadas barulhentas, mas amplas e letais o suficiente para dar cabo de vários inimigos ao mesmo tempo.

Firmino fez um sinal para que Maria Tereza o seguisse. Era um sinal desnecessário, apenas uma forma de certificar-se de que ela estava logo ali.

Muito consciente de cada movimento, como uma atriz que ainda não automatizou seu papel, Maria Tereza fez seus pés se moverem para dentro do apartamento. Precisou, no entanto, de um olhar de Firmino para sacar suas pistolas, presas aos coldres em suas coxas. As armas pareceram surpreendentemente firmes em suas mãos. E isso deu impulso para Maria Tereza se controlar, engolir a bola de ferro presa em sua garganta e sentir todos os terminais sensíveis de seu pescoço se ativarem na busca de qualquer mínimo movimento.

Seus olhos varreram o apartamento. Não havia um único objeto em seu lugar de origem. Estavam cercados de uma mixórdia de coisas jogadas, quebradas, lançadas ao chão e às paredes, como se uma tempestade de ventos e raios tivesse ocorrido dentro da sala. A única coisa que parecia inteira era a pequena mesa em que Neli mantinha a guilhotina manual para cortar os panfletos e vespertinos de uma página. A guilhotina também estava intacta. Apenas havia sido pintada.

De vermelho.

Maria Tereza deixou o cheiro e a cor chegarem a ela antes de conseguir decodificar todo o quadro. Percebeu que Firmino se virava rapidamente e tentava ocultar a imagem. Mas ele não tinha sido rápido o suficiente para impedi-la de reconhecer a mão feminina sobre a plataforma da guilhotina. Os dedos pareciam terrivelmente machucados, contudo, não havia nenhum corpo ali para sentir a dor ou o fato de estarem pegajosos de sangue.

— MT...

A voz de Firmino veio de longe. Soando muito abaixo do chiado branco em seus ouvidos. Maria Tereza apertou as pistolas até começarem a tremer e cravou os dentes no lábio inferior. Ela não conseguia olhar para outra coisa. Só aquela mão separada de todo o universo que fora sua amiga. Tinha certeza de que o restante não estava melhor e sua mente berrava entre imaginar e apagar qualquer tipo de pensamento que viesse cobrir os espaços entre Neli e aquela mão.

— Fique aqui!

Firmino jamais lhe dera uma ordem. Ela nunca obedeceria. Porém, suas palavras foram uma ordem. E Maria Tereza não teve força para desobedecer.

Sentiu mais do que viu ele se afastar e caminhar desviando de todos os móveis e papéis desmembrados pelo chão. Firmino retesou na porta que dava para o quarto e levou o antebraço até a boca. Maria Tereza desviou os olhos da guilhotina e pôde ver o corpo do amigo ter um espasmo e depois se curvar. Ouviu o som do vômito caindo no chão. Ela permaneceu congelada. Um segundo. Dois. Três.

Um arrepio subiu por seu pescoço.

Quatro.

Subitamente, ela estava em fogo. Estava ali e não estava. Era uma menina encarando os cadáveres dos pais. Era uma detetive que já havia presenciado uma boa quota de horrores. Era uma mulher que devia à melhor amiga. Devia ação. E vingança.

Cinco.

Num único movimento, Maria Tereza recolocou as pistolas nos coldres e seguiu em direção ao quarto em passos rápidos. Ela passou por Firmino à porta e tocou brevemente em seu ombro.

— Tome uma água.

Sobre a cama, o corpo barbarizado de Neli olhava para o teto. Maria Tereza continuou em movimento. Não parou, não ficou olhando. Não se deixou congelar novamente. O guarda-roupas estava escancarado, com os lençóis e cobertas se despejando dele como intestinos de um ventre aberto. Ela pescou um desses tecidos, o que lhe pareceu maior, e o desdobrou e estendeu sobre o cadáver. Apenas o rosto da amiga ficou destapado. Maria Tereza ignorou o som do sangue no solado de suas botas e caminhou até a face machucada. Ela beijou a testa de Neli, uma massa fria, vazia. Depois, fechou olhos do cadáver e cobriu sua face, para não mais olhar ou pensar.

Sua amiga se fora. Mas o assassino dela ainda não. O mandante do crime ainda não. E Maria Tereza não tinha dúvidas sobre quem eram. E o que ela pretendia fazer com os dois.

Enquanto ela analisava friamente cada peça do quarto, movendo somente os olhos — a testa vincada de concentração —, Firmino se ausentou por um minuto e voltou recomposto. Colocou um pano sobre o que seu estômago havia rejeitado.

— Acha que eles encontraram o que procuravam? — Estava rouco. O rosto cheio de dor e tristeza. — Além da nossa localização, é claro.

Maria Tereza continuou a análise sem responder. Depois, voltou para a sala e prosseguiu a mesma varredura. O apartamento tinha apenas três cômodos. A sala e cozinha, o quarto e um banheiro. Todos os espaços mesclavam vida e trabalho. Ou, talvez, apenas trabalho desde que o marido de Neli tinha sido assassinado pelos órgãos de repressão do Barão.

— Firmino... — ela estendeu o braço em direção à mesa em que estava a guilhotina, sem olhar para aquele canto da sala.

O amigo compreendeu. Tirando um lenço do bolso da calça, ele se curvou sobre a plataforma da guilhotina e, cuidadosamente, levou o que estava sobre ela até o quarto. Era alterar a cena de um crime? Sim, era. Mas a polícia não faria nada ali. O que precisava ser visto e alinhado Maria Tereza já registrava em seu cérebro. Sua mente fotografando cada parte do apartamento com tanta minúcia que ela poderia desenhá-lo depois.

Os passos de Firmino retornaram para junto dela.

— Eles não conseguiram — afirmou.

— Tem certeza?

A raiva a fez erguer um dos cantos da boca num esgar.

O Covil do Demônio

— Tenho. Nenhum deles teria como conhecer nosso amigo Oscar tão bem quanto uma de nós. Somente nós duas sabíamos todos os seus segredos.

— Amigo Oscar? — Firmino ergueu os braços. — Estou perdido, MT.

Ela moveu a cabeça como se estivesse um pouco aérea. Então, caminhou com passos firmes até um monturo de bibelôs quebrados junto à janela. Dobrou os joelhos e resgatou dentre eles um pequeno Buda de bronze. Um presente que Neli ganhara de Maria Tereza. As duas o haviam comprado juntas, em um mercado de pulgas em Londres. Não tinham ideia de qual sua origem. No entanto, Maria Tereza não resistira a adquiri-lo e dá-lo para a amiga quando ela lhe disse que o Buda não parecia indiano, mas era impressionantemente parecido com o infame Oscar Wilde, escritor adorado pelas duas amigas.

Desde então, o Buda se chamava Oscar. O amigo Oscar. E seu segredo estava em um furo sob o pequeno bibelô. Neli cobrira o furo com uma bola de massa de pão cru. Depois de seca, ela tinha pintado.

Maria Tereza sorriu para a técnica. Gesso teria quebrado ao ser jogado no chão. A massa de pão continuava ali. Um pouco de pressão e fúria e a massa entrou na cavidade. Maria Tereza esticou para dentro o dedo e tirou de lá uma pequena chave e mostrou-a para Firmino.

— Um guarda-volumes — explicou. — No meio da Estação Central do Brasil. Como vê, nosso amigo Oscar é muito bom em guardar segredos — completou, antes da frase morrer em seus lábios, sufocada, engasgada.

Os dois se olharam emudecidos, tentando encontrar as palavras.

Segredos. Sangue. Perda.

Sem nada dizer, Firmino abraçou Maria Tereza e ambos choraram. Por Neli, pelos mortos, por tudo que estavam perdendo naqueles dias de pólvora, chumbo e destruição, por tudo que ainda não conseguiam compreender.

CAPÍTULO 14

FIRMINO

Rio de Janeiro, 17 de abril de 1893

Estação Central do Brasil, 19 horas

A Estação Ferroviária Central do Brasil havia sido rebatizada naquele início de vida republicana, após ser conhecida como Estação D. Pedro II nas últimas quatro décadas. Obviamente, uma canetada do governo que fora instalado naquele fim de século não seria o suficiente para mudar os hábitos da população. Assim, foi para a Estação da Corte, como era conhecida entre o populacho, que Maria Tereza instruíra o condutor da charrete que ambos alugaram.

— Estamos com pouco tempo — disse ela para Firmino, assim que se instalaram no banco e começaram a trotar para longe da casa de Neli. — E eu... eu preciso pensar.

Firmino deixou que Maria Tereza levasse seus olhos enevoados para longe, respeitando a dor da colega. Mesmo já suspeitando que Neli tivesse sido morta a mando do Barão, encontrar o corpo de uma das suas únicas amigas daquela forma fora um choque terrível. As marcas. A tortura. O sadismo implícito em cada corte. Não fora simplesmente um trabalho perpetuado por um monstro atrás de respostas. Fora uma obra de arte de dor e sangue, construída meticulosamente para chocar.

Taciturno, Firmino manteve o olho na janela, observando as pessoas andando lá fora. Nunca tivera tempo para observar as pessoas em si, apesar de construir máquinas para elas. Conhecia suas necessidades — afinal, essa era a marca de um bom engenheiro —, compreendia os aspectos técnicos de cada problema e desenvolvia soluções. Mas nunca se pegara pensando em cada pessoa, individualmente. Um problema de engenharia enxergava o coletivo, mas agora estava cada vez mais amarrado aos problemas e dramas de indivíduos. Maria Tereza, Remy, Neli, Joaquina. Seus sofrimentos e anseios perturbavam seus pensamentos. De alguma forma, descobrira que a própria felicidade não dependia apenas do que sentia ou faria, mas, principalmente, do que os outros sentiam. Deu-se conta, após encontrar a pobre Neli, que facilmente entregaria a sua própria felicidade ou vida pelos demais. Que não suportaria viver uma vida sem os demais.

Morrer não era o pior castigo, afinal.

Um solavanco mais forte marcou o final do trajeto e Firmino se ajeitou no banco para observar o lado de fora. A Estação da Corte, a mais importante do Brasil, exibia o movimento típico daquele início de dia, com carruagens e charretes trazendo passageiros e cargas que eram levadas de um lado para o outro por meninos e homens malvestidos em troca de algumas moedas. Trens subiam até Japeri e dali seguiam para as Minas Gerais. Outros partiam para Montes Claros e São Paulo. Havia a linha especial, que partia de dentro da garagem do próprio Barão de Mauá. E havia o trem de carga do ramal da Estação Marítima. Locomotivas a vapor reluzentes espalhavam água e óleo enquanto eram reabastecidas com carvão e seus vagões eram lotados por passageiros, caixas e malotes, unindo a capital da recém-fundada república com o interior.

Um país tão jovem, já ameaçado de morte, pensou Firmino, lembrando-se do plano do Barão e sua tentativa de afogar o novo regime, substituindo-o pelo mito do salvador. No caso, ele próprio.

O longo prédio, em estilo neoclássico, estava abarrotado de pessoas que entravam e saíam. Ultrapassando os amplos arcos, deixava-se as ruas de terra para trás e se alcançava o interior resfriado pelas grossas paredes e pelo teto alto, sob o qual se separava a estação em duas plataformas de embarque.

Mas Maria Tereza e Firmino, após saltarem da carruagem, não se dirigiram para as bilheterias. Ela fez um sinal quase imperceptível para um moleque que engraxava sapatos antes de entrar na estação. Do borbulhante saguão principal, onde se comprava e vendia de tudo, de cigarros, jornais e chocolates a indicações de pousadas, bares e um pouco de diversão mundana, Maria Tereza os liderou até um corredor lateral. Ali, atrás de grades de ferro de uma bitola considerável, armários importados da Inglaterra armazenavam cofres individuais que eram locados para os usuários por preços módicos, conforme se lia em um cartaz de letras berrantes. Um jovem senhor retirava uma maleta de dentro de um dos armários, afastando-se com rapidez quando eles se aproximaram, olhando duro para Firmino.

Ali deveria haver um misteriozinho a ser investigado, pensou Firmino, ao notar a força com que o jovem segurava o objeto. Mas não havia tempo para isso. Neli escondera alguma coisa naquelas dependências e deveria ser algo muito importante para que tivesse retirado da sua casa e do jornal.

Ou perigosa.

Maria Tereza olhou para os dois lados, mas o corredor parecia vazio. Então, retirou a chave de dentro do corpete, beijou o metal frio e o colocou na fechadura, girando o trinco. Houve apenas um clique leve e a porta se abriu.

Lá dentro, apenas uma pequena bolsa de couro.

Ela puxou o bornal para fora e fechou a porta antes de examinar o seu conteúdo. Havia um maço de documentos ali dentro, mas em número menor do que Firmino supunha. E seu conteúdo era surpreendente.

— Isso é o que eu estou pensando? — perguntou Firmino, precisando ouvir uma segunda voz para confirmar o que já sabia.

— É uma lista de convidados — disse Maria Tereza, apertando os lábios, passando de um documento para o outro. — Uma foto do Castelinho do Flamengo, uma das propriedades do Barão. Um mapa de mesas e cadeiras. Diagramas para a orquestra e planos para a decoração.

Os dois se entreolham, sem entender.

— Parece que o Barão está organizando uma grande festa — comentou Firmino, perplexo.

— Mas por que Neli guardaria isso com a própria vida? — retrucou Maria Tereza.

— Isso, minha cara, não é da sua conta.

Os dois se viraram, assustados, apenas para encarar Shariff, que segurava uma pistola em sua direção. Ao seu lado, dois capangas, cada um deles mirando uma arma para o peito deles.

— Como...

Shariff abriu um sorriso para Firmino, interrompendo-o.

— Depois que concluí meus trabalhos com Neli, revistamos a casa, mas não encontramos a pasta — ele disse, virando-se para Maria Tereza. — Sabíamos que, cedo ou tarde, você iria até a casa de Neli. Laços de amizade são difíceis de serem quebrados.

— Escreverei isso na sua lápide quando cuspir em seu túmulo — respondeu Maria Tereza, cuja expressão não se alterou, a névoa dos seus olhos desaparecendo completamente.

O sorriso de Shariff vacilou por um momento.

O Covil do Demônio

— Tinha esperança de que você pudesse ver algo que deixamos passar para trás. E estávamos certos, não?

Não houve resposta a isso e nem era preciso. Shariff fez um sinal para o fundo do corredor.

—Acompanhem-nos em silêncio e poderão viver para respirar um novo dia — ele disse, sem sorrir. — Qualquer movimento e eu estourarei seus miolos e partirei com a maleta. Estamos entendidos?

Com Maria Tereza e Firmino na frente, o pequeno grupo se afastou dos armários com os passos curtos, seguindo pelo corredor até alcançar o saguão que os levou até o lado de fora. Maria Tereza desceu o primeiro degrau, o segundo e, então, sua botina prendeu em uma reentrância e ela caiu.

Firmino correu para auxiliá-la e Shariff também se aproximou, a arma escondida entre o paletó e um casaco que segurava nas mãos.

— Levante-se, sapatão — ele rosnou, apontando a arma para Maria Tereza enquanto olhava para os lados, apreensivo. O povo seguia seu caminho alheio ao desenrolar da trama, entrando e saindo da estação. Apenas alguns garotos de rua pareciam observar a cena. — O Barão pode não a querer morta, mas eu juro que vou levá-la em pedaços. Me dê a bolsa. Agora!

— Com todo o prazer — Maria Tereza disse e um sorriso brotou em seus lábios.

Em um movimento repentino, ela lançou a bolsa contra Shariff, que, desequilibrado, caiu para trás.

— Agora! — gritou Maria Tereza.

Firmino olhou assustada para a colega, sem entender o que deveria fazer. Então, uma pedra voou pela escadaria e acertou o peito de um dos capangas. Ele gritou e se virou, e logo outras pedras voaram. Era um grupo de crianças de rua, antigos aliados de Maria Tereza. Firmino não os havia notado, mas a amiga sim e, a um sinal dela, a garotada, quase sempre invisível nos lugares públicos, entrou em ação.

Um dos capangas fez mira contra um dos garotos e engatilhou a arma. Firmino saltou e conseguiu derrubá-lo, a arma girando para o alto e a bala se perdendo no céu azul.

O disparo foi suficiente para que o pânico se instalasse nas imediações. Homens e mulheres corriam para dentro da estação ou fugiam dela, amealhando carruagens pelo caminho, gritando e se debatendo.

Enquanto isso, Firmino se engalfinhava com o capanga que disparara. Com a mão mecânica, ele manteve o braço do homem e seu revólver presos ao chão, enquanto tentava acertá-lo com o punho livre. Mas o sujeito era forte e um soco explodiu em seu queixo. Firmino foi jogado para trás, mas conseguiu se manter agarrado ao rival.

Com os olhos marejados, mas a determinação redobrada de quem sabia que a própria vida dependia do que faria nos próximos momentos, Firmino atacou. O capanga sentiu o golpe e mudou de tática, agarrando o pescoço de Firmino e comprimindo sua traqueia.

O engenheiro usou a mão livre para puxar o braço do outro, sem sucesso. Seus dedos grossos apertavam como um torniquete. Abrindo a boca para tentar respirar, Firmino puxou o ar, sem sucesso. Tentou acertar um soco no braço do oponente, mas poderia ter se poupado do trabalho, pois nada aconteceu. Seus olhos começaram a marejar e ele percebeu que perderia os sentidos em alguns momentos.

Precisava fazer alguma coisa ou morreria ali, naquela escadaria repleta de escarros, lama e sujeira. Desesperado, largou o braço que lhe tolhia o ar e acertou uma cotovelada entre o pescoço e o maxilar do sujeito. O homem girou os olhos e tentou apertar a garganta de Firmino mais uma vez. Firmino repetiu o gesto e, desta vez, sentiu os dedos do sujeito afrouxarem. Um terceiro golpe e ele desfaleceu.

Firmino caiu para o lado e pôs a mão na garganta, puxando o ar que parecia lhe faltar. Sua visão voltou pouco a pouco e ele se levantou, tentando se pôr a par da situação. A garotada de rua lutava contra o segundo capanga. A sua arma fora arremessada para longe e ele exibia alguns cortes e escoriações. A gravata estava frouxa e o paletó, rasgado. Enquanto isso, Maria Tereza e Shariff lutavam ali ao lado. Firmino pescou o bornal no chão e passou a alça em volta do pescoço, virando-se bem quando Maria Tereza acertava um golpe na boca de Shariff, fazendo o desgraçado sangrar.

Shariff deu um passo para trás, passou os dedos no lábio partido e lambeu o sangue com um gesto repugnante. Maria Tereza atacou, mas ele estava preparado e desviou do golpe, lançando-a contra a escadaria. Ela bateu a cabeça fortemente contra um degrau e não se levantou.

— Maldito! — rosnou Firmino, avançando como um touro enfurecido, atingindo a massa corpulenta de Shariff.

Os dois rolaram alguns degraus e Firmino sentiu suas costas estalarem quando bateu em uma pedra. Sem querer, seus braços relaxaram e Shariff se livrou do abraço.

Os dois se levantaram quase ao mesmo tempo e Firmino atacou. Mas Shariff não seria pego desprevenido duas vezes. Ele girou para o lado e Firmino passou no vazio, tentando lhe aplicar uma rasteira enquanto passava, sem sucesso. Firmino ainda buscou dar uma banda de ré, mas Shariff apenas saltou, escapando da investida. Na terceira investida, Shariff se irritou.

— Agora, chega! — bradou, puxando uma lâmina de dentro do colete.

Firmino se contorceu para que a navalha não retalhasse o seu abdômen, mas, ofegante pela traqueia massacrada, não percebeu o giro de pulso de Shariff, que lancetou a sua mão mecânica, decepando-a em um só gesto.

Primeiro, veio o choque da lembrança. Pela segunda vez, o horror de ver o próprio punho sendo arrancado do braço ecoou na garganta de Firmino, morrendo na estação esvaziada pelo espetáculo e o susto que eles haviam alastrado. Então, veio a dor, provocada pelas ramificações mecânicas que haviam sido acopladas aos nervos, em uma operação que durara um dia inteiro. Firmino agarrou o coto sangrento, caindo de joelhos no chão, olhando horrorizado para a mão decepada, as lembranças das semanas convalescendo que quase custaram sua vida ecoando em seu cérebro.

— Não há escapatória — disse Shariff, aproximando-se com a lâmina apontando para a bolsa presa ao peito de Firmino. — Não me obrigue a destruí-lo.

Firmino se afastou, arrastando-se para trás, o braço inutilizado preso junto à axila oposta, enquanto buscava desesperadamente uma forma de se livrar de Shariff.

Sua mão escorregou em uma pedra, provavelmente um dos projéteis arremessados pelos garotos, e, em um gesto desesperado, lançou o pequeno pedregulho com toda a força, atingindo o peito de Shariff.

O homem cambaleou para trás por um momento, mas voltou a se equilibrar, o susto dando lugar a uma expressão assassina. Shariff lambeu o sangue que escorria da lâmina e saltou, derrubando Firmino com os joelhos e o prendendo contra o chão.

— Deixe-me dizer uma coisa, negro — disse, segurando Firmino pelos cabelos enquanto colocava a lâmina em seu pescoço. — Eu sei quem é Joaquina. Reservei essa informação só para mim. Quando isso acabar, eu vou me divertir muito com ela, tanto quanto me diverti com a vadia subversiva da Neli.

Firmino urrou em resposta e tentou se levantar, mas a lâmina riscou o seu pescoço e Shariff deixou escorrer um pequeno filete de sangue antes de sussurrar em seu ouvido uma última vez.

— Morra com este último pensamento passando por sua mente.

A lâmina apertou contra o seu pescoço e Firmino sentiu o braço de Shariff tencionar para o golpe final. Desesperado, ainda tentou usar o resto das forças para desequilibrar seu algoz, mas apenas conseguiu ouvir o homem rir.

BAM!

Um estrondo fez Firmino dar um salto e ele sentiu a faca afrouxar.

Uma cascata pegajosa atingiu-o no rosto, seguida por uma massa corpulenta que o derrubou novamente. Entre perplexo e sem conseguir enxergar direito, ele se arrastou para o lado, saindo de debaixo do corpo. Ainda realizando que estava vivo, Firmino ficou sentado, enquanto virava o rosto de um lado para o outro, até compreender o que havia acontecido.

Maria Tereza estava a menos de um metro de distância. O rosto sem emoção e a pistola em punho, ainda mirando o cadáver. Os olhos brilhavam com um ódio frio enquanto a fumaça escapava do cano da arma.

Depois de alguns segundos, Maria Tereza pareceu voltar a si, recolocou a arma no coldre preso à coxa e, então, aproximou-se e ajudou Firmino — que permanecia em choque — a se recompor. Ela retirou um lenço de um dos bolsos da saia e limpou o rosto do colega. Depois, com rapidez e precisão, aplicou um torniquete no coto do engenheiro.

— Consegue andar?

Firmino balbuciou alguma coisa e Maria Tereza o chacoalhou.

— Olhe para mim, Firmino. — A voz com tom de comando. — A polícia não vai demorar a chegar. Consegue andar?

Firmino lançou um olhar para Shariff e, com a única mão que lhe restava, apertou a bolsa de couro em volta do seu pescoço. Aquilo pareceu lhe dar um propósito e ele fez um gesto afirmativo com a cabeça. Maria Tereza o ajudou a ficar em pé.

Com o fim do embate, curiosos começavam a se aproximar e já se ouvia, mesmo a distância, o som do tropel de soldados que corriam, assim como gritos e apitos. Maria Tereza assobiou para os garotos e mandou que eles sumissem dali, enquanto ajudava Firmino a afastar-se, desaparecendo entre os becos da grande capital.

O Covil do Demônio

CAPÍTULO 15
REMY

Rio de Janeiro, 18 de abril de 1893.

Praia de Botafogo, 6 horas.

Remy fitou a rebentação a distância, com as ondas da baía explodindo contra as rochas no final da praia de Botafogo.

O vermelho da cigarrilha queimando em contraste com o dia que nascia. Ele estava enrolado num cobertor velho, um farrapo que cobria seu corpo e aquecia seu espírito, sabendo que nada acalentaria seu espírito. Algo o devorava e consumia, pausada e furiosamente.

Sua pantera ferida e perdida no meio da mata.

Catarina gritando na escuridão abissal.

Os torturados nos quartéis generais da nação.

O Barão avançando em seu plano, fosse ele qual fosse.

E o mundo indo para o quinto dos infernos.

A bituca ainda incandescente despencou dos dedos e a bota arruinou os vestígios de cinzas.

Remy entrou na casa vazia, um casarão para aluguel emprestado por uma velha amiga. Logo ela estaria ali, a seu pedido, para uma tarefa que ele adiara até o limite do aceitável.

Na sala, enrolada em outro cobertor, Augusta havia encontrado descanso num amontoado de almofadas deixadas para trás, velhas marcas dos antigos moradores daquela propriedade. Ele observou a face da mulher, tentando encontrar nela remissões dos traços de Catarina. Adormecido, o rosto de Augusta, não raro severo e sério, dava lugar ao relaxamento dos sonhos, revelando traços firmes e bem definidos, porém delicados.

A distância, o som de passos colocou-o em alerta.

Ele deixou o cobertor despencar e puxou uma das adagas que carregava. A fera dentro de si tinha os pelos eriçados. Remy foi em direção à cozinha, a sensação de seu refúgio invadido e temendo o que ou quem iria encontrar.

Uma respiração rápida resfolegou em sua nuca e ele se virou num rompante, mas já era tarde. A mão de alguém segurou seu pescoço e pressionou seu corpo e rosto contra uma parede caiada enquanto um punho forte golpeava seu braço, obrigando-o a deixar cair a faca.

A dor nos ossos do maxilar era eloquente para que Remy reconhecesse que, após os acontecimentos dos últimos dias, já não era mais o dândi guerreiro que antes se considerava. Perdera força, velocidade, tempo de reação. Não era mais do que uma pálida sombra do que fora no passado.

— Não que eu não aprecie esses jogos — a voz grave ondulou em seu ouvido —, ainda mais em sua companhia, mas você já foi mais participativo, meu querido.

Um gatilho de pistola foi acionado na nuca de sua atacante.

— Solte-o ou eu estouro seus miolos — anunciou Augusta, despertada pela movimentação.

— Hmmmm.... um *ménage*... Remy, meu caro... você nunca para de surpreender!

A criatura libertou o corpo de Remy e então deu um passo atrás, retirando o capuz que cobria seu rosto. Mesmo à meia-luz, Augusta ficou surpresa com o que via: Um metro e oitenta de um corpo feminino bem formado, forte e torneado, que vestia calças de montaria e um casaco ajustado no corpo e nas curvas.

—Você está bem, Remy? — Augusta não deixou de mirar a mulher com a arma.

— Sim, estou — falou o bruxo, passando os dedos na nuca com uma expressão que mesclava dor e cansaço. — Deixe-me apresentá-las. Esta é Augusta Volkov, uma de minhas associadas...

— Associada? Sei. Muito prazer, minha querida. Eu gostava muito de sua tia — disse jogando a capa sobre a mesa da cozinha. O gesto *blasé* revelou seus braços musculosos. — Muito prazer, sou Leocádia, e eu não sou sua criada. Exceto em alguns contextos. Não é mesmo, Remy?

Remy deu um sorriso, finalmente relaxando, e se aproximou para abraçar a amiga, uma dama que o ajudara tanto no passado e que agora se arriscava novamente por ele. Leocádia havia chegado ao ponto de ofertar um de seus imóveis ao trio, mas todos preferiram não colocá-la em risco. Ao menos até os últimos eventos...

— Muito obrigado por este empréstimo, minha cara. Não tínhamos mais para onde correr. Tudo o que eu queria era esquecer da vida em um de seus cômodos.

— Ahhh... — Leocádia fez um muxoxo desgostoso. — O palacete agora é um entra e sai do baixo clero de todas as áreas e de cidadãos de bem, se é que me entende. Você não aprovaria o quanto nossa clientela decaiu, pois parece que a ordem no país agora é: quanto pior, melhor. Estamos segurando as pontas para não fechar, apesar de minha antipatia com gostos toscos e corpos flácidos. Como nosso negócio oferece serviços básicos e essenciais, vamos levando, mas daquele jeito.

— Serviços básicos? — Augusta finalmente baixou a arma e ofertou a mão direita a Leocádia.

— Prazer, entretenimento e sensações corpóreas multifacetadas — O tom levemente enfarado de Leocádia sugeria algum tipo de propaganda escrita ou repetida inúmeras vezes. — Contudo, nesses dias, um pouco mais que isso. O fato é que mesmo os mais detestáveis buscam, na verdade, um pouco de alento, conselhos e alguém que ouça suas mazelas.

Augusta acabou sorrindo. A arma foi para cima de um balcão e ela relaxou.

— Você trouxe o que eu pedi? — Remy não disfarçou sua ansiedade ao erguer a cabeça para encarar Leocádia.

— Meus utensílios de trabalho? Claro. Onde posso instalar minha pequena mesa de instrumentos? — A fala não parecia condizer com seus trejeitos de grande dama, afinal, damas não trabalham. Porém, Leocádia estava bem longe de ser uma dama comum.

— Vamos à sala — sugeriu Remy. — Você nos acompanha?

Augusta pareceu confusa com o convite e se perguntou do que aqueles dois estavam falando. Sentia ser ela a recém-chegada, pois havia entre Remy e a tal Leocádia uma cumplicidade de gestos, olhares e mensagens cifradas que pareciam ser sempre dúbias, repletas de segundas e terceiras intenções.

— Claro — o quê de curiosidade em sua voz revelava um pouco mais de si do que gostaria. — Não perderia isso por nada, seja lá o que *isso* queira dizer.

Leocádia pegou uma valise de couro e uma mala de pequeno porte. Ambas haviam sido deixadas ao lado da porta da cozinha. Então, dirigiu-se à sala e colocou-as sobre uma velha mesa, deixada pelos antigos moradores em nítido abandono.

Augusta fixou o olhar nas mãos da dama quando ela abriu a valise com um suntuoso ar de provocação.

— Sinto muito decepcioná-la, minha querida, mas hoje os serviços que prestarei serão outros.

A mulher piscou para Augusta e então avançou em direção à mala de pequeno porte. Augusta desviou o olhar de Remy, que acolheu o prazer que a situação produzia, um luxo raro nas últimas semanas.

Sobre a mesa de madeira, Leocádia começou a dispor ordenadamente seu conteúdo. Parecia que um ritual importante estava prestes a ser iniciado, ou então um ato cirúrgico cuja formalidade e organização metódica era, sem dúvida, necessária.

Enquanto isso, Remy foi ao banheiro e voltou minutos depois, com seus longos cabelos umedecidos.

Augusta entendeu o que estava prestes a acontecer.

— Tem certeza, meu querido?

— Não. Nem um pouco. Mas esses cabelos longos se tornaram um estorvo e eu realmente não faço ideia do que teremos pela frente.

Leocádia respirou fundo, como se estivesse diante de uma execução inevitável, pegou uma de suas tesouras – após se demorar diante delas como um pintor escolhendo o pincel adequado – e começou a trabalhar.

Remy fechou os olhos e levou sua mente a cenários mais prazerosos, deixando seu ouvido sentir a explosão das ondas e os dedos de Leocádia passearem por sua cabeça. Era uma sensação agradável e relaxante.

Em minutos, ele escutou o barulho da água fervendo e soube que Augusta os havia deixado e que agora esquentava água para um banho, ou então para o café.

As primeiras mechas de seu cabelo despencaram sobre o assoalho de madeira. No seu ouvido, as lâminas da tesoura fatiavam também a música do mar distante, acompanhada pela voz ritmada de sua aliada, de sua antiga e devotada amante.

— Ela é a cara da tia, apesar de ter uma constituição mais pujante, bem como você gosta.

— Sim, concordo — respondeu Remy, insistindo nos olhos fechados. — Catarina era uma mulher de livros, ao passo que Augusta... Augusta é uma mulher do mundo.

— Uma "mulher do mundo"? Ah, meu querido, mesmo na iminência do fim do mundo e da completa falência da República como a conhecemos você não sossega, não é mesmo?

Remy sorriu, agora sentindo seu cabelo mais curto e a cabeça mais leve. Esse era o efeito da companhia de Leocádia, uma alma serena e feliz, graciosa e terna, esculpida com fogo nos anos de sua vida neste plano. Agora, seus dedos e a tesoura emparelhavam as pontas de seu cabelo.

O Covíl do Demônio

— Você está enganada. Augusta é um tanto imune aos meus macetes, jeitos e trejeitos. Além disso, ela está ainda de luto por sua tia.

— Não me decepcione, Remy. Como ambos sabemos, a morte é o melhor combustível para o amor. Você, mais que ninguém, sabe disso.

— Sim, eu sei. Mas se fosse diferente... eu não conseguiria, Leo. Sou uma sombra do que um dia fui... e meu desejo... meu desejo está flácido, moribundo e alquebrado...

— Grande novidade, meu caro. O seu e o de todo mundo.

— Atrapalho a conversa de alcova? — Augusta voltava da cozinha com uma xícara de chá para si e outra que depositou na mesa em frente à Leocádia.

— Nem um pouco, minha querida — Leocádia largou a tesoura e pegou a xícara. — Muito obrigada pelo chá. O que está achando?

Augusta avaliou o trabalho por segundos, sem nada dizer, o que fez com que Remy, cuja vaidade sofria muito nesses dias, abrisse os olhos preocupado. A nova amiga fez uma expressão de pavor, sendo replicada por Remy, para a diversão de Leocádia. As duas riram alto, e então Remy também.

O dia amanhecia e os risos daquela manhã fizeram bem aos três.

— Não é o Remy Rudá que conhecemos, mas ainda é o Remy Rudá que garante sua elegância.

Foi quando uma vidraça quebrou e a porta da frente foi forçada.

O movimento fez o trio despertar imediatamente para a ação. Em segundos, Remy portava suas lâminas; Augusta, sua pistola; e Leocádia, duas tesouras, com a mesma expressão e segurança de quem empunha adagas.

Uma sequência de palavras em guarani, ditas por uma voz feminina conhecida, fez o corpo de Remy relaxar. Uma senha antiga e eficiente. Pouco depois, Maria Tereza, Firmino e Joaquina entraram na sala. De pronto, os três sócios e amigos se abraçaram cheios de alívio, seguidos por Leocádia e apresentações sobre Augusta e Joaquina.

Com os cumprimentos feitos e o corte de cabelo finalizado, o grupo foi à cozinha, tomando a mesa. Leocádia também trouxera o bastante para um desjejum satisfatório.

— Houve épocas — a voz nostálgica enquanto descarregava sobre a mesa pães, um queijo grande, manteiga de garrada, um pedaço nada modesto de carne seca e uma lata de goiabada — em que lhes traria algo digno de reis. Hoje, porém, foi tudo o que pude salvar de minha cozinha sem prejudicar meus funcionários.

O grupo garantiu que a comida era mais que perfeita. Enquanto comiam em silêncio, Remy avaliava os amigos. Maria Tereza estava dura. O rosto seco não revelava lágrimas, mas vazio. Ele podia adivinhar o que a amiga encontrara na casa da jornalista Neli Baidal. Firmino estava sujo de sangue no cabelo, nas costas, por sobre os ombros da camisa, o que ele tentara esconder colocando por cima de tudo um paletó roto. Mantinha a mão mecânica no bolso e Remy começou a desconfiar que algo mais havia ocorrido ali.

Seus olhos encontraram com os do colega e amigo.

Firmino tinha uma expressão um tanto desconcertada. Balançava o rosto como quem tenta acostumar-se com o que vê. Remy lhe deu um sorriso breve, levando os dedos a pontas do cabelo grudado ao seu pescoço. Podia compreender o estranhamento de Firmino. Desde que se conheceram, Remy cuidava de seus longos cabelos escuros e lisos com particular cuidado. Agora, os cabelos curtos enfatizavam seus traços, os olhos escuros e insinuantes, o nariz reto e os lábios cheios.

Diante da visão nova e desarmada de Remy, Firmino tirou o braço do bolso e colocou sobre a mesa o coto da mão mecânica perdida. Ali, um lenço que já tinha sido branco estava amarrado e apertado num torniquete. Ao olhar assustado de Remy, Firmino iniciou o relato, sumarizando tudo o que tinha acontecido. Sua narrativa falava de conspirações políticas e arcanas, com detalhes sendo adicionados por Joaquina, além de perseguições e ferimentos.

Num determinado momento, Maria Tereza, com a voz rouca e exalando um controle nada natural, assumiu o relato. Ela falou do que haviam encontrado no apartamento de Neli. Da ida à estação e da perseguição. Terminou narrando com detalhes a morte de Shariff.

Remy se perguntou se a amiga via nisso uma pequena vitória... Não. Nada disso, ele logo percebeu. Nem mesmo aquele extravasar de violência e ímpeto significava qualquer tipo de alento.

Quando Maria Tereza terminou a narrativa, ela passou imediatamente a explicar seus planos para que eles pudessem entrar no castelinho do Flamengo, local em que se daria a grande recepção.

— Quer que sejamos penetras nessa festa? — Remy não ocultava seu cansaço.

— Não sei se festa é o nome mais adequado para os planos do Barão, Remy. E como o repasto é o que ainda resta desse país, poderíamos até nomear como o grande funeral do Brasil. Celebrar as vitórias do seu governo é, para mim, uma desculpa. Sabemos que seus planos são bem piores e com alcance mais sombrio. Talvez essa seja a nossa melhor chance de acabar com esse homem. E, nessa altura, provavelmente a única.

O Covil do Demônio

Maria Tereza tomou fôlego e olhou para Firmino.

Antes, porém, de ele assumir a palavra, foi Remy que falou. Algo nele estava quebrado. Sentia-se esgotado, sem forças ou energia.

— É suicídio puro e simples. Vocês realmente acham que conseguiríamos entrar no lugar sem sermos notados? Os seguranças particulares e a guarda pessoal do Barão devem conhecer nossos retratos de cor. Perdoem-me, mas eu não vejo como isso pode dar certo. Nenhum de nós está em sua melhor forma.

— Temos plantas do lugar, contatos dentro das duas empresas que servirão o bufê e a lista completa de convidados — devolveu Maria Tereza. — Temos até o maldito *menu* de comidas e bebidas que serão servidos. Neli fez todo o trabalho por nós. — O nome da amiga soava triste em seus lábios. — Obviamente, precisaremos providenciar disfarces, planejar distrações, orquestrar e repassar à exaustão um plano de invasão e ataque.

— Não imaginava que você fosse um Sansão, meu caro — disse Leocádia. — Parece até que perdeu suas forças junto de suas belas madeixas.

Todos sorriram, tentando respirar em meio à tensão daquele momento.

— Depois de tudo o que aconteceu conosco, Remy, e com o que seus colegas narraram, creio que não há outro jeito.

Agora era Augusta que entrava na conversa.

— Augusta, eu não posso permitir que... eu já perdi sua tia e...

— Não cabe a você decidir nada, Remy. — Augusta desviou o olhar para Maria Tereza e encontrou nela compreensão. — Minha tia está morta por causa deste homem, deste Barão que transformou nosso país num verdadeiro inferno. E se o relato de seus amigos estiver correto, é ele quem permitirá que o próprio demônio deixe seu reino e adentre este plano. Não podemos permitir isso. Eu não posso permitir isso. Por mim, por vocês, por minha tia.

— Você sabe os riscos envolvidos? — Firmino também não parecia disposto a envolver mais pessoas naquela cruzada. — Olhe para nós. Por mais que eu concorde e defenda que essa seja nossa melhor chance, Remy está certo: estamos longe de estar em boas condições para o enfrentamento.

Augusta olhou para cada um deles. Um dândi decadente e destruído, cuja confiança sucumbia dia a dia. Uma mulher inteligente e perspicaz, cuja coragem lembrava a de sua tia. Um engenheiro aleijado, cujo rosto denunciava ferimentos que iam até a alma. Seu único alento, pelo visto, era a companhia de uma viúva que também buscava vingança, além de uma dama noturna habilidosa em várias práticas e estratégias.

E aquele grupo era a melhor chance que o Brasil tinha contra um déspota que contava com robóticos militares, soldados preparados e poder político ilimitado.

Augusta respirou fundo e respondeu a Firmino.

— Sim, eu sei de cada um dos riscos. E tenho orgulho de estar ao lado de vocês. Seria mais fácil virar o rosto, não? Fingir que nada está acontecendo. Lavar as mãos, cruzar os braços, dar às costas a tudo isso. Mas não é isso que vocês estão fazendo. E não é isso que eu farei.

— E o que nós estamos fazendo? — suspirou Remy. Ele precisava desesperadamente de uma resposta.

— Vocês estão lutando como se não houvesse um amanhã. Vocês estão lutando como minha tia teria lutado. Vocês estão lutando pelo que acreditam e essa é a única batalha que podemos empreender em meio a esses dias de irracionalidade e ignorância.

O trio de Guanabara Real, Leocádia e Joaquina olharam para aquela mulher sabendo que ela tinha razão. Cada um deles agradeceu aos seus deuses particulares — deuses espectrais, cristãos, científicos ou racionais — por terem Augusta naquele momento e pelas suas palavras.

Augusta puxou uma vela para perto de si, trazendo um pouco de luz para iluminar seu rosto e seus olhos claros.

— E se essa noite, nessa festa, for a única chance que temos, faremos dela nossa melhor oportunidade. Vamos invadir o maldito festejo e levar alguma justiça ou, no mínimo, um bocado de incômodos, a esse homem que se considera acima de qualquer lei. Vamos acabar com ele, custe o custar. Mesmo que para isso tenhamos de deixar nossa vida no covil daquele demônio!

CAPÍTULO 16

MARIA TEREZA

Rio de Janeiro, 19 de abril de 1893

Praia de Botafogo, 19h

As palavras de Augusta foram absorvidas em silêncio. Iriam arriscar suas vidas. Mais do que tinham feito até o momento. De fato, suicídio era provavelmente o termo exato para o que pretendiam fazer. Entrariam na boca da cobra e dançariam sobre a língua bifurcada da serpente.

E pelo quê? Pelo país que comprara as mentiras do Barão e o alçara a salvador da pátria e defensor das famílias? Pela elite que se vendera de bom grado e agora se vestia empolgada para seu próprio holocausto? Ou por um povo perdido e capaz de se refestelar no próprio sangue?

Maria Tereza não tinha respostas. Apenas dor. Uma dor profunda e inescapável. Uma ferida aberta onde antes ela tivera esperança de ajudar a construir um mundo melhor. As imagens de sua amiga morta sobre a própria cama e de seu sangue por todo o seu apartamento a atormentariam pela eternidade. Maria Tereza puxou o ar, mas era como se seus pulmões não conseguissem se encher o suficiente. Todo o ar do mundo era pouco.

Talvez a resposta para aquelas perguntas não estivesse na razão de eles se colocarem frente a frente com a morte, mas em saber se conseguiriam dar as costas para tudo. Se poderiam fugir e continuar vivos, seja lá o que *vivos* significasse.

Ao seu lado, Remy, que mantivera os olhos fechados por vários minutos, contemplando sabe-se lá que realidade interior, resumiu de má vontade:

— Bem, se essa é a vontade geral da nação, então vamos ao festivo ardil do senhor Barão. — O rosto triste e cansando de Remy traía a rima afetada e acabou inspirando Maria Tereza a pegar sua mão sobre a mesa. Os dois apertaram-nas buscando e tirando forças de onde não tinham.

O resto da manhã se esvaiu com o grupo organizando e planejando aquela ação, nascida da impossibilidade de qualquer outra ofensiva, para não dizer do desespero que dominava a todos, como um veneno cujos efeitos vão contaminando o sangue aos poucos, hora após hora, minuto após minuto.

Firmino ouviu atentamente o que Remy lhe contara sobre os autômatos de guerra e passou boa parte da manhã pedindo mais detalhes, anotando furiosamente tudo o que ele conseguia lembrar-se. Remy não lhe perguntou o motivo; quando Firmino tinha uma ideia, sua mente se tornava absolutamente focada e ele mal se lembrava de comer ou dormir.

Horas depois, porém, já não havia mais café que os fizesse ficar acordados. Leocádia se pôs em pé e, no melhor estilo de administradora chefe — o que ela efetivamente era e lembrou a todos —, mandou que fossem descansar ou teriam de planejar uma invasão zumbi ao invés de um ataque.

Recrutou Joaquina para acompanhá-la a fim de providenciarem os disfarces para o evento. E deixou Augusta, a única que tivera algumas horas de sono, encarregada de lotar os três detetives de chá de camomila, láudano, ou até mesmo ganchos de direita para que descansassem e dormissem ao menos um pouco.

Com as três mulheres muito dispostas e sem condições físicas para enfrentá-las, Maria Tereza ocupou o quarto que tinha sido usado por Augusta, enquanto Remy e Firmino arrastaram os pés até o outro. Havia muito para pensar e organizar e Maria Tereza pretendia voltar aos planejamentos assim que ouvisse Leocádia bater à porta ao sair da casa. Porém, ela não ouviu. Tinha apenas se deitado por um instante, a fim de esticar as costas e as pernas, e fechado os olhos por pouco mais de um segundo, apenas para poder abraçar o conforto da escuridão.

Apenas isso. Um momento. De descanso, de escuridão, de morte.

Um momento que se transmutou em três horas.

Ela acordou numa espécie de susto. Emergindo como um afogado que busca desesperadamente o ar, mas sem compreender exatamente o que entra pelas suas narinas. Demorou vários instantes para saber novamente onde estava e qual era aquele dia dentro do seu pesadelo. Estava sentada na cama antes de expressar isso como um desejo, porém o corpo doía tão escandalosamente quanto se ela estivesse vestindo uma malha de ferro há semanas.

O som de um trovão sacudiu a janela e ela percebeu a tempestade elétrica que lavava o mundo do lado de fora. Voltou a jogar o corpo sobre a cama e encarou a madeira encardida do teto. Respirou o silêncio, a penumbra, desejou nunca mais ter de se mexer dali. Então, levantou num único movimento e colocou toda a sua mente para trabalhar em um único propósito: destruir o Barão do Desterro.

Quando entrou na cozinha da casa segura emprestada por Leocádia, Maria Tereza em nada lembrava a mulher cansada e alquebrada. Ela era uma força da natureza e, se pudesse, estaria trovoando a cada passo e seus olhos soltariam raios tal qual a tempestade do lado de fora.

Augusta se sentava à mesa juntamente com Remy e Firmino. Estavam debruçados sobre os planos elaborados para entrar na casa do Barão, porém, assim que a viram, os dois homens se levantaram. A postura imperiosa da líder e amiga não apenas os colocou em alerta, ambos a conheciam o suficiente para saberem que, dali por diante, não parariam. Podiam ser impedidos. No entanto, eles, por si só, não parariam.

Maria Tereza falou como se já estivesse com eles há horas.

— Então?

Firmino não consultou os outros antes de falar.

— Repassávamos o que Joaquina e eu descobrimos na biblioteca do mestre Moa.

Maria Tereza assentiu enquanto se servia de uma xícara de café do bule sobre o fogão à lenha.

— As 144 almas entregues ao demônio para sua invocação e retenção — repetiu ela antes de tomar um gole do café puro. Fez uma careta. — Saudade de suas máquinas, Firmino. O café nunca ficava com gosto de queimado. Quando isso acabar, faça outra para nossa nova sede, sim?

O amigo deu um meio sorriso e balançou a cabeça, admirando aquele raio de esperança que cortava a mesa, levando à conversa seguinte o tom de precisão mecânica que ele tanto apreciava.

Quanto a Remy, sua sensibilidade energética acendeu ao comando de Maria Tereza. Ele, que estivera tão cansado e ferido nas últimas horas, agora ordenava ao seu corpo que também atendesse ao pedido da amiga, da cúmplice, da líder que ele seguiria até os níveis mais ínferos do maldito inferno.

— Tem algo nisso tudo que, para mim, não fecha — prosseguiu Maria Tereza, sabendo e apreciando o efeito que surtia em seus associados.

— E o que seria? — Remy voltou a se sentar, estendendo as pernas adiante e se reclinando junto à mesa numa postura elegante e levemente afetada.

Maria Tereza puxou uma cadeira e se sentou também. Firmino cruzou os braços, encarando-a.

— O Barão é um homem inteligente. Sabemos disso. Ele não nos teria passado a perna se não o fosse. Porém, permitam-me adentrar nas searas de vocês dois e dizer que sempre achei de uma excessiva arrogância humana almejar o controle de entidades sobrenaturais.

— Isso é possível com algumas entidades — garantiu Remy.

— Algumas — sublinhou Augusta. — Não todas e nem mesmo a maioria. Eu entendo o ponto de Maria Tereza.

Remy balançou a cabeça, levando a ponta dos dedos finos ao queixo.

— Sim, de fato. O controle só pode ser exercido sobre entidades baixas e não muito poderosas. Porém — ele segurou um dedo no ar —, em um pacto, se terá tanto mais poder quanto mais se pagar. O Barão pretende pagar bastante. Serão 144 almas para trazer o demônio do inferno e prendê-lo aqui.

Firmino havia franzido a testa até que suas sobrancelhas parecessem uma única.

— Crê que o Barão já possa estar sendo controlado por essa... — ele procurava a palavra, aceitando o exercício hipotético dos amigos — .... entidade maléfica?

Maria Tereza tomou outro gole de café e fez outra careta para o líquido antes de rir baixinho.

— Em absoluto. Acho que o desgraçado sabe exatamente o que está fazendo e quer isso mais do que tudo. Mas, como costumo dizer, eu sou uma especialista... — ela fez a pausa dramática que sempre acompanhava sua frase e deu um meio sorriso — em homens. E estamos lidando com um espécime especialmente arrogante. Ou, em bom português, um imbecil que se acha grandes coisas. Provavelmente, como em todos os casos semelhantes documentados, se acha muito além do que realmente é. Portanto, alguém que levará a si mesmo à ruína por ser incapaz de pensar que pode ser, ele próprio, uma peça em um jogo muito maior. Então, a minha questão é: — Maria Tereza encarou cada um deles antes de fixar seu olhar no rosto de Remy — estamos falando de uma entidade pequena e tosca, com poderes limitados? Ou estamos falando de um demônio exigente, enganador, que seduz, aprisiona e por fim subjuga seus adoradores?

Remy estreitou os olhos.

— O que seria o Barão para uma entidade arcana de tal magnitude?

Maria Tereza engoliu o restante do café.

— Foi o que eu quis dizer. O Barão não sabe, mas acho que ele é um problema menor.

Os quatro silenciaram por alguns instantes. Maria Tereza se levantou, levou a xícara até a pia e lavou-a. Depois, retornou à mesa. Firmino havia se sentado e a encarou quando ela puxou a cadeira.

— Talvez o Barão acredite ter algum tipo de salvaguarda contra o poder do demônio. Algo que permita a ele uma consciência parcial, ou mesmo certo controle ao invés de ser engolido por tanto poder.

O Covil do Demônio

Todos os rostos se viraram para Remy.

— Isso seria possível? — Augusta tinha as mãos entrelaçadas sobre a mesa, exibindo os nós dos dedos brancos como osso.

Remy demorou a responder. Os olhos desfocaram por um longo momento. Então, ele se ergueu tão rápido que quase derrubou a cadeira.

— Sim. — Estava agitado. — Mas preciso ter certeza.

Ele se dirigiu à porta e abriu-a.

— Remy, está chovendo muito — disse Augusta.

Apesar da postura de dândi, quem estava ali agora era o feiticeiro. E ele sorriu.

— Perfeito, não? Conhecem melhor condutor para o outro mundo do que água? — Encarou a chuva. — Ainda assim... — O resto da frase se perdeu, pois ele fechou a porta atrás de si, desaparecendo em meio à tempestade.

— O que ele disse? — Augusta olhava os dois detetives remanescentes aflita.

— Hã... eu acho que ele disse que precisava de um gato — comentou Firmino, voltando a levar sua atenção para as plantas da casa do Barão.

— Santo Deus!

— Acho que não é com esse aí que o Remy quer conversar, Augusta.

Maria Tereza colocou a mão sobre as da outra mulher e sorriu para ela. A pobre coitada estava no meio da dinâmica comum da agência Guanabara Real e, obviamente, estranhava. Maria Tereza, no entanto, sentia-se como se estivesse em casa. Amava aquilo.

Na hora seguinte, os três mantiveram suas atividades em paralelo. Firmino repassava passos e tudo o que sabiam sobre a mecânica das sentinelas. Na outra ponta da mesa, Augusta estudava as plantas do castelinho do Barão e tomava notas numa pequena caderneta.

Maria Tereza lia o extenso dossiê de documentos que Neli reunira a seu pedido quando ela fora para a clandestinidade. Não estavam em ordem e tentavam remontar a vida pregressa do Barão do Desterro. Era como ter as peças de um quebra-cabeça. O desafio, porém, era montá-lo. Organizá-lo de maneira que a figura odiosa de Joaquim Francisco Marques de Souza ganhasse tridimensionalidade. Página a página, havia testemunhos elogiosos à personalidade empreendedora do Barão, creditando a isso e à sua inteligência a sua ascensão no Império. Não havia quase nada sobre ele na adolescência, ou mesmo na infância. *De onde aquele homem havia saído?*, perguntava-se ela.

Maria Tereza olhou os poucos documentos que falavam sobre seus pais — agricultores que teriam morrido de febre amarela numa das epidemias da capital —, sobre o tio que o criara no Sul, sobre seus estudos de mecânica na Argentina. Nenhum daqueles documentos lhe pareceu verdadeiro. Alguns eram falsificações grosseiras, papeis úteis apenas para serem referidos, e não analisados de verdade. Outros haviam demandado um tanto mais de recursos.

Maria Tereza já havia sido estafeta de um falsário na adolescência. E, mais tarde, aprendera as técnicas que haviam sido catalogadas pelos detetives da Scotland Yard, na época de seus estudos em Londres. Conseguia perceber características na tinta, nos carimbos. Uma delas era o fato de a tinta ser um pouco mais grossa na impressão. Afinal, ela era usada para imprimir uma única peça e não várias, como era o caso de documentos produzidos em série para searas oficiais.

Em resumo, boa parte do que se sabia sobre o Barão era uma fraude. Muito bem, confirmou ela a si mesma, comprovando apenas o que sua intuição já apontava. Ainda assim, faltava uma peça. Uma pecinha minúscula com a qual ela poderia acessar a ponta solta da mentira e deixá-la nua, entender onde e como ela começava. Revisou mais alguns documentos até que um chamou sua atenção. Tratava-se de uma lista de passageiros de um vapor que saía do Rio de Janeiro em direção ao porto Rio Grande, na província de São Pedro. Na lista aparecia o nome de Joaquim Francisco e do tal tio que o criara após a morte dos pais.

Maria Tereza tremeu inteira ao ler o nome. Buscou a idade com que Joaquim Francisco havia sido mencionado na lista. Observou as datas. Levantou-se sem dar atenção às perguntas atônitas de Firmino e Augusta. Ela tinha memória fotográfica. Bastava buscar onde estavam as informações e não demorou para que as imagens de outros papéis se juntassem em sua cabeça. Aquele nome...

A porta abriu sem aviso e Remy adentrou encharcado e cambaleante. Firmino correu para amparâ-lo e Augusta desapareceu, voltando com uma toalha. O feiticeiro tossia e tinha os olhos fundos e avermelhados, mas parecia incrivelmente satisfeito. Ele ergueu a voz rouca e pesada.

— Sei o que o Barão precisa usar para se integrar à entidade.

Maria Tereza não se mexeu. Ela sabia o que viria e não se juntou à ansiedade de Augusta e Firmino em torno da declaração de Remy.

— Fale logo, homem!

Remy olhou Firmino.

O Covil do Demônio

— Mais sangue, meu amigo. Mas ele precisa de algo especial.

— Familiares — adivinhou Augusta. — Laços de sangue têm um poder único. Ele precisará assassinar parentes.

— Exato. — Remy secou o rosto e os cabelos com a toalha. — De um a três sacrifícios para ungir a si mesmo. O sangue dos 144 é para o medalhão, que encaminhará as almas ao inferno. A morte dos familiares inocentes, gente que vai para o Inferno ou o Limbo, dará ao Barão um poder que o demônio não poderá suplantar. Com sua gente lá, o demônio não pode controlá-lo. Ao menos é o que ele acha.

— Então, precisamos encontrar esses parentes, certo? — Firmino começou a se mover para dar vazão à energia prática que o assolava.

— Provavelmente, o Barão já os tem — devolveu Augusta, deixando as plantas de lado. — Devem estar escondidos na casa, para serem usados na hora certa. Vamos ter que encontrar uma maneira...

— Não há necessidade — interrompeu Maria Tereza.

A criadora e líder da Agência Guanabara Real ainda estava parada no meio da cozinha, mortalmente pálida e mais fria do que em qualquer ocasião que sua memória afiada recordava.

— Você encontrou alguma coisa, MT? Havia algo nos papéis que Neli deixou? — Firmino havia parado de se movimentar.

Ela balançou a cabeça.

— Nosso inimigo conta que ficou órfão e foi levado para o Sul por um tio. De acordo com os papéis, esse tio se chamava Ernesto Freitas.

Ela fez uma pausa, pois sentiu sua garganta gorgolejar.

— E daí? — questionou Augusta. — Você acha que esse tio é que será sacrificado?

Maria Tereza negou.

— Ernesto Freitas é o mesmo nome de um homem que apareceu na serra do Rio de Janeiro há 30 anos. Ele se apresentava como curandeiro, mas era uma criatura da mais baixa índole. Um feiticeiro pretensioso, com mais conhecimento sobre magia sombria do que seria seguro nas mãos de tal tipo de pilantra. Muitos o viram como charlatão. Porém, ele encantou um menino e fez dele seu aprendiz.

Remy franziu a testa.

— Onde ouvi essa história?

— Eu a contei. O menino era Joaquim Francisco, nosso *Barão*. Claro, ele não se chamava assim na época. Todos o conheciam por Tino, Faustino. Ele tinha 10 anos e eu realmente — ela inclinou a cabeça considerando — não poderia afirmar quem foi títere de quem. Embora, da forma como a história está hoje, acho que posso afirmar que Ernesto não induziu ou forçou Faustino a matar os pais e tentar matar a irmã. Ernesto apenas o instruiu quanto aos detalhes do ritual. O ímpeto e a ambição para tal feito sangrento era todo do jovem aprendiz.

Firmino caiu sobre uma cadeira com os olhos arregalados. Remy levou a mão e cobriu a boca, sua expressão num misto de pena e pavor. Augusta os olhava um pouco perdida.

— Eu não entendi as expressões de vocês — a jovem sacudiu a cabeça, espantando uma mosca. — Quero dizer, entendi que o Barão assassinou a família aos 10 anos de idade. Pai e mãe. Então, ele já tem o sangue de dois familiares, certo? Ele apenas precisa de mais um. Você disse que ele tinha uma irmã. Acha que podemos localizá-la, Maria Tereza?

Maria Tereza a brindou com um riso que pareceu um tanto insano, enquanto Remy enchia os olhos de lágrimas e Firmino afundava a cabeça sobre a mesa.

— Claro, querida. Vai ser fácil, já que você está olhando para a própria irmã do Barão do Desterro.

CAPÍTULO 17

FIRMINO

Rio de Janeiro, 19 de abril de 1893

Arredores do Flamengo, 20 horas

F irmino suava frio enquanto eles se aproximavam do Castelinho do Flamengo.

À sua frente, Augusta encarava-o, também vestida com esplendor e requinte. O homem oscilava entre os olhos penetrantes de sua acompanhante e o movimento da rua, que passava através da vidraça da carruagem alugada.

Voltando no tempo, a imagem de Maria Tereza não saía de seus pensamentos.

O pesar por ela o esmagava. Maria Tereza havia procurado seu irmão assassino toda a vida. Tornara-se uma detetive inigualável por conta dessa busca. E, agora que o encontrara, via-se novamente nas mãos de uma criatura ainda mais sórdida e sem escrúpulos do que ela certamente imaginara que ele se tornaria.

No entanto, não houve muito tempo para que conseguissem se refazer da revelação feita por Maria Tereza. Poucos instantes depois de ela partilhar aquela aterradora informação, a porta abriu vigorosamente e Leocádia e Joaquina adentraram.

Estavam molhadas, falantes e repletas de uma quantidade impressionante de sacolas, trazendo até mesmo uma mala guarda-roupa, própria para vestidos e fraques.

As duas não perceberam o clima em que havia mergulhado a cozinha. Leocádia entrara dando ordens e organizando o que chamava de seu Laboratório Cinderela, onde ela transformaria toda aquela gente comum em visões. Mesmo que fosse sob pesados disfarces.

Enquanto organizava sua parafernália e mostrava o que trouxera — por vezes interrompida e completada por uma animada Joaquina —, Leocádia colocou sobre a mesa o jornal do dia.

— Trouxe da minha casa — comentou. — Tem muitas notícias sobre a festa. E na coluna de Moda há dicas sobre as roupas que destacarão as damas. Achei que era uma boa fonte de inspiração para meu trabalho com vocês. Quanto à equipe que atuará na festa, usei meus contatos e descolei a ficha corrida de todos, bem como suas respectivas especialidades: comida, bebida, serviço, limpeza... tudo. Absolutamente tudo. Dito isso, temos ainda 24h para fazermos com que as pessoas que vocês vão substituir não possam estar na festa.

Enquanto Leocádia falava, Firmino notou que Maria Tereza pareceu imediatamente atraída pela lista de nomes. Ela a ergueu e analisou por alguns instantes antes de falar.

— Espero que tenha trazido um vestido de baile esplendoroso, Madame Leocádia.

— É claro que trouxe, menina. A escolher.

— Eu quero um vermelho — anunciou Maria Tereza.

O grupo silenciou. Firmino tocou brevemente a mão da amiga, fazendo-a baixar o jornal.

— Pensei que iria como serviçal, junto de Remy e Joaquina, não como convidada, na companhia de Firmino e Augusta.

O plano original previa seguirem como dois casais: Remy e Joaquina como serviçais e Firmino e Augusta como convidados. Maria Tereza estava ainda em dúvida se estaria presente como chefe de cozinha, ou então como acompanhante de um importante senador da Nova República providencialmente com rabo preso. A julgar pelo brilho em seu olhar, outro plano havia surgido no território fervilhante de sua mente.

Maria Tereza deu um sorriso triste.

— Eu irei como convidada, mas não com Firmino e Augusta. Devo chegar num horário mais avançado, quando os brindes estiverem na iminência de sua concretização.

— E quem irá lhe providenciar o convite? — perguntou Augusta, ajudando Joaquina a espalhar os apetrechos de maquilagem sobre a mesa e se inclinando na direção de Remy.

Remy era o único que permanecia sentado, a postura ainda pendendo entre o cansaço e a determinação férrea do que viria a seguir. Sua expressão era toda astúcia. Ele ergueu a sobrancelha.

— Não sei se é isso o que MT pretende, minha cara Augusta.

— Qual a sua ideia, MT? — Firmino havia assumindo uma expressão bem parecida com a de Remy. — Qual identidade você pretende forjar?

Maria Tereza deu outro daqueles risos meio insanos, assumindo definitivamente o protagonismo que o destino, terrivelmente, lhe dedicara.

— Ora, meninos. Vou como eu mesma. Sou esperada, não é? Sem mim, não haverá festa. — Ela olhou para Augusta e completou: — E não se preocupe com o convite, querida. Eu acabei de receber.

A lista trazida por Leocádia incluía o porteiro favorito das festas mais sofisticadas do Rio de Janeiro: Lancelote Rodrigues da Silva.

Nas horas seguintes, cada disfarce fora montado; cada ação, projetada; cada plano — que incluía um principal e dois secundários em caso de imprevistos —, rediscutido.

Maria Tereza e Augusta cobraram seus últimos favores e, após algumas tensas negociações, os dois convidados que seriam substituídos por Firmino e Augusta foram convencidos de que era de seu interesse não comparecer aos festejos noturnos. Um dos serviçais foi subornado; a outra, de coração mais puro, precisou ser mantida em cárcere, o que arrancou um sinal de desaprovação de Firmino. No entanto, não havia o que ser feito. Como convencer a pobre garota de que estava sendo atraída para uma armadilha demoníaca? Uma noite de angústias era paga pequena para proteger a sua alma imortal, como comentara Remy.

Quando o relógio badalou dezoito horas, a camarilha maldita se despediu.

Leocádia os beijou um a um, não sabendo se os veria novamente, parando, claro, no seu grande amigo. Muito antes de conhecer os demais, Remy era seu cúmplice em festejos noturnos, golpes de vingança e experimentos corpóreos e eróticos.

Remy parecia anos mais velho — efeito produzido pela maquiagem de Leocádia e pelo cabelo curto, cuidadosamente penteado para trás.

— Cuide-se, menino.

Remy sorriu e beijou os lábios de Leocádia, detendo-se em seus olhos profundos e fortes.

— Você também, minha querida.

A campainha tocou, indicando a primeira carruagem. Remy e Joaquina, agora fazendo as vezes de garçom e de assistente de cozinha, deixaram a casa.

Quarenta minutos depois, Firmino e Augusta saíram, deixando Leocádia dando os últimos retoques na maquiagem e na roupa de Maria Tereza.

Agora, o movimento da rua afastava Firmino de suas lembranças, fazendo voltar o abismo de nervosismo, medo e apreensão que se instalara em seu estômago.

Mesmo reconhecendo que o trabalho de Leocádia fora excepcional, sabia que um disfarce, apesar de tudo, representava parca proteção contra assassinos treinados, como os que enfrentariam na casa do Barão. Se fossem descobertos, suas vidas valeriam menos do que um vintém furado.

Agora, Firmino retornava aos seus pensamentos presentes, motivado pelos solavancos da carruagem.

O trajeto era irregular, pois a chuvarada que atingira a capital do Brasil havia alagado ruas e transformado em enxurradas as encostas das montanhas que contornavam a cidade.

Firmino lançou olhares preocupados para os morros, onde as luzes dos pequenos barracos eram apagadas aqui e acolá. Os declives, depredados da sua proteção vegetal, transformavam-se rapidamente em rios de lama durante os temporais. Nas últimas chuvaradas, uma dúzia de vítimas fatais foram encontradas soterradas após a tempestade. A notícia da tragédia não sensibilizara os jornais, com a exceção do Tribuna do Amanhã e sua valente jornalista.

A lembrança de Neli lancetou seus olhos e Firmino estremeceu.

Foi quando ele sentiu o toque da mão de Augusta sobre a sua.

— Entre em seu papel e bloqueie o resto — disse ela, fitando seus olhos. — Agora não somos mais o engenheiro vingativo e a sobrinha em busca da libertação do espírito da tia. Somos um chefe tribal e sua assessora.

Firmino recolheu a mão após sorrir e agradecer à mulher. Olhou uma última vez para o exterior da rua e então respirou fundo. Em segundos, ajustou a postura, incendiou o olhar e tocou levemente o cavanhaque falso. O turbante em sua cabeça dava-lhe um ar sóbrio de autoridade.

— Sou Otelo Cortes — disse ele —, príncipe mouro do Reino de Uganda, acompanhado de...

— Emília Bastos, secretária da embaixada de Uganda em território brasileiro.

Os dois se olharam e sorriram, encontrando nos nomes falsos e na missão que tinham à frente a força que precisavam para enfrentar o que o seu destino reservara a eles.

E este não demorou a chegar.

Em minutos, a carruagem estacou e o cocheiro anunciou sua chegada.

A chuva apertara novamente, caindo como baldes d'água. As carruagens permaneciam em fila na frente do Castelinho, despejando seus convidados um a um, que corriam por cima de um caminho amadeirado construído às pressas, para afastar os vestidos das senhoras da água que já se acumulava

O Covil do Demônio

pelos jardins. Firmino e Augusta esperaram pacientemente até sua vez chegar. Protegidos da chuva por dois lacaios encharcados, eles seguiram pelo tablado de madeira.

Firmino observou alguns ramalhetes de margarida escorrerem pela calçada até desaparecerem em um dos bueiros da Praia do Flamengo. Onde estaria a dona dos ramalhetes? Seria uma das pequenas jovens que tiravam seu sustento da venda de flores para os casais enamorados? E onde ela estaria? Por que deixara sua mercadoria escorrer pela água escura?

Ele voltou a ordenar a si próprio que voltasse ao seu disfarce: um homem rico e poderoso acima das mazelas dos condenados.

Porém, aqueles pensamentos temerosos acompanharam-no até a entrada do Castelinho e não desapareceram mesmo sob a luz aconchegante dos archotes que haviam sido instalados junto à chapelaria.

Conforme haviam combinado previamente, eles estavam entre os primeiros visitantes a chegar à festa. Com os convites roubados dos convidados oficiais, Augusta se apresentou como a filha de um barão do café que recebera um alto posto no atual governo. Recentemente, ela voltara de uma viagem pelo interior de África trazendo consigo um nobre local.

Ela trajava um vestido de renda em tom grená, com pérolas falsas e joias douradas. Firmino, por sua vez, vestia um longo traje muçulmano azul-escuro, que o ajudava a esconder a mão decepada. Leocádia arranjara uma mão falsa de um manequim para substituir a anterior, mesmo assim, um exame mais detalhado poria abaixo a farsa.

O interior do Castelinho exibia um charme decadente, resplendendo nas tochas que substituíam as modernas lâmpadas de filamento tecnostático. Para o deleite dos convidados, seda e cetim foram espalhados pelas janelas e cobertas de mesa, formando um quadro de opulência exagerada. Imensas colunas haviam sido acrescentadas ao salão de teto alto e estavam cobertas de *voils* e guirlandas de bicos-de-papagaio brancos sobre os tecidos em verde, amarelo e azul.

Firmino imaginou que a adição, sem qualquer relevância para a engenharia ou arquitetura do lugar, fosse obra do gosto exagerado do Barão. Este, como ele próprio já vira, a julgar pelo que fizera com o alto do corcovado, pendia para o teatral e o dramático, flertando perigosamente com o vulgar

A chuva e a procissão necessária para alcançar o interior do Castelinho haviam atrasado os convidados à festa. Mesmo assim, um bom número de pessoas estava circulando pelo lugar.

A alta sociedade carioca estava razoavelmente representada ali, e Firmino reconheceu políticos, médicos e juízes, além do comissário de polícia, alguns membros do exército, um ou outro jornalista e muitas jovens senhoras, herdeiras das fortunas de café ou donas de propriedades arruinadas pelo comércio da cana-de-açúcar. Um ou outro embaixador estrangeiro também fora convidado.

Todas vítimas — ao menos, futuras vítimas — dos planos maliciosos do Barão.

O que diriam se soubessem que estavam ali apenas para morrerem em honra a um demônio ínfero e perverso? Será que alguns dariam sua vida de bom grado para a chegada de um dos marechais do inferno? Estariam estes homens e mulheres tão loucamente embevecidos pelas palavras do seu presidente que desperdiçariam as próprias vidas em um ato de loucura?

Augusta cutucou-o no ombro, chamando a sua atenção para um par de garçons que subiam as escadas. Ele ergueu a sobrancelha para a mulher, sem entender.

— Os garçons parecem todos iguais com estas roupas de texugo — ela comentou, com um riso afetado, enquanto cumprimentava uma jovem que passava. — Mas não são muitos lacaios que andam com a pose tão rígida ou com botas do exército nos pés.

Firmino observou melhor enquanto os dois serviçais desapareciam no segundo andar, levando coquetéis, salgados e copos de cristal escadaria acima.

— Estão servidos, senhores? — sussurrou uma voz atrás de Firmino.

Firmino se virou e demorou a reconhecer Remy. Ele engoliu o susto, mas Augusta disfarçou melhor e apenas pegou uma taça e seguiu seu caminho, como se o amigo fizesse parte da paisagem.

Depois de dar uma piscada a Firmino, ele deu as costas e serviu uma senhora que estava atrás deles. Elogiou o penteado da matrona, que parecia ter escolhido um ninho de passarinho decrépito como molde para o cabelo, e seguiu discretamente os dois até o segundo andar.

Augusta e Firmino subiram a escadaria, sendo seguidos momentos depois pelo discreto garçom que um dia fora uma das figuras masculinas mais chamativas do Rio de Janeiro.

— O que descobriram? — perguntou Remy, enquanto os servia diante de uma alta janela do segundo andar.

— Nada, ainda — respondeu Firmino, enquanto Augusta fitava de um lado a geografia do lugar, ajustando em sua mente a disposição dos cômodos que havia estudado nas plantas.

— Mais um drinque, minha cara?

O Covil do Demônio

— Muito obrigada, meu caro — disse Augusta. — Agora nos deixe, antes que chamemos ainda mais a atenção — rosnou a mulher, balançando a mão e fazendo tilintar os grossos anéis.

Remy assentiu, não sem antes fitar os olhos sombrios do amigo e comunicar sem palavra alguma o que o fizeram jurar horas antes.

Enquanto Leocádia e Joaquina organizavam os respectivos disfarces, contando com o auxílio de Maria Tereza e Augusta, Remy convidou Firmino a acompanhá-lo num cigarro.

Antes de acender sua cigarrilha, Remy pegou Firmino pelo braço e encarou o amigo por um longo momento.

Firmino ergueu uma sobrancelha ao notar o olhar do amigo. Por um momento, parecia estar enxergando outra pessoa.

— O que foi? — repetiu.

— Não sei o que acontecerá até o fim desta noite, mas nossas perspectivas não são animadoras. Preciso que você me prometa uma coisa.

Firmino não respondeu, limitando-se a encarar Remy.

— O monstro que estamos combatendo já tentou me possuir antes. Ele é um adversário terrível e se conseguir um receptáculo humano adequado, toda a humanidade estará em perigo.

— Iremos vencê-lo — retrucou Firmino, sem grande convicção em sua voz.

— Não tenho dúvidas disso — disse Remy, com um sorriso agastado. — Mesmo assim, preciso de sua palavra.

Firmino compreendeu imediatamente e começou a balançar a cabeça antes mesmo que Remy verbalizasse.

— Ele não pode conquistar o plano humano. Se ele me possuir, acabe com minha vida. Um tiro ou uma lâmina em meu coração... algo simples e indolor, mas... por favor... não deixe que qualquer um desses monstros vença.

— Ora, Remy, pare com isso — disse Firmino, tentando se desvencilhar do pedido desesperado.

— Não há outra solução — rosnou Remy, interrompendo Firmino de forma brusca enquanto agarrava seu braço com força. — Uma vida humana por toda a humanidade? Você é um positivista. É óbvio que pode entender que o preço é pequeno.

Remy se aproximou ainda mais e Firmino notou que seus dedos, grudados em seu braço, tremiam. Havia algo nos olhos do amigo que ele nunca imaginou ver antes. Um pavor genuíno.

— Uma possessão deste tipo é algo indescritível, meu amigo. Eu estaria consciente enquanto a entidade comete suas atrocidades. Consegue imaginar isso? Eu seria obrigado a matar, torturar e festejar entre sangue e vísceras, completamente desperto, mas incapaz de controlar meu corpo. Eu não desejaria isso a ninguém, Firmino, nem ao meu pior desafeto.

Firmino engoliu em seco.

— Por favor, meu amigo.

Houve um breve momento de silêncio entre os dois, duas pessoas completamente antagônicas, que se confrontavam e se amavam, mas que, antes de tudo, dariam a própria vida para destruir o mal que combatiam. Então, em silêncio, Firmino estendeu a mão para Remy e os dois trocaram um cumprimento longo e forte.

Não havia necessidade de palavras.

Como agora, naquele momento, no corredor alto do Castelinho iluminado.

Remy deixou o amigo e Augusta, dando as costas ao corredor e à janela alta que os emoldurava. Os ombros firmes de Firmino pareciam conter o peso do mundo.

Instantes depois da partida de Remy, Augusta falou:

— Temos trabalho a fazer — enfatizou a fala com um olhar penetrante e sorriu.

Firmino acompanhou-a pelo corredor.

Um casal, ainda com as vestes um tanto desajustadas, saiu de um dos quartos. A menina usava um uniforme simples, de ajudante. Sua expressão era neutra e apagada, como se a sua mente estivesse em outro lugar. Já o homem, um senhor de cabelos brancos e um grande e deformado nariz em forma de gancho, tinha idade para ser o pai da garota. Ou avô.

O sangue de Firmino ferveu, mas antes que ele pudesse tomar qualquer atitude, Augusta agarrou seu braço.

— Pode dar-lhe uns cascudos mais tarde, mas, se estivermos certos, Firmino, o velho *e* a garota vão estar mortos até o fim desta noite. Concentre-se em nossas prioridades.

Firmino assentiu e continuou seu caminho, não sem antes lançar um olhar assassino para o velho, que apenas passou a língua pelos lábios.

— O que avalia do Castelinho? É a mesma arquitetura que você encontrou nos mapas? — perguntou Firmino, enquanto desciam as escadas.

O Covil do Demônio

— Por enquanto, sim — murmurou Augusta, sorrindo para um casal que passava e voltando a falar de canto de boca. — Mas o Castelinho passou por reformas. Cômodos outrora maiores foram divididos, novas portas instaladas, antigas janelas modificadas. Além disso, não somos os únicos disfarçados aqui. Há alguns convivas que estão vigiando o lugar, combinando uma espécie de sinal ou código trocado por meio de olhares e gestos simples. Algo me diz que tudo o que está acontecendo aqui, incluindo a nossa presença, é da vontade e do conhecimento do Barão.

— Queiram os espíritos de Remy e os céus de MT que você esteja errada.

Firmino girou o pescoço, o olhar recaindo em cada um dos convidados indicados por Augusta. Suas expressões, perdidas no interior das máscaras, pareciam duas vezes mais maliciosas. Eles circulavam com elegância e eficiência, posicionando-se ao redor de outros convidados, mantendo-os abastecidos e, principalmente, reunidos no interior do Castelinho.

Reunidos como gado para o abate, pensou Firmino. Foi quando um bater de taças foi ouvido por ele, chamando sua atenção e retirando-o de sua reflexão.

O desenlace incógnito daquela noite perversa estava prestes a ter seu início.

CAPÍTULO 18
REMY

Rio de Janeiro, 19 de abril de 1893

Castelinho do Barão do Desterro, 20 horas

O Castelinho do Flamengo era um ramalhete de flores selvagens colado às águas do mar que banhavam o Rio de Janeiro.

À noite, com suas luzes acesas, ele queimava em meio a outros prédios menores e construções medianas que não contavam nem com sua elegância, nem com sua opulência.

Diferente de outras edificações, o Castelinho não impressionava pelo tamanho e sim pela arquitetura incomum. Não se tratava de um prédio espaçoso, ao contrário. Seus três andares — que culminavam na torre afiada que apontava aos céus cariocas — eram um tanto apertados para grandes eventos como o daquela noite.

Era um duplo mistério. O primeiro, o fato de o Barão ter permanecido naquela casa mesmo depois de sua ascensão ao poder do Estado e da nação. O segundo, organizar um festejo daquela importância naquele lugar, sendo que o que se deveria esperar seria um festejo dez vezes maior no Palácio do Cattete, ou então aos pés da sua estátua no Corcovado.

Remy, porém, sabia a resposta àquela série de enigmas logísticos.

Projetado em 1880, por Pietro Copede, o Castelinho apresentava um projeto arquitetônico no mínimo estranho, que mesclava *art déco*, *art nouveau*, neobarroco e neogótico francês à teatralidade florentina. De engenharia eclética, a construção aproximava, assim, numa inusitada comunhão, imaginário italiano e medieval, referências literárias obscuras e simbologias arcanas cifradas que apenas os iniciados saberiam ler e interpretar.

Em suas pesquisas, Remy descobrira que Copede se correspondia com estudiosos magistas europeus, como Carvalho Monteiro e Luigi Manini. O primeiro, um rico português especialista em esoterismos medievais. O segundo, um importante arquiteto e cenógrafo italiano que havia dedicado sua carreira tanto ao teatro e à construção quanto a infernálias antigas. Ambos foram os responsáveis pela construção de uma suntuosa quinta arcana na cidade de Sintra, em Portugal.

Além disso, foram grandes amigos de Alfredo Magalhães, outro extravagante *bon vivant* que empreendeu um projeto similar nas pantanosas águas do Guayba, em Porto Alegre dos Amantes.

Copede ainda pertencia ao mesmo círculo da família Barolo. Entre os planos de um de seus patriarcas estaria a construção — em cidade a ser oportunamente escolhida — de um prédio em homenagem a ninguém menos que Dante Alighieri e seu poema mais conhecido: A *Divina Comédia*.

Imerso nessa curiosa agremiação de arquitetos, comerciantes e místicos, Copede havia desenhado seu palacete carioca com o mesmo fim. Cada um de seus vitrais, arabescos, detalhes em mármore, madeira e ferro, comunicava um diferente elemento esotérico, reunindo naquela geografia insólita alusões à cabala, à astrologia e à magia hermética.

Para um leitor de signos, sigilos e sincretismos visuais e textuais como Remy, aquele lugar era uma dádiva. Pena que, logo após sua inauguração, a construção fora vendida ao Barão, compra seguida do desaparecimento de Copede e de uma substancial herança deixada a sua esposa e filho. Os dois remanescentes da família não demoraram a voltar à Itália, deixando para trás o Brasil e a lembrança de seu patriarca falecido.

Remy sabia que para a abertura do portal pretendido pelo Barão para trazer a perversão espectral suprema conhecida como Mordecai Baal Moribá até o nosso plano físico seria necessário um lugar insuflado de energia mágica ou psíquica. E ali o homem mais poderoso da nação encontrara a conjunção dos dois.

— Ei, você... está parado olhando o quê?

Estou parando fitando um sofisticado vitral do século XVIII que mostra Hermes Trimegisto confrontando ardilosamente um Satã sedutor e esquivo em meio às flores de fogo de um Paraíso Perdido verdejante e selvagem.

— Desculpe-me, senhor — falou Remy, virando-se com a bandeja de espumante com um falso sorriso nos lábios. — Estava distraído pensando no *menu* da noite!

— Então trate de se mexer e servir os convidados! — falou o chefe dos cozinheiros. Ao lado dele, Joaquina, uma de suas serventes, estava a postos, não escondendo um sorriso à reação de Remy.

Remy deixou a cozinha em anexo, um apêndice à construção original cujo acesso de serviçais e cozinheiros se dava pela rua lateral ao Castelinho.

Aquele seria o principal ponto de fuga para os invasores, uma vez que a entrada principal, fincada no encontro das ruas que formavam a esquina do Castelinho, estaria repleta de seguranças e policiais. Caberia, assim, a Joaquina tanto observar cuidadosamente qualquer ação ilícita no preparo das comidas e das bebidas quanto liberar o caminho quando chegasse a hora.

Como abater 144 pessoas senão por meio de veneno ou bebida? Remy deixou os pensamentos irem embora e se concentrou em sua tarefa. O cabelo acinzentado e curto, as rugas falsas e a vestimenta igual à dos demais empregados faziam com que Remy se mesclasse perfeitamente aos servos daquele festejo demoníaco.

Para ele, não era difícil aquele tipo de disfarce, exceto pelo ódio fervendo em seu estômago e pelo desprezo por aquela orgia de bebidas raras e comidas finas num país em que a miséria, a fome e a doença vicejavam. Aquele era o país sem roubos ou desperdícios prometido pelo Barão.

Ao levantar os olhos, porém, entre convidados diversos, um discreto sorriso nasceu na curva de seus lábios quando viu Augusta e Firmino entrarem no palacete. Ela perfeitamente adequada ao seu papel. Já Firmino, nem tanto.

Ele se aproximou dos dois e então os serviu, não perdendo a oportunidade de um gracejo com o amigo.

Remy serviu mais alguns convidados e, então, seguiu os dois amigos, que estavam empreendendo suas próprias investigações. Ele discordava de qualquer ação do tipo e confiava muito mais no plano de Maria Tereza, apesar de ele ser desesperado.

Naquela noite, apenas uma ação igualmente alucinada e irracional poderia ser de valia. Remy, porém, tinha outras ideias em mente.

O pedido feito a Firmino não passava de uma cortina de fumaça, um último acerto antes da noite findar e uma garantia de que, caso o pior acontecesse, ele não seria feito de depositório do demônio. Seu intento, porém, com o portal aberto, era outro. Naquela noite, além de abaterem aquele maldito Barão, ele pretendida mergulhar no portal e garantir não apenas a destruição do demônio que os assolava há meses, mas também a libertação do espírito de Catarina. E ele iria ao inferno com esse intento.

O encontro do trio fora interrompido por um sinete batendo. Chegara a hora do brinde da noite.

Todos os convidados estavam no grande salão, ou então na escadaria em caracol que dava acesso aos andares superiores, ansiosos pelo pronunciamento de seu anfitrião, de seu presidente, de seu líder.

O Covil do Demônio

Na verdade, pensava Remy, tratava-se do homem que desejava a morte de todos eles visando à abertura de um portal para o inferno que libertaria forças ainda mais obscuras do que aquelas que ele havia invocado ao chegar ao poder da república.

O barulho das taças foi interrompido e então os aplausos começaram. Firmino e Augusta haviam se posicionado na própria escadaria, ao lado de uma das colunatas recobertas de tecido, vendo a cena de cima, enquanto Remy estava no saguão, em meio aos demais convidados que se avolumavam.

Foi quando ele o viu: o Barão chegou com toda a sua pompa, cercado por quatro seguranças pessoais, e se posicionou no vão da escadaria, ao lado de uma das colunas recobertas de tecido, para ser visto tanto pelos que estavam no salão como também por aqueles que estavam nos níveis superiores.

Sua postura, seu sorriso, seus olhos brilhantes e frios, tudo nele transpirava sucesso, sagacidade e realização. Ele estendeu os braços agradecendo os aplausos, que ficaram ainda mais fortes.

Por fim cessaram, aguardando o seu pronunciamento.

Remy viu a si mesmo parado diante dele, com a bandeja de taças em sua mão. O Barão sorriu e então ordenou com o indicador que ele se aproximasse. Remy caminhou em sua direção, sentindo o coração acelerar. Será que ele seria reconhecido? Ou será que aquele homem, aquele dono do mundo, estaria tão embevecido por sua glória e sucesso que não teria olhos para um simples serviçal?

O Barão fitou Remy com seus olhos gélidos e escuros, tomou uma taça e então agradeceu a ele, ofertando seu melhor sorriso.

— Muito obrigado — disse o homem, bebendo um pouco do líquido borbulhante. — Seus serviços são mais que apreciados e serão, sem dúvida, recompensados!

Ele então desviou dele para seus convidados.

O que aquilo poderia significar?! De um lado, poderia ser apenas um gracejo dedicado a um serviçal, mais um gesto vindo do "amante do povo", do "senhor dos necessitados", do "salvador do Brasil". Por outro lado, Remy sabia com quem estava lidando. Um homem inteligente, astuto e perverso.

Será que, como antes, eles não passavam de peões no tabuleiro daquele sórdido xadrez?

Remy deu as costas a ele, temendo pela sorte de seus amigos.

— Sejam bem-vindos ao meu humilde palacete, senhoras, senhores e amigos, meu povo — disse o Barão, agora com voz mais alta, projetando-a àquela centena e meia de convivas. — Por noites sem fim, vaguei pelos cômodos deste Castelinho fazendo planos de desenvolvimento social, almejando projetos de superação estatal, arquitetando um país no qual as famílias de bem, os comerciantes valorosos e os cristãos dedicados pudessem não apenas viver como prosperar.

Ele pausou, tomou fôlego, sorriu e continuou.

— Pois bem, esse dia chegou e, a partir de hoje, esse é o Brasil que construiremos, por meio de máquinas modernas, trabalhadores livres e liberação de impostos a empreendedores como vocês! Vocês me ajudarão a construir esse futuro!

Mais aplausos.

— Para tanto, convido vocês a um brinde especial, um brinde em homenagem ao sacrifício que muitos de nós faremos pelo bem do Brasil!

Todos aplaudiram e, então, um dos correligionários presentes elevou a voz e saudou-o de um dos cantos do salão:

— Eis o salvador da nossa pátria!

Todos gritaram em uníssono:

— Viva o salvador do Brasil!

Os gritos, porém, foram interrompidos por uma movimentação na entrada do Castelinho.

Pouco a pouco, as vozes e os brindes cessaram e o foco da atenção, até então direcionado ao Barão e à escadaria que ele transmutara em palco, foram se voltando para a porta alta do palacete.

Quando os grupos humanos se afastaram dela, revelaram a chegada de uma mulher imperiosa, uma dama morena vestida de escarlate, esplêndida em seu traje de noite com o colo à mostra e longas luvas negras. Seus olhos fitavam os do Barão, cujas órbitas brilhavam ainda mais.

Abaixo delas, o homem que liderava o Brasil ao inferno sorriu.

A face da mulher respondeu a ele com seriedade, chegando ao centro do salão.

Ela tomou uma taça, bebeu de seu conteúdo e então tomou a palavra:

— Salvador uma ova!

Remy fitou Maria Tereza e soube de imediato que a hora da verdade havia chegado. De pronto, os seguranças do Barão deram sinal de avançarem em direção à invasora.

O Covil do Demônio

— Não façam nada. Deixem-na! — foi a ordem do poderoso anfitrião.

A inquietação de Remy cresceu.

— Senhoras e senhores, este Barão é uma farsa. — Maria Tereza mal precisou elevar a voz. Todos os convidados olhavam-na num silêncio escandalizado. — Este homem é um conspirador, um assassino e um envenenador e, nesta noite, ele pretende matar cada um de vocês. Seus preciosos cento e quarenta e quatro convidados.

— Que absurdo! — gritou uma dama da alta sociedade carioca.

— Que provas você tem de tudo isso?! — questionou outra voz, masculina.

Maria Tereza olhou para os convidados como uma rainha olharia para um inseto.

Colocou a mão em um bolso oculto na saia ampla e tirou um maço de papéis amarrados com uma fita escura e brilhante. Ela o atirou na direção de um homem com um amplo bigode. Remy reconheceu-o como um dos mais altos magistrados do Rio de Janeiro. E como era um famoso cumpridor das leis, era bem provável que não estivesse ali por ser amigo do Barão. Estava ali porque não pudera recusar o convite. Estava ali para ser eliminado.

— Divirta-se, caro senhor. — Maria Tereza deu um meio sorriso perverso enquanto o juiz começava imediatamente a abrir o maço de papéis. — Não se preocupem, vocês conhecerão cada uma das provas na edição especial do *Tribuna do Amanhã* que está sendo distribuída nesse momento. Felizmente, o jornal não morreu com seus proprietários assassinados por este regime. Claro, apesar da exclusividade da primeira edição, todos os outros jornais importantes estão recebendo as mesmas informações nesse momento.

Os cochichos se alastravam pela sala e o rosto do juiz ficava alternando entre branco e vermelho enquanto ele examinava os papéis com o auxílio da esposa.

Os seguranças fizeram novamente sinal de avançar e foram mais uma vez impedidos pelo dono do Castelinho. Em seu olhar havia ódio e certo deleite, o que parecia tornar o resultado de tudo ainda mais imprevisível.

— Estou mentindo, Barão? Ou devo chamá-lo de Faustino Cruz?

Agora, as atenções se voltavam para o Barão.

— Faustino Cruz? Barão? — O homem que puxara os vivas momentos antes agora jazia atônito. — O que esse nome quer dizer?

162

Guanabara Real

— A verdade. Ele quer dizer a verdade. — A voz do Barão saiu, pela primeira vez, sem emoção. Além disso, pelo volume em que pronunciava essas palavras, não se podia saber se foram lançadas aos seus convidados, a sua antagonista ou a si próprio.

Os convidados começaram a falar, todos ao mesmo tempo, entre aturdidos e descrentes. Um sorriso começou a se formar na face de Maria Tereza. Mas ainda era cedo demais, pensou Remy.

O Barão respirou fundo, deu dois passos em direção a Maria Tereza e então falou:

— Creio que é o momento de nossos convidados serem guiados até o nosso verdadeiro salão de festas.

O homem ergueu o braço e todos os seguranças sacaram armas e apontaram-nas para a audiência horrorizada. Sem deixar de encarar Maria Tereza, o Barão retirou um relógio do bolso do colete e apertou o que deveria ser o botão do cronômetro, mas que, certamente, não era. Assim que ele o fez, os tecidos que cobriam as colunas que circundavam o salão caíram e, sob eles, estavam as terríveis sentinelas metálicas com que Remy havia se deparado na ilha militarizada do Barão.

Horrorizado, Remy viu as criaturas robóticas apontarem suas mãos mortais para a multidão.

Seria uma carnificina. E eles não poderiam fazer nada. Os seguranças e sentinelas começaram a arrebanhar os convidados e serviçais tal qual gado. Alguém tentou insurgir-se e foi neutralizado com choque. A multidão começou a gritar e empurrar e logo se ouviram tiros. Houve um som de alerta e todos se abaixaram e silenciaram.

Gritos. Quatro tiros foram disparados. Três feridos. Um morto.

A confusão não pareceu diminuir, mas, de alguma forma, tudo estava seguindo alguma ordem, percebeu Remy ao ver dois seguranças cercarem Maria Tereza. Na sequência, outros quatro empurraram Firmino e Augusta para o centro do salão. De um canto surgiu uma nova sentinela robótica, junto com um grupo desesperador de homens com máquinas implantadas. A visão deles foi seguida de berros dos convivas.

Para desespero de Remy, esse novo grupo de asseclas estava arrebanhando os criados das cozinhas e, entre eles, muito assustada, vinha Joaquina. Remy acreditava que ela poderia se salvar se tivesse conseguido fugir no início da confusão. E, para seu pânico total, ela não se escondeu no anonimato, pelo contrário, correu para os braços de Firmino. Só não levou um tiro nas costas porque o Barão ergueu novamente o braço com um sorriso triunfante.

O Covil do Demônio

Remy imaginou se poderia se esconder na multidão para colocar em prática a parte do plano que caberia a ele e Joaquina — agora só a ele —, mas naquele instante uma mão de ferro segurou seu braço e ele foi empurrado para o salão junto com o restante dos amigos.

Maria Tereza sorriu e deu dois passos em direção ao Barão, em direção ao irmão.

— Acha que conseguirá se safar, Tino? Mesmo que mate todos aqui, o país saberá quem você é. O povo irá saber... e irá resistir.

O homem lhe devolveu um sorriso condescendente.

— Ah, minha querida irmã, eu a julgava menos... ingênua. Veja, minha cara, pouco me importa o que pensa, quer ou faz o povo brasileiro. Meus planos são apenas para mim. E hoje, eles se concretizarão, indiferentemente do preço que eu terei de pagar.

Pouco a pouco, o sorriso de Maria Tereza morreu nos lábios, bem como as esperanças de Remy, Firmino e Augusta de que eles tivessem qualquer vantagem!

— Você está blefando! Nós vamos impedi-lo de matar todas essas pessoas!

— Matar pessoas? Quais pessoas? — perguntou o homem, acendendo uma cigarrilha e ordenando aos seus homens que dominassem Remy, Firmino e Augusta.

— Como assim, essas pessoas? — Maria Tereza fez um gesto largo, mostrando os assustados e chorosos convidados, sob as armas das sentinelas e soldados implantados. — Seus cento e quarenta e quatro convidados!

O trio foi jogado ao chão, perto de Maria Tereza, que tinha diante dela o Barão.

Depois de um suspiro, ele arrematou:

— Isso certamente seria necessário, minha cara, apenas se um sacrifício especial não fosse garantido, um sacrifício de sangue... o sacrifício de uma irmã!

Apenas uma palavra retumbava como um sino na mente de Remy.

Xeque.

CAPÍTULO 19

MARIA TEREZA

Rio de Janeiro, 19 de abril de 1893

Castelinho do Barão do Desterro, 21 horas

Maria Tereza não reagiu.

Ela ouviu pessoas prenderem a respiração. Teve a leve sensação de que seus amigos falavam alguma coisa, ou talvez gritassem. Ela permaneceu imóvel. Quem não a conhecesse poderia imaginar que ela estava paralisada de medo. E ela de fato estava com medo.

Mas não paralisada.

Sua mente se movia rapidamente e em turbilhão. Um trem desgovernado de pensamentos e ilações. A primeira decisão apareceu num clarão. Precisava de tempo. A segunda era a óbvia consequência da primeira. Ela precisava fazer Faustino falar.

Lançou um olhar para os amigos. Estavam rendidos, jogados ao chão sob a mira de armas pesadas. Ela confiava nas cartas que eles pudessem ter na manga, mas precisava retirar a liderança da sala. Ela apertou os lábios e pareceu bastante trêmula ao falar.

— Vai completar o que começou com o assassinato dos nossos pais?

O Barão soltou uma baforada da cigarrilha e sorriu.

— Eu era jovem demais. Impetuoso. Mas acredite, querida irmã, não pretendia sua morte naquela época.

— Você tinha apenas treze anos. Diga-me, Tino: de que tipo de inferno veio a sua alma? Não havia horror em nossa infância para dotá-lo de tanto ódio.

— Tetê, meu bem, você era tão pequena, o que podia saber? Tínhamos um pai bêbado. Uma mãe conivente. Era uma vida miserável, povoada de surras e ameaças. Tem ideia do que nós dois seríamos se tivéssemos continuado naquele morro? Duas criaturas ignorantes, trabalhando de sol a sol. Você estaria cheia de filhos, lavando a roupa suja de gente rica e aturando um homem não muito diferente do nosso pai. Um bêbado que a espancaria, a violaria quando quisesse e a manteria à beira da fome para encher a cara todo santo dia.

Maria Tereza fechou e abriu os punhos. As palavras de Tino não coadunavam em nada com sua memória. Sim, ela era muito jovem. E claro, poderia ter criado memórias idílicas, falseadas por sua dor. No entanto, não sentia assim. O homem na sua frente também poderia ter colorido suas próprias lembranças para justificar suas ações. Mesmo que, de fato, ele não parecesse ter qualquer tipo de remorso.

— Eu deveria agradecer a você, então? Pela morte, a barbárie nos cadáveres, o sangue que entranhou tudo em mim por décadas?

O Barão jogou a cabeça para trás num tipo de riso sem som.

— Ah, tenho certeza de que não me agradeceria, Tetê. Mas olhe pra você, mulher! Ao invés de uma mestiça sem eira nem beira, cheia de pirralhos imundos e abjetos na barra da sua saia, você é... Tetê, você é uma mulher sensacional! Bonita, poderosa, culta. Viajou o mundo. Responda-me: quando poderia ter tudo isso, ser tudo isso, se nossos pais continuassem vivos e nos dando aquele casebre furado sobre a cabeça e um arremedo de família?

Maria Tereza uniu as mãos em frente ao peito. A imagem de uma mulher amedrontada e confusa.

— Tudo o que sou, porém, não será suficiente para impedir a minha morte, não é?

O Barão estendeu-lhe a mão.

— O que não quer dizer que eu não esteja orgulhoso de você, minha cara. De fato, alguém com tantos predicados é ainda mais preciosa num sacrifício de sangue. — Ele deu um passo em sua direção ainda com a mão estendida. — Venha. — Seu tom era aliciador. — Vai ver que não preparei nada vulgar. Pelo contrário. Tudo será extraordinário, como você merece.

Maria Tereza ergueu o queixo e cruzou os braços, recusando-se a tocar na mão que o Barão lhe oferecia. O homem ergueu uma sobrancelha.

— Prefere testemunhar a morte dos seus amigos antes?

Os guardas que mantinham Firmino, Remy, Augusta e Joaquina rentes ao chão engatilharam as armas.

Tereza olhou de relance para eles e encarou o irmão.

— Mostre para onde devo ir. Mas não me peça para tocar o sangue em suas mãos.

O Barão encarou as mãos cuidadosamente manicuradas e sem nódoas.

— Não o vê? — Seu rosto estava cheio de repulsa. — Engraçado, eu o vejo cobrindo-o inteiro, Tino. Exatamente como no dia em que você trucidou-os.

— Que melodramático, irmãzinha — debochou o Barão.

No entanto, ele fez um gesto em direção às escadas para que ela andasse à sua frente. Maria Tereza se forçou a não lançar nenhum olhar aos amigos. Não queria chamar atenção para o que os dois homens poderiam fazer nos instantes seguintes. E esperava que Augusta e Joaquina também tivessem recursos próprios além da enorme coragem e abandono que demonstraram em segui-los até ali.

O Barão estalou os dedos e as sentinelas se empertigaram em cliques e posições de ataque. Aparentemente, aquele era um comando que acionava a programação dos autômatos gigantes. Os soldados humanos seguiriam aquelas coisas metálicas no que elas fizessem. Maria Tereza fez uma oração pelos amigos e invocou as crenças dos três para que os ajudassem.

Os dois abandonaram o chão quadriculado do grande salão e seguiram pelas pétreas escadas que iniciavam com uma bela sereia e iam dando voltas até o alto da torre com ornados corrimãos de ferro e lambris junto às paredes. Os vitrais de uma das paredes externas sangravam as torrentes de água que lavavam os vidros.

Minutos e muitos degraus depois, o Barão abriu uma pesada porta de madeira, ricamente entalhada e com vidros que levavam a luminosidade para o alto das escadas. O homem fez uma mesura, dando espaço para que Maria Tereza adentrasse o alto da torre do Castelinho. Ali, varrida por ventos, chuva e maresia, uma esplanada se abria em todas as direções, sem prédios que diminuíssem sua longa visão. O marulho do mar estava ali. As normalmente calmas águas da baía da Guanabara estavam bravias e violentas, arrepiadas e chiando como um bando de gatos em guerra.

O Barão seguiu Maria Tereza e fechou a porta que dava para as escadas. Ele se dirigiu a uma das extremidades mais resguardadas da torre e, após mexer em algum dispositivo, uma etérea luz a gás veio do alto a iluminar parcamente o lugar. O olhar de Maria Tereza foi imediatamente atraído para o chão. O azulejo sofisticado, igual ao do grande salão, parecia ter sido coberto com uma grossa camada de piche. Então, havia sido coberto de símbolos arcanos num círculo. Ao seu centro, uma porção de areia com cheiro de inefável corrupção e onde poderia ficar uma pessoa em pé.

Maria Tereza deduziu que seria sobre aquele lugar que seu sangue deveria ser derramado e ela teria de morrer. Respirou fundo e tirou do rosto as mechas do cabelo rapidamente despenteado pelo vento. O vestido vermelho pesando com a água que a chuva jogava sobre eles. Por fim, ergueu a voz.

— Eu tenho uma pergunta.

O Barão jogou o toco da cigarrilha por cima da amurada e encarou-a.

O Covil do Demônio

— Por favor, faça, minha cara. Temos tempo. Todo o tempo do mundo.

— Qual foi exatamente seu acordo com essa entidade a quem já sacrificou tanta gente e como chegou a isso tão cedo, tão jovem?

O homem era o retrato da calma, escorado na balaustrada da torre.

— Ou muito me engano, ou são de fato duas perguntas?

Havia tanto humor em sua fala que Maria Tereza desejou mais que tudo arrancar o sorriso de seu rosto. Chegou a calcular se poderia desequilibrá-lo e forçá-lo a cair do alto da torre, mesmo que isso a levasse junto. Infelizmente, seu cálculo envolvendo o peso e o tamanho dos dois não lhe pareceu suficiente. Mas ela aguardaria qualquer momento de distração, e este viria. Seu rosto, porém, revelava apenas um misto de interesse e resignação.

— Minhas perguntas seriam quase infinitas, Faustino.

Ele fez um gesto de desdém com a mão.

— Eu imagino. Mas, antes de prosseguirmos, Tetê, eu aceito que me chame como quando era menina, mas, por favor... Faustino. — Ele fez uma expressão de desagrado.

— Prefere "Barão"? Ou quem sabe "Demônio"?

Ele soltou um riso breve pelo nariz.

— Demônio, não. Ainda não. Logo. — O homem a observou enquanto ela prendia a respiração. — Foi exatamente esse o acordo, minha querida. A entidade quer voltar ao mundo de carne e, para isso, fizemos um pacto simbiótico. Serei seu corpo, mãos e pés. Meu cérebro unido à magia dele. Nada no mundo poderá limitar tal poder. — Ele se inclinou na direção dela. — Entende por que estou cagando para aqueles janotas lá embaixo? Para seus dossiês, a imprensa e toda essa mixórdia de país. Quero que todos se encaminhem para os quintos dos infernos!

Maria Tereza olhou em torno e voltou a se fixar nele.

— Onde foi parar o meu irmão? Como você pôde se tornar *isso*?

— Tão poderoso e vitorioso, você quer dizer? Ah, Tetê, você está soando sentimental e clichê. Assim você me decepciona. Vamos acabar logo com isso?

Maria Tereza começou lentamente a contornar o círculo no chão.

— Sentimental e clichê? Talvez. Devo ter lido romances de crime demais. Ainda assim, isso me ajuda a visualizar algumas coisas. Vamos lá, me auxilie a compreender todo o panorama. Ernesto Freitas, um português andarilho, vindo dos Açores para o Brasil numa data incerta. Apresentava-se como curador e *mano santa*. Chegou a fazer boa clientela. No entanto, seu passado em Portugal, Espanha e França apontava um envolvimento com círculos ocultistas dos mais abjetos. Ele deixou a Europa com destino ao Brasil e manteve alguma correspondência com um dos mestres de seu último círculo obscuro. As cartas falavam de uma busca, falavam de um poder invencível, falavam de incomparáveis recompensas.

Ela fez uma pausa e ele bateu palmas.

— Magnífica! Investigou tudo isso quando?

Maria Tereza continuou lentamente seu movimento em torno do círculo, aproximando-se dele.

— Minha vida inteira. O tempo que passei na Europa foi muito esclarecedor sobre tudo isso. Eu imagino que a busca desse mago ocultista tenha sido por um receptáculo que pudesse ser adequado ao mestre demônio a que ele e seu círculo serviam. Essa parte é dedução com base nos últimos acontecimentos.

— Brilhante, irmãzinha.

— E o receptáculo é você.

Faustino sorriu e fez uma mesura.

— Quando Ernesto e eu nos encontramos, ele avaliou que meu ódio seria minha sina, meu caminho à iluminação. Ele começou a me instruir e a me preparar. Eu ia cumprindo cada uma das exigências para marcar meu corpo e minha alma. Para ser o que o nosso lorde demoníaco precisava. Matei meus pais e guardamos você para o momento em que fosse finalmente necessária. Adentramos em todas as rodas de magia sombria e quando eu me senti forte o suficiente, sacrifiquei o meu mestre, uma exigência do próprio demônio, um pedido que, infelizmente para Ernesto, ele foi incapaz de prever.

A mulher movimentou a cabeça. Seu gesto foi sutil ao logo da balaustrada que cercava o alto da torre. Por vezes, Maria Tereza parava e simplesmente o encarava enquanto ele falava.

— Eu me perguntava qual teria sido o destino do Freitas. Mas imaginava algo assim. Você não parece alguém que divide glórias e conquistas.

O Barão se afastou um pouco da amurada e mexeu em um dos bolsos, olhando brevemente para baixo.

— Não, não é algo que eu...

Todo o ar saiu do seu pulmão quando Maria Tereza se jogou de cabeça em seu diafragma.

Ela aproveitou seu desequilíbrio e sacou uma fina adaga do espartilho. Antes de atingi-lo, contudo, o Barão se recuperou o suficiente para segurar seu braço e torcê-lo. Com a outra mão, ele segurou os cabelos de Maria Tereza, obrigando-a a se curvar para trás e depois para frente, caindo de joelhos.

Com uma torrente de palavrões ao mesmo tempo ferozes e triunfantes, ele a arrastou para a areia corrupta no meio do círculo traçado no chão. Maria Tereza precisou se segurar para que ele não a escalpelasse e gritou de raiva e frustração enquanto lutava para manter o equilíbrio.

Faustino soltou o braço dela e Maria Tereza tentou se virar com rapidez. Acertaria um soco em suas partes baixas antes que...

Uma faca sacrificial deteve-a, parando a milímetros de seu nariz.

— Muito bem, Tetê. — O Barão respirava pesadamente. — Lutando como uma sobrevivente. Não esperava menos de você, irmãzinha. — A ponta da adaga deslizou até o pescoço dela. — Mas agora chega. Meu único lamento é que você não verá o próximo capítulo dessa história.

E sem qualquer traço de piedade ou dúvida, o homem mergulhou a adaga no ventre de Maria Tereza.

O sangue da mulher não demorou a cair sobre o signo demoníaco inscrito na pedra, um signo que esperou por sangue humano tempo demais.

CAPÍTULO 20
FIRMINO

Rio de Janeiro, 19 de abril de 1893

Castelinho do Barão do Desterro, 22 horas

Autômatos.

Guardas e autômatos.

Os primeiros, ferro e aço, seguiriam qualquer ordem, pois a sua vontade não passava de um capricho dos seus criadores. Os guardas, no entanto, eram mais cuidadosos. Eles permaneciam no círculo externo, longe dos convidados e seus gestos desesperados. Eram poucos, pois o Barão não confiava em ninguém. Essa era a sina dos conspiradores.

Firmino soube que enfrentariam os autômatos desde que Remy invadira as instalações, dias atrás. Desde então, dedicara-se a pensar em uma solução, mas a sua mente, cansada pelas fórmulas arcanas, recusava-se a entregar-lhe uma ideia. Foi somente depois que Remy dera-lhe mais detalhes, no último dia, que um fiapo de esperança surgiu em sua mente.

Os autômatos pareciam utilizar o mesmo tipo de sistema de transmissão etérea que ele vira no gorila mecânico. As ondas eletromagnéticas que varavam o *aether* carregavam comandos e instruções para o sistema de Inteligência Diferencial preso ao cérebro humano, tornando o exército uno. Seria o sonho de qualquer general poder enviar ordens a cada um dos seus soldados no meio da batalha, fazendo-os cumprir as manobras com precisão milimétrica.

Desde que as ordens fossem enviadas e recebidas.

No último dia, trabalhara incansavelmente no único comunicador de ondas téslicas que lhe sobrara. Ele invertera a polaridade dos geradores e aumentara a sua potência até a carga máxima. Não tinha ideia de qual era a frequência utilizada pelos autômatos. Desde que foram capturados, retirara discretamente o aparelho do turbante e acionara o mecanismo. Com a única mão que lhe restara, girara o dial lentamente, observando os autômatos. No entanto, completara o circuito e nada acontecera.

Remy, que percebera a movimentação ao seu lado, encarou-o com uma expressão duvidosa.

— Seja lá o que estiver aprontando, seja rápido.

Firmino apertou os lábios e voltou o dial até o início e recomeçou, aumentando a potência. O aparelho começou a vibrar intensamente, ameaçando se desintegrar. Ele fora modificado com pouca coisa além de arames enferrujados e um ferro de passar roupa como soldador. Se forçasse demais, o cristal explodiria e eles estariam perdidos.

Com os dedos suando, ele continuou a girar o dial delicadamente, observando os autômatos com tanta atenção que seus olhos secaram. Pouco a pouco, ele seguia em frente, grau por grau, até que...

Um brilho alaranjado surgiu das lâmpadas de filamento instaladas no córtex cerebral das criaturas de lata. Firmino abriu os dedos, fez um sinal para Remy e, então, aumentou o transmissor até a potência máxima.

Um dos autômatos deu um passo à frente.

— Ei, você! — gritou um dos guardas, cuspindo um toco do cigarro apagado que trazia nos lábios. — O que pensa que está fazendo?

O autômato se virou, girou a cabeça de um lado para o outro, como se estivesse vendo o homem pela primeira vez e, então, abriu fogo.

Um momento depois, o corpo do homem caiu pesadamente no chão, o peito varado pelas balas.

O pânico foi imediato. Os autômatos começaram a descer, subir e apontar as armas para um lado e para outro, sem objetivo aparente. Os guardas dispararam no autômato assassino e Firmino sorriu.

— Por que diabos está sorrindo? — perguntou Remy, levantando-se juntamente com a multidão.

— Lembra do que eu disse, Remy? A única coisa que não pode ser reprogramada em um cérebro vivo é o seu instinto de sobrevivência.

Firmino, obviamente, estava certo. Assim que o primeiro autômato caiu, os demais vieram em seu auxílio. No entanto, com a confusão criada pelas ordens desconexas que surgiam pela transmissão do comunicador modificado, seus movimentos eram caóticos.

A multidão percebeu que essa era a sua chance e muitos começaram a correr para as portas e janelas fechadas, os punhos socando ferozmente as entradas, enquanto os guardas utilizavam porretes para mantê-los afastados.

Firmino fez um sinal para os demais e o grupo correu para as escadas, mas um dos autômatos se pôs em seu caminho, acertando-lhe um golpe que o derrubou para trás. Outros dois monstros de metal surgiram atrás do primeiro autômato, seus passos lentos e pesados movimentos bloqueando a saída.

— Os fundos! — gritou Remy. — Há uma porta para os empregados.

Ele correu para a porta lateral, com os demais no seu encalço. Joaquina tomou a dianteira e quase foi abatida quando os primeiros tiros surgiram da escada. Os guardas do segundo andar haviam percebido a gritaria e desciam para saber o que estava acontecendo.

Firmino se virou para trás, mas outros autômatos surgiram, agora bloqueando a saída lateral.

Olhando para os lados, Firmino encontrou a única rota de fuga possível e empurrou-os pelo vão que os levou até o subsolo. Mas não sem antes acionar seu comunicador na frequência desejada.

Os autômatos mataram os guardas humanos que tentaram atacá-los e então passaram a atacar uns aos outros. Enquanto desciam as escadas, com Firmino à frente e Remy, Augusta e Joaquina seguindo a sua liderança sem pestanejar, ouviram o som de metal metralhando, contorcendo-se e caindo.

A ideia de buscarem abrigo no porão, porém, foi a pior possível.

Passos rápidos encontraram-nos encurralados no porão úmido e repleto de caixas e mantimentos.

O primeiro tiro passou raspando em sua têmpora e o segundo só não lhe arrancou um olho porque ele conseguiu abaixar-se bem a tempo. Atrás de Firmino, seus três companheiros repetiram seus gestos, sabendo-se também encurralados.

Os soldados sobreviventes do ataque das máquinas perseguiram-nos, atacando pelas costas, sabendo que aquele seria o único abrigo possível contra as máquinas assassinas.

Naquele momento de caos e desespero, os guardas do Barão pareciam ter perdido o resto dos escrúpulos e sua intenção era bem óbvia: não deixar sobreviventes.

Remy puxou a manga de Firmino e os dois saltaram para o lado, procurando refúgio atrás de umas caixas. Mais alguns tiros foram disparados e então Joaquina e Augusta roubaram duas pistolas dos guardas abatidos.

Dois disparos dos bandidos empurraram aqueles pensamentos para longe.

— Temos poucas balas, Firmino — constatou Augusta.

O engenheiro apertou os lábios, girando o pescoço de um lado para o outro. Estavam encurralados em um dos aposentos do subsolo. A única saída estava guardada por três homens e eles pareciam muito bem arma-

O Covil do Demônio

dos. Não havia janelas ou alçapões. Em pouco tempo, Augusta e Joaquina ficariam sem munição e eles estariam à mercê dos bandidos.

Um belo problema, pensou Firmino.

Nestas horas, a solução envolvia um pouco de pensamento divergente.

O conceito, aprendido por Firmino em seus estudos em Paris, envolvia a imaginação de soluções criativas para problemas diversos. Um engenheiro, diziam-lhe seus professores, sempre encontrava uma solução. Ela não precisava ser tão elegante quanto a dos matemáticos, nem tão sólida quanto a dos físicos, mas funcionaria. Esse era o ponto crucial. Uma aplicação prática. Funcional.

Um trovão ribombou lá fora, o som atravessando as paredes. Firmino colocou a mão para trás e seus dedos agarraram a argamassa úmida. Franzindo o cenho, ele se virou e cutucou a parede com a unha. A argamassa se esfarelou. Então, ele se virou para o recinto e o esquadrinhou rapidamente, um plano se formando em sua mente. Um momento depois, ele estava chamando Remy.

Enquanto Joaquina e Augusta mantinham os guardas ocupados, Firmino arrancara um prego retorcido de uma das caixas e cutucava a argamassa, arrancando nacos cada vez maiores.

— O que está fazendo?

— Há uma infiltração nesta parede — resmungou Firmino, trabalhando com vigor. — Se me lembro da arquitetura do lugar, estamos perto do muro que dá para os fundos da casa. O pátio está inundado.

— Você vai nos afogar!

— Não há tanta água assim — rosnou Firmino. — E não fique aí parado! Preciso de ajuda.

Remy olhou desconfiado para o amigo, mas, para falar a verdade, ele não tinha uma ideia melhor para propor e, assim, ajudou o colega da melhor forma que podia. Seus dedos delicados não estavam acostumados ao trabalho duro. Firmino, como um engenheiro positivista, além de traçar plantas e projetar máquinas, serrava, cortava e soldava. Seus músculos eram rígidos e bem torneados. Por mais de uma vez, Remy apreciara o belo porte do engenheiro em sua bancada de trabalho. E agora se amaldiçoava por estar com os dedos sangrando ao tentar arrancar alguns pedaços da parede.

Felizmente, a infiltração era pior do que eles imaginavam. A força da água era muito maior e mais potente que os esforços dos dois homens combinados. Assim que um filete apareceu, bastaram poucos momentos para que os tijolos cedessem e logo um buraco largo se abriu para dentro do subsolo, jorrando centenas de litros de água.

— Não vamos conseguir sair por ali! — disse Remy, afastando-se da torrente de água. — Vai jorrar água a noite inteira.

— Não vamos fugir pelo buraco, Remy! Não seja estúpido — resmungou Firmino, aproximando-se de Augusta.

— Minhas balas acabaram — reclamou ela, abaixando-se quando um novo disparo atingiu as caixas.

— Não há problema — disse Firmino, olhando para o chão. A água atingira uns dez centímetros e subia rapidamente. — Suba aqui, Remy — pediu, puxando o amigo para cima de um caixote.

— Você também, Augusta — pediu, levantando a jovem até outro caixote, enquanto levantava Joaquina delicadamente e colocava-a no alto de um grande barril.

— O que vai fazer? — perguntou Remy, sem entender.

— Um cozido de patifes — rosnou Firmino, subindo nos caixotes.

Do outro lado, os disparos cessaram. Sem ter resposta de Augusta e Joaquina, os três homens deixaram a proteção que haviam buscado atrás de um armário e começaram a se aventurar pelo chão encharcado. Chapinhando na lama e na água, eles se aproximaram silenciosamente, as armas levantadas e os olhos bem abertos.

— Saiam! — gritou um deles. — Saiam e entreguem-se e vocês terão um fim rápido. Se resistirem, sua morte será dolorosa.

— Isso era para nos amedrontar? — resmungou Remy.

— Eu estou amedrontada — admitiu Augusta.

Do outro lado, Firmino apenas se virou para os dois, observando, incrédulo, o sorriso tranquilo de Remy, que lhe brindou com um piscar dos olhos. Balançando a cabeça, voltou-se para os próprios problemas. Os três bandidos se aproximavam. Ele esticou uma das pernas e se empoleirou melhor no teto. Com a mão que lhe restava, aproximou-se do cano de ferro que sustentava a lâmpada incandescente.

Com um olho no cano, outro nas caixas que o sustentavam e os ouvidos nas passadas que chapinhavam pela água, Firmino esperou mais alguns momentos, enquanto a água subia rapidamente pelo recinto.

— Rendam-se! — gritou novamente o sujeito, sua voz cada vez mais próxima. — Rendam-se, ou eu...

Firmino saltou, agarrando o cano de ferro com a mão e puxando-o com toda a força. A estrutura não fora construída para sustentar um adulto e o cano vergou, arrebentando a lâmpada, que explodiu antes de cair no chão.

O Covil do Demônio

Firmino pulou até um dos caixotes, ainda segurando o cano. Os guardas viram-no e se preparam para atirar, mas Firmino foi mais rápido. Com o impulso da queda, ele derrubou o cano e os fios no chão.

Houve um estalo agudo e ionizado, como se uma imensa árvore tivesse seu tronco quebrado por um raio que explodisse nos céus. A faísca elétrica se espalhou pela água, atingindo os três homens, que gritaram berros de horror antes de caírem no chão molhado, as medulas queimadas até os ossos, os olhos fumegantes e uma indescritível expressão presa em suas faces até o fim dos tempos.

O subsolo foi envolto pela escuridão. Firmino só ouvia o próprio coração bater e a enxurrada entrando pelo buraco na parede. Ele se segurou na parede, tentando controlar a respiração, quando foi surpreendido por um facho em seu rosto. Era Joaquina, que acendia uma lanterna.

— Eles estão mortos? — perguntou ela, ao que Firmino apenas assentiu.

Remy desceu até um caixote próximo e, então, olhou para a água, desconfiado.

— O curto destruiu a instalação elétrica — disse Firmino. — Pode saltar.

Remy encarou-o, erguendo uma sobrancelha. Firmino balançou a cabeça e saltou até o chão. Ele gritou assim que seus sapatos atingiram a água e Remy e Joaquina berraram.

Firmino sorriu.

— Desculpe. A água estava fria.

Remy saltou ao seu lado e encarou-o.

— Precisamos terminar com isso — ele rosnou para Augusta.

Augusta apenas piscou um olho para Firmino e os quatro seguiram para fora. A água se espalhara pelo subsolo e desaparecia por entre os ralos. O volume acumulado lá fora já escapara para dentro da casa e agora apenas um filete escorria pelo muro até o Castelinho.

Eles voltaram até a cozinha, observando com cuidado o seu interior escuro. Apenas as bocas dos fogões e os relâmpagos que cortavam os céus lá de fora forneciam alguma luz ao local. Os autômatos não estavam ali, mas a gritaria continuava no salão de festas.

— Precisamos subir e ajudar MT. — Firmino prosseguiu atravessando o chão ladrilhado e deixando um rastro de água suja e lama para trás de si. — Ninguém vai morrer hoje — retrucou Firmino, rosnando.

Remy abriu um sorriso triste como resposta.

No *hall*, restos de autômatos em curto continuavam se atacando, enquanto os convidados já tinham deixado o casarão.

Os quatro seguiram em silêncio, subindo a escada escura, em busca do Barão e de Maria Tereza. Eles avançaram até a torre e continuaram subindo, quando Augusta tomou a dianteira.

— Acho que ouvi algo — ela se apressou até uma porta.

— Espere! — pediu Firmino, mas era tarde demais.

A jovem nunca chegou a abrir a porta. De um corredor lateral, um lampejo amarelo-ouro quebrou a escuridão disforme, seguido por um estampido. Augusta levou a mão ao peito e se virou para os amigos.

E, então, caiu. Como uma árvore numa tempestade, caiu devagarinho, tombando lentamente, enquanto uma rosa vermelha brotava em seu belo vestido de festa.

CAPÍTULO 21

REMY

Rio de Janeiro, 19 de abril de 1893

Castelinho do Barão do Desterro, 23 horas

Contra o céu carioca, no alto da torre do Castelinho infernal, o tempo havia parado.

— Mais um passo e eu estouro a cabeça dela!

No rosto do Barão, a insanidade vítrea da conclusão de um plano de décadas, e, na extensão de seu braço, a pistola fumegante apontada em direção à cabeça de Maria Tereza. Na outra mão, uma lâmina tingida de sangue.

Remy segurava o corpo baleado de Augusta junto a porta aberta e Firmino, logo atrás, fazia sinais com a mão para que Joaquina não subisse mais nenhum degrau.

Ambos fitavam sua líder, sua amiga, sua protetora. Aos pés do irmão, caído e vencido, o corpo de Maria Tereza mal tinha forma. Porém, uma umidade escura indicava seu sangue fluindo, escorrendo nos fulcros do sigilo arcano escavado no chão, um signo maldito que começava a brilhar e libertar forças amaldiçoadas.

Havia mais pressão por metro quadrado naquela pequena torre do que talvez em toda a capital carioca, com as nuvens despejando dos céus uma tempestade sem tréguas sobre a Cidade Maravilhosa. O sangue de Augusta começava a percorrer a pele de Remy.

O pesadelo havia duplicado seu horror: Será que além de condenar Catarina, ele também condenaria sua sobrinha?

Foi quando as portas do inferno se abriram e, do círculo maléfico inscrito no chão da torre, feixes incandescentes de combustão sanguínea surgiram, cegando todos. O portal para um mundo de sombras e dor estava aberto e, de lá, vinha se arrastando o poder ínfero que negociara com o Barão do Desterro seu renascimento na realidade dos vivos.

Maria Tereza ainda respirava, tentando conter com a mão a perda do sangue. O Barão se ergueu e abriu a camisa de festa, onde se viam os respingos do sangue de sua irmã.

— Estou aqui, Mordecai Baal Moribá! Estou aqui e sou teu! Para sempre!

Em instantes, fagulhas começaram a surgir do chão e circundá-lo.

Mas o que parecia a órbita maldita de sangue foi, pouco a pouco, tornando-se uma silhueta com a forma de uma figura humana, um ser feito de vermelhidão e sombras.

Remy olhou para o portal, sabendo que não teria outra chance de penetrar aquelas defesas e libertar Catarina. Mas como poderia deixar Augusta? O que ele deveria fazer?

Foi quando Firmino tomou a iniciativa e pulou sobre os dois, avançando contra o Barão.

Firmino conseguiu acertar no homem o primeiro golpe, seguido de vários outros, mas nenhum deles o fez despencar suas armas. Outro golpe e mais outro, fazendo o lábio de seu algoz sangrar, para então, perversamente, sorrir.

Logo ambos entraram em combate, enquanto a criatura feita de sombras demoníacas circundava-os, inflando e pulsando sua força e poder.

Maria Tereza arrastou seu corpo em direção à porta da torre, afastando-se da arena e sendo socorrida por Joaquina que, apesar dos pedidos de Firmino, adiantara-se por sobre Remy e Augusta, para auxiliá-la.

— Você nunca vencerá o demônio, negro! — bradou o Barão, golpeando Firmino no estômago e fazendo-o cair para trás.

Ele vislumbrou Joaquina aproximar-se para ajudar Maria Tereza e algo irrompeu dentro dele. Talvez ele estivesse enganado, afinal. A autopreservação não era um instinto inato e imutável. Ele poderia ser substituído por outro, muito mais forte.

Firmino se levantou e voltou a atacar. Sem a sua mão metálica, sem seus apetrechos ou armas. Homem contra besta, o engenheiro calculista contra uma força da natureza, um ser alimentado pela força de um imperador infernal.

Ele se atracou com o Barão, determinado a jogá-lo do alto da torre, lançando-se para a morte junto com o inimigo odiado. Uma vida por inúmeras outras. Uma vida por seus amigos. Uma vida por Joaquina.

Firmino sorria enquanto avançava.

A pistola e a adaga agora estavam no chão. Remy fitou as armas, sem tirar a atenção do ferimento de Augusta.

Firmino tentou um golpe de capoeira, mas o Barão desviou-se no último momento e empurrou-o contra a parede. Ele sentiu a cabeça latejar e o Barão tomou a vantagem, ferindo o rosto do engenheiro enquanto urrava palavras desconexas. Firmino conseguiu segurar um dos golpes e berrou aos amigos:

— O que vocês ainda estão fazendo aqui?! Saiam! Agora!

Remy se lembrou do pedido que fizera a Firmino e, agora, seguindo a mesma lógica, era obrigado a deixá-lo. Era obrigado a abandoná-lo. E não apenas ele. Sua meta naquela noite maldita era enfrentar o próprio demônio e fazer de tudo que estivesse a seu alcance para salvar Catarina.

A silhueta sangrenta do demônio então voltou sua atenção para ele, como se lesse seus pensamentos e mapeasse sua indecisão. Dentro de sua mente, Remy ouviu a voz maldita:

— *Sua amiga envia lembranças, Rudá!*

— Maldito! — gritou Remy, segurando com força o corpo inerte de Augusta. O pouco de vida que ainda restava nela ia, pouco a pouco, embora.

— *Catarina está entre aracnos podres e moscas fétidas... chafurdando na lama do abismo de Daat! Você não virá buscá-la?*

Joaquina lutava para puxar Maria Tereza para fora da torre. Com dificuldade, a detetive conseguiu ficar em pé, colocando o braço sobre os ombros da outra mulher.

Ambas, cambaleando, conseguiram deixar o átrio da torre e o embate demoníaco. Maria Tereza olhou para a cena e fitou a violência do duplo embate.

— *O portal está aberto! É sua chance... índio!* — A voz abissal da criatura feita de sangue reverberou sobre a torre.

— Saia daqui, Remy! — gritou Firmino, dando ao Barão a chance de recuperar sua lâmina. — Não dê ouvidos a esse monstro! Saia e leve Augusta!

O Barão esfaqueou o flanco de Firmino enquanto ele o socava. Firmino gritou e, do outro lado da torre, Joaquina berrou de volta. O Barão tentou se desvencilhar do engenheiro, mas Firmino o agarrou mais uma vez e o derrubou com um coice na virilha.

O demônio, preso entre o Inferno e a Terra, incapaz de atravessar o portal pelo débil som da respiração que ainda se prendia ao corpo de Maria Tereza, voltou a sua fúria e frustração para o Barão, exigindo que ele cumprisse a sua parte no acordo.

Remy gritou seu ódio a plenos pulmões, mas sua decisão estava tomada.

Mais uma vez, ele era obrigado a abandonar Catarina.

Ali, naquele pedaço de inferno terrestre, ele teria de fazer uma escolha e sua decisão recaía sobre Augusta, afinal, era isso que Catarina certamente desejaria dele.

Remy levantou Augusta nos braços e deixou o embate demoníaco para trás. Ele lançou um último olhar para a torre, onde Firmino lutava com os dentes e punhos cerrados, manchando de sangue e ódio o fraque branco do demoníaco Barão do Desterro.

Abaixo dele, avançando degrau a degrau, seguia Joaquina, levando Maria Tereza junto dela. O sangue marcava o mármore frio e branco da escadaria. Agora, o sangue de Augusta, que Remy levava em seus braços, misturava-se ao de Maria Tereza.

— *Não! Volte, filho dos ventos! Volte, aventureiro imundo!* — gritava a voz monstruosa atrás dele.

Joaquina e Maria Tereza chegaram ao salão, com Remy e Augusta logo atrás delas. Os quatro conseguiram se esquivar do caos que reinava ali, com corpos humanos e partes mecânicas dando ao festejo seu desfecho fatal.

Quando finalmente alcançaram a rua, com Augusta e Maria Tereza próximas da inconsciência, foram surpreendidos pela multidão que se avolumava. Parte dela ainda formada por convidados da noite, outra por moradores das redondezas que fitavam atônitos, mesmo na chuva, a torre cercada de raios e ventos do Castelinho.

Todos haviam sido despertados pelos terríveis sons daquela noite medonha.

Remy deixou Augusta no chão e começou a gritar em direção à multidão de testemunhas, clamando por algum médico ou enfermeiro. Em alguns instantes, um homem de uns cinquenta anos se apresentou a ele, não sabendo se encarava seu olhar desesperado ou as mulheres feridas logo atrás dele.

Acima da multidão, raios de luz avermelhada e violeta se mesclavam, cegando e assustando a multidão de diferentes estratos sociais que se aglomerava.

Remy tirou o médico do seu torpor e guiou-o até suas duas amigas feridas.

— Ela primeiro! — ordenou Maria Tereza ao médico, comunicando com sua autoridade usual que, mesmo ferida, estava em condições de aguardar por cuidados.

O médico se voltou para Augusta, enquanto Leocádia, surgindo do meio da multidão, ajoelhava-se ao lado de Maria Tereza. Em segundos, a dama noturna passou a administrar o que pareciam ser cuidados primários, enquanto segurava o corpo da amiga sobre o colo.

Ao lado delas, cuidando de Augusta, o cirurgião estava com os olhos muito arregalados diante de tudo aquilo e pareceu muito desconcertado com o

O Covil do Demônio

estado da mulher sob seus cuidados. Ele abriu a parte de cima do vestido dela e ordenou a Remy que mantivesse a pressão sobre o ferimento. Depois, avisou que buscaria utensílios em sua casa, que ficava a cinco casas dali.

Remy, olhando para Maria Tereza e Augusta, sentia-se transpassado por desolação, tristeza e impotência.

Parada ao lado deles, estava Joaquina, fitando o alto do Castelinho. Raios continuavam a atingir a torre, mas não vinham das nuvens, e sim da própria esplanada da torre. Depois de alguns instantes, como se ponderasse que nada mais podia fazer ali — com Maria Tereza nos braços de Leocádia e Augusta sustentada por Remy —, a mulher correu em direção ao casarão. Os gritos de Remy foram ignorados. Joaquina, porém, não abandonaria o homem que se tornara seu companheiro nesses dias terríveis e sombrios.

O cirurgião logo voltou, carregando uma valise escura. Sem demora, ele aplicou uma injeção numa veia de Augusta e depois passou a limpar a região ao redor do ferimento.

Foi quando o brilho da torre começou a pulsar e um urro demoníaco desceu sobre todos.

Das alturas do casarão, despencou um corpo, fazendo Joaquina estacar ante a fachada.

Som de ossos e carne atingindo pedra e cimento, pousando a poucos metros de Joaquina.

Todos acompanharam aquele movimento maligno. Os olhos da multidão seguiram-no do alto, esperando ver o responsável pelo crime. Do alto da torre, um homem fitava o caos.

Antes da confirmação, porém, apesar da dor e da perda de sangue, Maria Tereza soube que o corpo caído era o de seu irmão, o homem conhecido como Barão do Desterro. Não havia qualquer vida dentro daquela casca. Nem humana nem demoníaca.

Maria Tereza não sentiu nada.

Uma fagulha de esperança e alegria a fez trocar um olhar com Remy. Ambos torcendo pelo amigo que havia ficado para trás, para enfrentar os monstros e salvá-los. Então, uma explosão silenciou as testemunhas e arruinou essas esperanças.

A torre foi pelos ares, com sua cúpula despencando e destruindo a lateral esquerda do Castelinho.

Remy gritou e os olhos de Maria Tereza se encheram de lágrimas. Joaquina caiu de joelhos diante do Castelinho.

Não havia justiça no universo, pensou Remy, destruído. Aquela noite, além de levar Augusta, poderia também levar Firmino?

Fumaça começou a sair das portas e janelas do Castelinho. O barulho de um carro de bombeiros e suas carroças se aproximava a toda velocidade.

Um sentimento explodiu dentro de Remy.

Ele não poderia deixar que aquilo acontecesse. Num impulso ensandecido, ele correu em direção ao Castelinho, passando por Joaquina. Foi quando, do pórtico em chamas e tomado por fumaça, Remy identificou uma silhueta que vinha alquebrada, ferida e vacilante, mas viva!

Atrás da fumaça, do fogo e do sangue, Remy reconheceu o rosto de Firmino marcado por uma cicatriz no lado direito, que ia da testa até o canto do lábio. Seus olhos se encontraram e Firmino sorriu para o amigo. Ele estava bem e a noite infernal terminava.

A ventania começava a sumir e a tempestade, a dar lugar a uma noite límpida e tranquila, para o horror ainda presente nas faces e vozes da multidão que se aglomerava na rua.

Remy correu para Firmino e os dois se abraçaram com força. Em seguida, veio Joaquina e o trio, com passos machucados e irregulares, conseguiu alcançar o portão do Castelinho, deixando para trás o prédio em chamas e a carcaça do seu antigo proprietário.

A carruagem hospitalar havia chegado ao local e Augusta e Maria Tereza estavam sendo tratadas pelos enfermeiros e mais um médico que se juntou ao cirurgião.

— Vá com elas, meu amigo — falou Firmino. — Iremos na próxima.

Remy se sentou no compartimento entre Augusta e Maria Tereza. A líder da Guanabara Real se mantinha consciente e fitava as chamas que devoravam tanto a casa quanto o corpo de seu mais célebre morador.

Ao redor da construção, os bombeiros tentavam amenizar as chamas.

Nas décadas à frente, o Castelinho seria reformado e daria origem a outras histórias. Mas nenhuma delas seria tão impressionante quanto a do festim macabro do Barão do Desterro. O que ninguém saberia, porém, era que por trás de um escândalo de corrupção e abuso de poder, aquela noite tinha acolhido as próprias entranhas do Inferno.

Doravante, em alguns círculos esotéricos e arcanos, o Castelinho do Flamengo seria conhecido por outro nome: o Covil do Demônio.

CAPÍTULO 22

MARIA TEREZA

Rio de Janeiro, 24 de abril de 1893

Hospital da Conceição, 10 horas

H á um tipo de silêncio que só existe em hospitais.

Em nenhum outro lugar convive esse misto de incerteza e melancolia, paz e dor.

Maria Tereza olhou pela janela de seu quarto. Deitada na cama, podia ver o verde vivo da Mata Atlântica e a algaravia dos pássaros. *Logo seria primavera*, pensou. Não há grande diferença em relação à temperatura nos trópicos. Porém, há uma espécie de luxúria que se espalhava entre bicho e cores, com as folhas das árvores muito exibidas e cheias de si.

As batidas na porta, embora eficientes, eram mais indecisas que as das enfermeiras e Maria Tereza soube de imediato que não era uma delas.

— Entre.

A porta não rangeu antes de as cabeças de Firmino e Remy aparecerem no vão. Ambos tinham sorrisos meio assustados, meio aliviados. Maria Tereza, ao contrário, sentiu o peito perder um grande peso ao ver os rostos, ainda que marcados e abatidos, de seus amigos. Como ainda não podia se sentar, ela se limitou a esticar os braços numa sugestão que ambos aceitaram prontamente. Os dois homens entraram no quarto e rodearam a cama, envolvendo Maria Tereza em seus braços e deixando que ela fizesse o mesmo. Foram longos instantes de alívio. As respirações dos três encontraram um ritmo semelhante. Então, os dois homens se afastaram, mantendo as mãos unidas às dela.

— Como está, MT?

A voz de Firmino tinha um carinho incomum, raro naquele homem tão severo e racional.

— Viva. E vocês também. É mais do que eu conseguia ansiar há alguns dias.

Remy se sentou na cama e Firmino puxou uma cadeira. Os três permaneceram de mãos dadas.

— Somos três desgraçados muito sortudos — confirmou Remy com um sorriso de lado.

Maria Tereza riu.

— Desgraças e sorte nos definem. Vamos continuar brigando para que a segunda onda de perigos e desafios supere a primeira.

— Sobreviventes, MT — afirmou Firmino. — É o que gente como nós pode ser.

Ela respirou fundo com um pouco de dificuldade, depois encarou as mãos deles, unidas sobre o lençol.

— Eu sei... Mas confesso que quero mais do que isso. — Os três trocaram olhares em silêncio, mas Maria Tereza falou antes que um dos dois perguntasse. — Quero mais do que sobreviver. Fiz isso por tempo demais. Sobrevivi ao Faustino duas vezes. Sobrevivi enquanto procurava por ele. Sobrevivi nas ruas. Sobrevivi após a morte do meu marido. Sabe, acho que com ele eu quase consegui viver de verdade. Mas havia essa sombra, essa farpa. E agora ela se foi.

Remy ergueu a mão dela com cuidado e beijou-a com gentileza.

— Você merece, MT. Nós todos merecemos. Digo, merecemos viver e não só sobreviver. Apenas...

— O quê?

Remy vagueou o olhar até a janela, depois para Firmino, e então voltou à Maria Tereza.

— Você não preferia que o Barão, digo, seu irmão, ainda estivesse vivo? Que ele pudesse pagar por tudo o que fez?

Os olhos verdes de Maria Tereza brilharam por um instante de um jeito estranho.

Então, ela piscou e voltou à placidez cansada com que levava a conversa.

— Não sei se haveria justiça nesse mundo para alguém tão ruim quanto ele. A verdade, Remy, é que pessoas como o Tino colocam em choque minhas crenças. E isso não tem nada a ver com demônios e infernos. — Ela deu um breve sorriso. — Sim, amigo, não há como duvidar mais de você: eles existem. E eu realmente espero que meu irmão esteja sofrendo por seus arredores. Porém — ela fez uma pausa, buscando clarear as próprias sensações —, o que penso tem a ver com a própria humanidade. Eu posso dizer que ele era louco, que nasceu com algo deformado dentro de si, mas o que posso dizer daqueles que o seguiram? Dos que o endeusaram e o escolheram como salvador das coisas boas que diziam defender? O que podemos dizer dessas centenas, milhares de pessoas que acreditaram no mito do Barão? Essa gente ainda está aí, age e pensa igual, seja em segredo ou às claras. Essa gente tolerou e ainda tolera aquilo!

Ela esticou a mão em direção à janela, apontando. Não era possível ver dali, mas Firmino e Remy sabiam exatamente ao que Maria Tereza se referia. A estátua. A enorme estátua do Barão sobre o Corcovado.

— Está interditada, MT — informou Firmino. — O governo provisório ainda não sabe bem o que fazer com ela, nem com as posses do Barão. Quanto à estátua, espero que derrubem aquela coisa.

— Será que farão isso? Colocar aquilo abaixo? E o que colocariam no lugar? Algo mais positivo? Algo que pregue o amor, o perdão, a bondade? Acha mesmo que as pessoas que viverão sob esse símbolo serão mais capazes de amar? De aceitar gente... Gente como nós? Um preto que se recusa a baixar a cabeça. Um meio indígena que se serve da civilização dos brancos ao invés de se curvar a ela. Uma mestiça que não borda, não cozinha e que gosta de liderar e de ser livre.

Foi a vez de Firmino respirar fundo.

— Eu tenho esperança, MT. — Ele voltou a pressionar carinhosamente a mão dela. — E você, minha amiga, agora que seu maior propósito está morto e enterrado, já consegue saber o que vai fazer?

A boca cheia e grande de Maria Tereza se distendeu num grande sorriso.

— Ora, Firmino, eu sou uma mulher. Posso e farei o que eu quiser. E coitado de quem tente me parar! — Ela se inclinou antes de concluir, num tom conspirador. — Nem os demônios dos infernos conseguiram fazer isso. O que meros homens poderiam fazer, não é, meninos?

CAPÍTULO 23

FIRMINO

Rio de Janeiro, 29 de abril de 1893

Estância Velha, 10 horas

Houve o baque e então o escândalo.

O ódio era estampado nas tribunas públicas, nas calçadas e nos bares. O sentimento, forjado com sangue e fogo nas entranhas da população, advinha da culpa que corroía corações e mentes.

A República, tão jovem, quase fora traída pelas maquinações de um homem e seu verbo fácil, suas doces palavras, largadas ao vento, sem substância além da própria vontade. E cada um que aceitara se unir as suas fileiras agora flertava com a vergonha. Era preciso, portanto, achar um pária. Era preciso internalizar a melancolia e o passado doloroso e extirpá-lo, distanciando-se de seus próprios pecados.

O Barão, obviamente, era o único culpado. Suas muitas propriedades foram saqueadas; uma delas, no Cattete, foi incendiada. A polícia fora chamada, mas mesmo as autoridades estavam em choque. E a desconfiança grassava entre os sobreviventes. Alianças foram desfeitas e muitos, tal qual São Pedro, negaram a sua comunhão com o barão assassino.

Dos acontecimentos arcanos, pouco foi dito.

Firmino não poderia censurá-los. Como explicar uma possessão demoníaca a uma população em luto e que pranteava pela própria ingenuidade ofendida? Alguns poucos, aqui e ali, pareciam buscar nos sussurros uma desculpa perfeita para a própria perfídia. O culpado, neste caso, seria o próprio demônio e seus encantos. Mal sabiam eles que estavam completamente certos.

A força descomunal da maldade desvirtuara-os e era preciso se penitenciar, lotando as igrejas, e, desta forma, escapar da própria autocrítica. Afinal, o país precisava continuar a andar.

Havia uma espécie de entorpecimento emocional na cidade. Os planos do Barão para destruir a democracia a partir de uma guerra inútil contra o país vizinho foram debatidos à exaustão, nos mínimos detalhes, por jornalistas, especialistas e políticos. Bravatas foram ditas e pedidos de investigação foram protocolados em todas as esferas.

Firmino, no entanto, recebia tais notícias e iniciativas com inúmeras ressalvas. Conhecia o suficiente da elite política e social do país para não esperar dali qualquer mudança estrutural. À indignação, seguiriam panfletos e cartas. Então, as estátuas, a alcunha das escolas — que receberiam o nome das vítimas — e o desprezo irrestrito à figura do Barão. Ah, ele seria desprezado, sem dúvida. Eles cuspiriam ao ouvir seu nome e negariam pertencer à sua classe social, o que, como muitos pontuavam já nos primeiros noticiosos, era a mais absoluta verdade. O Barão não era, afinal, um barão, mas apenas um sujeito sem eira nem beira que usou da perfídia, do assassinato e do crime para subir na vida. Ele era, no seu imaginário tacanho, um homem das favelas.

E assim a alta sociedade poderia dormir tranquilamente, satisfeitos com o dever cumprido e com a sua parcela de expiação pública, prontos para cair na próxima doce canção de um aventureiro qualquer que prometeria acabar com as mazelas do país em um piscar de olhos. Canções vazias para mentes vazias, avaros levianos atrás de um mito qualquer.

O Velho gostaria disso, pensou Firmino ao formular tais pensamentos.

Em seu círculo íntimo, no entanto, as transformações foram mais profundas. Ele observava os amigos com afeição e temor. Algo havia se quebrado. Maria Tereza era uma guerreira e Remy era capaz de enfrentar um exército de celestiais, se fosse necessário. Mesmo assim, aquele caso atacara-os de formas diferentes, atingindo o cerne de cada um deles.

Firmino não tinha irmãos ou parentes. Era filho único e seus pais já haviam falecido. Não tinha como precisar o que Maria Tereza estava sentindo. Às vezes, parecia vislumbrar ódio em seus olhos escuros; às vezes, somente desalento. A irmã de alguém tão pérfido que se aliara a um demônio. Sangue do seu sangue. Aquilo seria capaz de enlouquecer qualquer um.

Mas, mais do que tudo, Firmino sentia vergonha. Ele perdera amigos, era claro. As mortes de Neli e tantos outros ainda tiravam seu sono, mas ele recebera quase tanto quanto perdera. Sorria de vez em quando e engolia o sorriso, corando, quando percebia o que estava fazendo. Não era razoável se sentir assim, enquanto os amigos pranteavam.

Mas não conseguia mudar o que palpitava em seu peito. Incapaz de manter as aparências, resolveu se mudar. Ainda trabalharia para Maria Tereza, afinal, não conseguia imaginar a sua vida sem a Guanabara Real. Mas, agora, ele também precisava de algo somente para si.

A partida lhe pareceu bem menos dolorosa do que imaginara a princípio. Depois de tanto tempo morando longe dos aposentos da Guanabara Real, não fora uma ruptura, de fato. Maria Tereza recebera a notícia com um misto de tristeza e estampada alegria, como quem observa um pássaro que escapa da gaiola depois de tanto tempo.

Tempo demais, pensou Firmino, depois de fechar a porta do antigo quarto pela última vez.

O pequeno sobrado que alugara era simples, mas o porão era amplo e Firmino derrubara a antiga adega para fornecer mais espaço ao seu novo laboratório. No lado de fora, a antiga cocheira fora reformada, onde o seu carro-caldeira fora estacionado. Ele desmontara o motor completamente para limpá-lo, mas um artigo em uma revista britânica chamara sua atenção e um novo projeto, completamente revolucionário, tomava forma, pouco a pouco, entre pistões e óleos combustíveis.

Sentia falta da mão mecânica. A prótese que improvisara tinha apenas dois ganchos, o que lhe permitia usar seus instrumentos, mas era desajeitada e pesada. Seguidamente, precisava desatarraxar a luva de metal para descansar o braço dolorido.

Enquanto isso, trabalhava incansavelmente em sua prancheta, desenhando a nova mão artificial nos mínimos detalhes. Ele não se contentaria com nada menos do que a perfeição.

Mas não tornara isso a sua obsessão. Nas semanas que se seguiram, percebeu ser capaz de desviar seus interesses para outras coisas, tão simples como escolher a cor da tinta que emolduraria a sua sala de estar ou o tecido dos lençóis novos.

Talvez isso explicasse por que adquirira um novo hábito. Retornara várias vezes ao templo do mestre Moa. Conversaram sobre filosofia, literatura e engrenagens, sobre limoeiros, tomos antigos e trens aéreos, sobre corvos, secretárias e anchovas. Na última vez, batera na porta com a mão nervosa, os dedos trêmulos e o coração disparado. Temia que o mestre risse dele, mas Moa nunca se mostrara tão sério quando abençoou o par de alianças que Firmino trazia, agora, em seus bolsos.

Assobiando, subiu as últimas quadras que o levavam até a casa de Joaquina.

Haveria obstáculos, era claro. A vida nunca seria fácil. Mas ele venceria. Um por um.

Por seus amigos.

Por ela.

O Covil do Demônio

A porta se abriu e ele a abraçou.

Joaquina era a promessa de uma nova vida.

Atrás dela, um espelho refletia sua face. Nela estava escrita sua batalha contra o monstro. A cicatriz perduraria. Mais uma entre várias.

O perfume de Joaquina distraiu seus pensamentos. A maciez de seus lábios ainda mais.

Se ele não tivesse fechado os olhos para beijá-la, quase teria notado o brilho avermelhado de sua pupila direita, um brilho maquiavélico a se esconder.

CAPÍTULO 24

REMY

Rio de Janeiro, 30 de abril de 1893

Cosme Velho, 19 horas

O velho sobrado às escuras, exceto pelas velas e incensos que queimavam em diferentes pontos, entre quadros e mobiliários cobertos com lençóis e cortinados pesados.

Era bom estar em casa, mesmo que por tão pouco tempo.

Remy vestia um conjunto masculino de três peças de linho sobre uma camisa branca, e uma gravata fina, ajustada abaixo do pescoço com um nó francês. Nos dedos longos, seus costumeiros anéis. O cabelo curto devidamente penteado e o perfume dando ao todo de sua composição sua costumeira completude de elegância, bom gosto e charme.

Era bom não só estar em casa como estar em seu corpo novamente, com sua figura sendo reconhecível no espelho a ele e aos que o conheciam.

— Como ela estava? — perguntou Augusta, atrás dele.

Ele saiu de seus pensamentos autocentrados e enlevados e se voltou a ela.

A mulher tinha um braço enfaixado, colado no peito, próximo à região onde fora ferida. Augusta vestia um conjunto de verão, delicado no acetinado do tecido, mas masculino na feitura do corte: saia, sobreblusa e casaco.

No rosto, os traços fortes, firmes e delineados que a face doce, delicada e suave de Remy adorava contemplar. O desejo dele pulsava por ela, e no caso dela, parecia não ser diferente.

Em outro mundo, noutros tempos, eles estariam no segundo andar, em seu quarto, sobre a cama, com seus corpos destituídos de roupas e entregues ao escrutínio de seus anseios e segredos.

Em outro mundo, noutros tempos...

— Maria Tereza está bem. Terá alta na próxima semana e já está cheia de planos. — Remy voltou a olhar o espaço da sala de seu sobrado, agora retirando um lençol de uma grande poltrona de leitura. — Com a saída de Firmino, ela terá mais espaço na agência para outros projetos e hóspedes. Sente-se aqui, minha querida.

Augusta aceitou o convite e se sentou. Remy se deitou à frente dela, num divã do outro lado da sala, depois de também o descobri.

— E quanto a você? — perguntou ele. — Como você está?

Augusta respirou fundo e então respondeu, olhando para o homem que aprendera a amar, assim como sua tia aprendera.

— Sarando... tanto as feridas internas quanto as externas. Dentro de mais alguns dias, retorno para casa. Com os assuntos de minha tia finda-dos, poderia deixar a capital.

— Nem todos os assuntos estão findados.

— O que você quer dizer com isso?

— Eu tenho uma proposta a fazer a você, Augusta. — Remy se levantou e se sentou na ponta do divã, fitando seriamente os olhos dela. — Eu estou de partida para o norte, para encontrar forças que me ajudarão a libertar sua tia. Eu não sei se conseguirei voltar. Eu não sei o que me espera.

— Remy... eu não posso acompanhá-lo... Catarina precisa de mim... mas...

— Eu sei. Não precisa se desculpar. Minha jornada será perigosa e você já viveu perigos demais por ora. Eu nunca pediria que me acompa-nhasse. Como eu disse, não tenho esperanças. Mas eu gostaria que você ficasse aqui, em minha casa. Se nada de importante a espera em Minas Gerais, fique aqui, no meu lar, perto de Maria Tereza, Firmino e Joaquina.

Augusta avaliou o homem, não sabendo se aceitava seu convite ou não.

— Por que você quer que eu fique, Remy?

— Para eu ter um motivo para voltar para casa.

Remy levantou do divã e caminhou em direção a Augusta. A mulher também se levantou e os dois se encontraram no meio do cômodo.

Os lábios de Remy encontraram a face de Augusta.

— Eu fico — respondeu ela. — Se você me prometer que voltará quando estivermos ambos curados e minha tia descansando de uma vez por todas.

Remy deu dois passos para trás e assentiu, comunicando com o brilho dos seus olhos seu amor e desejo por ela.

Ele pegou sua mala de viagem, na qual havia colocado suas melhores camisas, três conjuntos de roupa, dois perfumes e seus objetos pessoais, tanto os místicos quanto os de seu toalete.

— Eu voltarei, mesmo que em espírito. — Ele se voltou para ela, deixando nascer em seus lábios seu sorriso mais charmoso e mal-intencionado. — Ou então em corpo e carne, para terminar o que acabamos de começar.

Remy deu as costas a Augusta e partiu para a rua.

Ao lado dele, surgiu uma pantera negra, um felino mortal e fascinante.

Augusta, que fitava a ambos da janela do casarão, não sabia qual dos dois era o mais perigoso.

Nos pensamentos de Remy, um desejo e um destino.

Ele estava indo em direção ao Norte do Brasil. Precisava invocar espíritos poderosos e antigos para explorar os reinos perdidos da magia.

Seu objetivo era resgatar Catarina do Abismo de Daat.

E, se sobrevivesse, retornar aos braços de Augusta.

Ele ajustou a gravata e caminhou em direção ao entardecer da Baía de Guanabara.

Em direção ao sol e ao mar, seguiam o dândi e sua fiel pantera.

Ambos tinham um andar ferino e felino.

E ambos amavam a noite.

EPÍLOGO
MARIA TEREZA

Rio de Janeiro, 31 de maio de 1893

Alto do Corcovado, 20 horas

S emanas haviam passado.
Maria Tereza estava curada e já de volta ao seu trabalho, determinada a recuperar o tempo perdido.

A agência Guanabara Real estava funcionando novamente e os nomes de Maria Tereza, Firmino e Remy estavam devidamente limpos. Até mesmo estavam a receber elogios da imprensa, tanto dos que eram contra o Barão quanto dos que foram a favor e agora precisam morder as línguas de papel e agir como cônjuges ultrajados.

Novas estruturas de poder se formavam na Nova República. Estruturas que Maria Tereza precisava agora estudar, compreender e dominar, além de subverter.

Do alto do Corcovado, a cidade do Rio de Janeiro parecia um jardim idílico, que se estendia com seus casarios e arvoredos entre os montes e o mar. O Pão de Açúcar parecia lindo, sendo tocado pelos raios de sol, alguns refletidos pela água azul e escura das ondas. Havia um projeto para substituir o antigo complexo militar instalado nele em um centro cultural e turístico. O elétrico de transporte bélico seria, segundo o novo intendente — cargo emergencial que vigoraria até a República redefinir sua alquebrada democracia —, substituído por um teleférico para transporte de visitantes e turistas.

Havia também outro projeto dedicado ao redesenho do Corcovado, agora de volta aos cuidados da prefeitura. Entre as propostas, a da substituição da estátua do Barão por uma figura cristã cujos braços abertos similares ajudariam a redesenhar a imagem da cidade para o resto do país: a partir desse projeto, uma imagem de poder e opressão se transmutaria num símbolo de salvação e piedade, sobretudo de esperança.

Exatamente como a criadora da agência Guanabara Real previra que fariam.

Antes disso, porém, o Corcovado precisava ser purificado de seu passado recente, pensou Maria Tereza Floresta.

Ela deu as costas à paisagem idílica e à monumental estátua do Barão do Desterro.

Estava na hora de encerrar a história, fechar a trama, resolver o enredo.

— MT, os dispositivos estão em posição e estamos aguardando apenas seu sinal. — A voz mecanizada de Firmino veio pelo recém-construído comunicador.

Esse fora o primeiro projeto do engenheiro. Com a partida de Remy, os comunicadores — agora com um alcance impressionantemente maior — precisavam dar conta das distâncias. Os três eram amigos demais para ficarem sem qualquer contato.

— Obrigada, Firmino. Em alguns instantes você o terá.

Maria Tereza se afastou da estátua e do complexo criado por seu irmão.

Com passos firmes, ela sentiu como se fechasse uma porta dentro da própria mente. Uma porta pesada e que não merecia ser aberta novamente. Afinal, tratava-se de um caso encerrado. Ela ajustou o grande e elegante chapéu, em perfeita consonância com a moda e a ousadia que a caracterizavam.

Descendo a escadaria do Corcovado, ela viu a carruagem que a aguardava.

O veículo a levaria a uma mansão em Botafogo, onde um misterioso assassinato aguardava-a. Um envenenamento — foi o que disseram. A polícia — desestruturada após os desmandos do Barão — parecia não saber por onde começar. Então, a agência Guanabara Real fora chamada.

Como consultora, é claro.

Maria Tereza sorriu para si mesma. A vida voltava ao normal. Vítimas precisavam ser protegidas e mortos, vingados.

Quanto ao passado...

— Podem explodi-lo — disse ao comunicador com voz absolutamente firme.

Foram as vozes de Joaquina e Augusta que vieram dessa vez.

— Com todo o prazer, MT.

Em instantes, um som seco deu lugar a fogo, explosão e fumaça.

Atrás de Maria Tereza, a estátua de quarenta metros do Barão do Desterro despencava, dando lugar a escombros que poderiam, nas décadas à frente, acolher figuras mais amistosas.

O condutor de sua carruagem era uma aquisição recente da agência.

Cobria a ausência de Remy; depois, quem sabe?

Lancelote já havia provado ser de confiança em mais de uma ocasião. Também havia provado sua devoção a Maria Tereza de diferentes e prazerosas formas. Então, por que não?

O homem grande a recebeu com um sorriso impressionado se destacando no rosto de ébano e estendeu a mão para ajudá-la a subir os degraus do veículo.

— Para onde, Tereza? — perguntou com a gentileza de um amante.

— Para o futuro, meu amigo. Para o futuro.

Enéias Tavares

Enéias Tavares é professor de literatura na UFSM, escritor e roteirista. De ficção publicou os romances *A Lição de Anatomia do Temível Dr. Louison* (Leya, 2014); *Guanabara Real – A Alcova da Morte* (Avec, 2017), com AZ Cordenonsi e Nikelen Witter; *Juca Pirama – Marcado para Morrer* (Jambô, 2019); e *Parthenon Místico* (DarkSide Books, 2020). De crítica, publicou o livro *Fantástico Brasileiro* (Arte & Letra, 2018), em parceria com Bruno Matangrano. Em 2020, a série *live action* roteirizada por ele, *A Todo Vapor!*, estreou na Amazon Prime Video e sua *graphic novel* em parceria com Fred Rubim, *O Matrimônio do Céu & Inferno* (Avec, 2019), foi lançada nos EUA pela Behemoth Comics. Como tradutor, assinou *A Sabedoria dos Mortos* (Avec, 2019), de Rodolfo Martínez, *O Médico e O Monstro* (Antofágica, 2020), de Robert Louis Stevenson, e *Carmila* (DarkSide, 2022), de Sheridan Le Fanu. De Prêmios, venceu o Fantasy em 2014, o Le Blanc e o AGES em 2018 e o Odisseia Fantástica e o HQMix em 2021, tendo sido também indicado a Cubo de Ouro, ao Argos e ao Jabuti, este na categoria Literatura de Entretenimento. Agora, com a continuação de Guanabara Real publicada, embrenha-se nas paragens nortistas do Brasil para dar à luz uma aventura mística de Remy Rudá. Na UFSM, coordena o ORC Studio e dirige a Editora da UFSM. Mais de sua produção em www.eneiastavares.com.br .

Nikelen Witter

Nikelen Witter é historiadora, professora universitária, pesquisadora feminista e escritora. Seu primeiro romance, a aventura infanto-juvenil *Territórios Invisíveis* (Estronho, 2012/ Avec, 2017), foi finalista do Prêmio Argos em 2013. Publicou vários contos em coletâneas em 2017, bem como o primeiro volume de *Guanabara Real e a Alcova da Morte* (Avec), com os colegas e amigos AZ Cordenonsi e Enéias Tavares. O livro foi agraciado em 2018 com os prêmios Le Blanc e AGES. Em 2019, a autora publicou a distopia *steamfantasy Viajantes do Abismo* (Avec), obra vencedora do Prêmio Odisseia de Literatura Fantástica e finalista dos Prêmios Jabuti e Argos. Em 2020, foi a vez da coletânea de contos góticos *Dezessete Mortos* (Avec), receber o Prêmio Açorianos de Contos. Sempre inventando e aprontando, pois não consegue não criar e imaginar. Sugere-se que a sigam @NikelenWitter e confiram o *site* www.nikelenwitter.com.br, assim você não se perde nas inúmeras atividades dessa mulher.

A. Z. Cordenonsi

Andre Zanki Cordenonsi é professor universitário na UFSM, escritor e roteirista. Seu primeiro romance foi a aventura infanto juvenil *Duncan Garibaldi e a Ordem dos Bandeirantes* (2011). Após publicar diversos contos em coletâneas ao longo da década, foi finalista do Prêmio Argos em 2014 com o conto *Lenda Urbana*. Escreveu a *graphic novel Le Chevalier: Arquivos Secretos* (AVEC), desenhada por Fred Rubim, que foi finalista do prêmio AGES e lhe rendeu uma indicação como roteirista revelação do prêmio HQ Mix. Dois anos depois, a dupla lançaria o segundo volume, *Le Chevalier nas Montanhas da Loucura* (AVEC). O primeiro volume da duologia *Guanabara Real* venceu os prêmios Le Blanc e AGES. A série infanto-juvenil *Sherlock e os Aventureiros* (AVEC), com três romances publicados, venceu o prêmio Minuano de literatura e foi finalista duas vezes do prêmio Açorianos e uma vez no prêmio AGES. Ainda escreveu os romances *Le Chavalier e a Exposição Universal, La Dame Chevalier e a Mesa Perdida de Salomão* e *A Irmandade do Olho do Corvo: As Crias de Hastur*, todos publicados pela AVEC. Entre gatos e parafernálias, ele pode ser encontrado em azcordenonsi.com.